僕とあいつの関ケ原

吉田恵里香
Erika Yoshida

東京書籍

小早川秀秋

一五八二年生。関ヶ原参戦時十八歳。木下家定の五男として誕生し、四歳で豊臣秀吉の養子となるも、秀頼誕生をきっかけに十三歳で小早川隆景の養子に出される。関ヶ原戦後、備前国岡山城主に。

徳川家康

一五四三年生。関ヶ原参戦時五十七歳。松平広忠の嫡男として誕生。弱小豪族・松平家の生き残りを目的に今川家、織田家に人質として送り出された。今川義元、織田信長の死を経て豊臣秀吉の臣下となる。

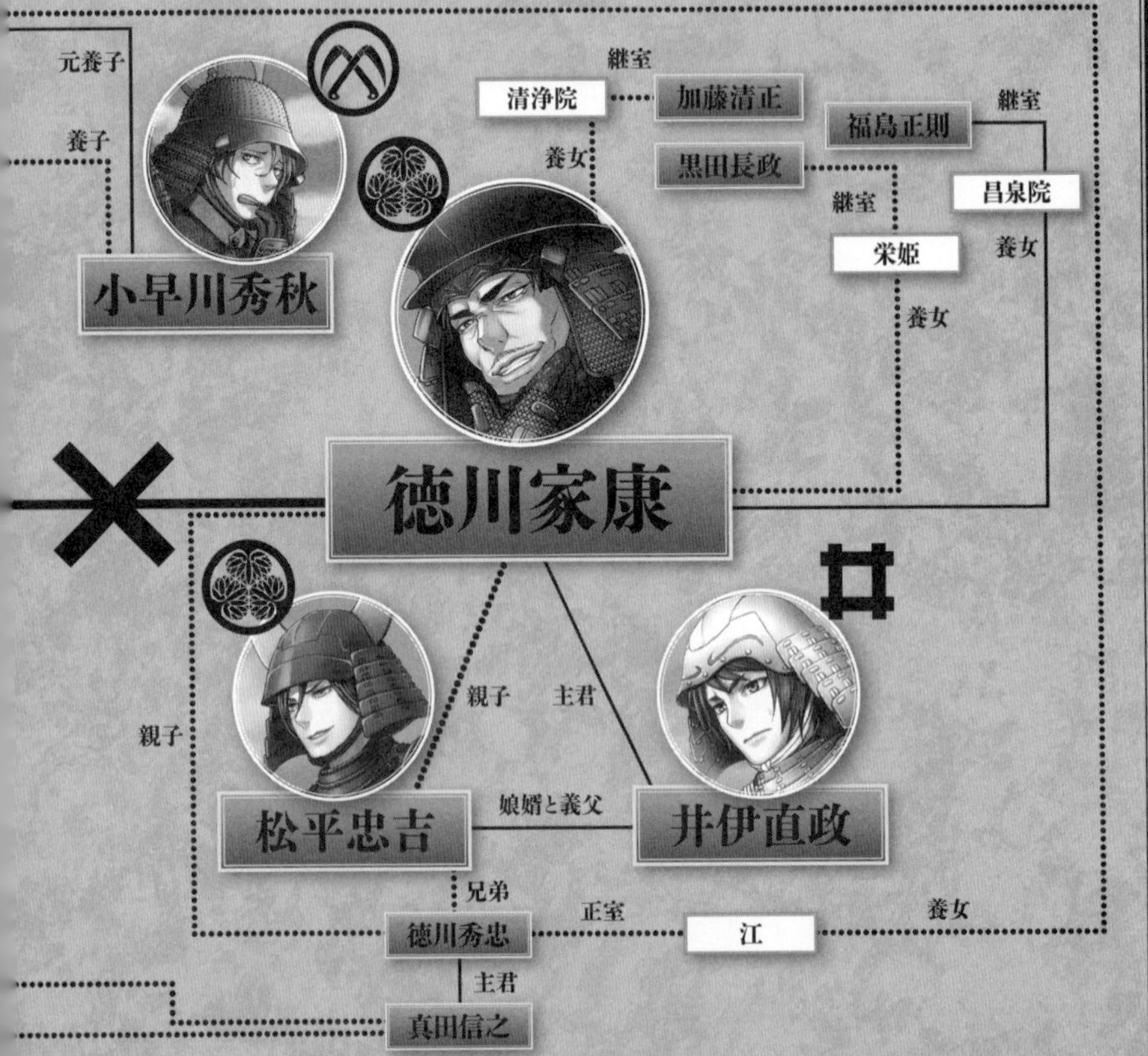

松平忠吉

一五八〇年生。関ヶ原参戦時二十歳。徳川家康の四男として誕生し、松平家忠の養子に出される。関ヶ原戦後は、尾張国清洲藩主。家忠の病死後家督を継ぎ、武蔵国忍城城主となる。

井伊直政

一五六一年生。関ヶ原参戦時三十九歳。近江国佐和山藩初代藩主で徳川四天王のひとり。井伊直親の長男として誕生。家康の家臣となり、井伊の赤備えと呼ばれる精鋭部隊の大将として数々の功績をあげた。

石田三成

一五六〇年生。関ヶ原参戦時四十歳。近江国佐和山城主。石田正継の次男として誕生。十五歳頃から豊臣秀吉の小姓となる。信長の死後、秀吉の側近である三成も歴史の表舞台に立つようになる。

島左近

生年不明。本名は島清興だが、通称・左近で知られている。石田三成の家臣。大和国の筒井順慶に仕えた後、三成自身の石高の半分を与えられる好待遇で召し抱えられたと言われるが諸説あり、詳細な経歴は不明。

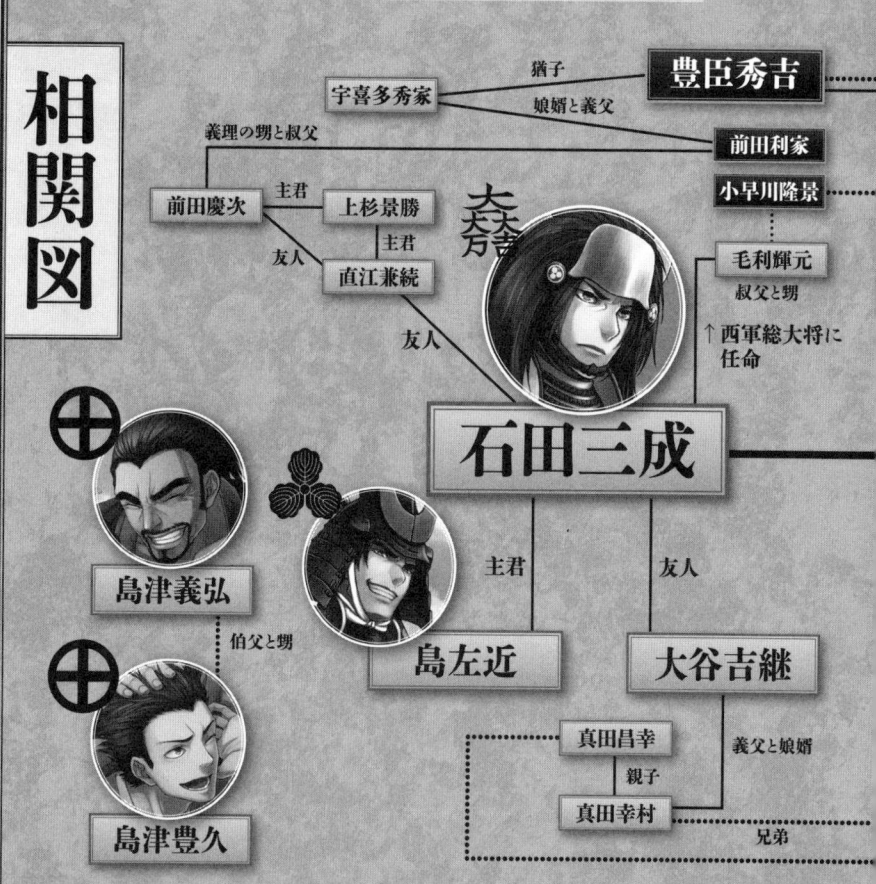

相関図

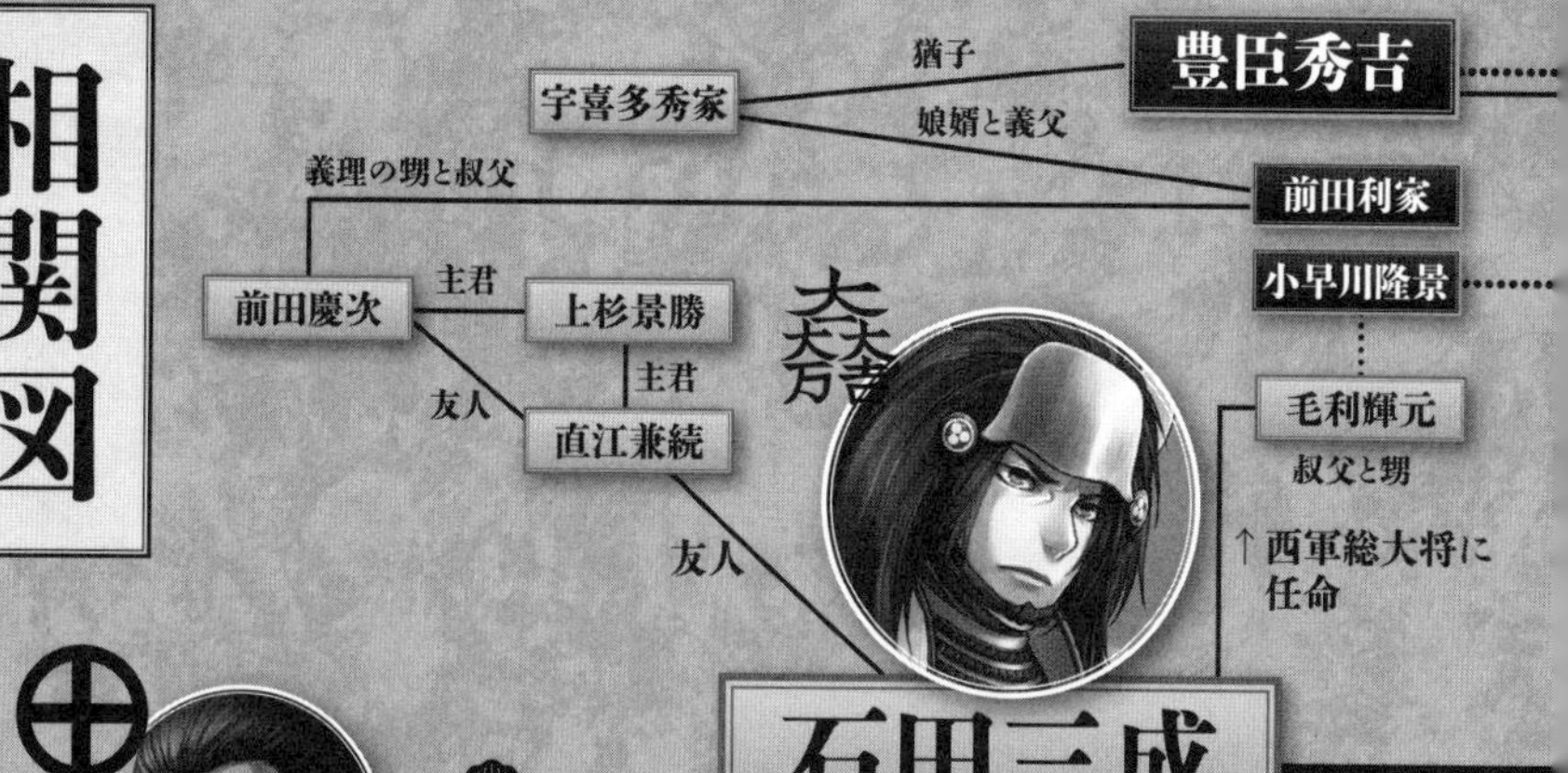

島津義弘

一五三五年生。関ヶ原参戦時六十五歳。島津家十七代当主。木崎原の戦い、耳川の戦いなど数々の戦で勇猛な戦いぶりを発揮。朝鮮出兵（慶長の役）では泗川城において明・朝鮮連合軍を撃破、大勝利を収める。

島津豊久

一五七〇年生。関ヶ原参戦時三十歳。島津家久の長男として誕生。家久の死後日向佐土原城主となる。小田原征伐、文禄・慶長の役、庄内の乱に参戦後、伯父の義弘とともに関ヶ原合戦に参戦。

この物語は歴史上の事件に着想したフィクションである——。

プロローグ

訪問者——小早川秀秋

世は戦国末期。豊臣秀吉の死後、
家臣たちは天下の覇権をめぐる思惑の中でうごめき始める。
五大老のひとり・徳川家康は、燻る火種と家臣団にはしる緊張の糸を巧みに操りながら、
圧倒的な存在感を示し始めていた。
一方、五奉行の一角・石田三成を中心とした家康に不満を抱く勢力は、
大義と保身の狭間でそれぞれの温度差に惑いつつも、
避けることのできない最終決戦の時機を窺っていた――。

小早川秀秋《こばやかわひであき》は喉の渇きを感じて、目を覚ました。

薄眼を開けて周囲を見渡すと、外はまだ薄暗い。夜明けは遠そうである。

丑三つ刻まで酔いに溺れた彼の体はずしりと重く、どっぷりと熱に浸っていた。鬱々と胸に渦巻くものから逃げだしたくて酒の力を借りたはずなのに、これでは元も子もない。

「暑い」と、秀秋は唸り、眉をひそめた。

部屋にこもる、この、むんとした空気は夏の雨のせいなのか。それともあの女のせいなのか。そんなことを考えながら、だらしなく欠伸をして床のなかですするりと右手を這わす。

彼の手は女の柔らかな肌を求めていた。

しかし、隣にいるはずの女の姿はなく、そのぬくもりさえもすでに布団には残っていない。うっすらと湿っているだけだ。

染音《そめお》の奴、夜が明けるまで離れるなとあれほど言っておいたのに。

舌打ちをし、夜風に体の火照りを拭わせようと、足で布団を蹴りはらった秀秋が再び眠りにつこうとしたそのときであった。

がじゅり、がじゅり、がじゅりと、あの音が聞こえてきたのは。

彼でなければ、おそらく聞き逃してしまっただろう。聞き逃すことができればどんなによかったか。

がじゅり、がじゅり、がじゅり——。

一定の拍を取るようにかすかに響くそれは、秀秋の体を震えあがらせた。一瞬で酔いから醒め、骨ばった腕が青白く粟だつ。

慌てて手元の燈台に火をつけながらも彼は、その音が空耳であることを祈り続けていた。


まさか、こんなところにあの方がいるはずがない。

我が耳が拾ったのは、決してあの方の指の爪と歯先が奏でる音でも、あの方の唇《くちびる》の端に溜まりねばつく唾液の音でもない。

この音は松尾山に吹きつける雨風や、陣を取る兵士から放たれる殺気や息づかい、ざわめき。そういった類のものに違いない。

決してあの方が爪食む音が聞こえることなど、ありえないのだ。


片腕だけではカタカタと恐怖で揺れてしまう燈台に、秀秋は両手を添えて前方を照らす。そこに浮かびあがった人影は、太古の昔からそこに存在する深山のように鎮座していた。

いるはずのないあの方である。

「ひぃぃぃっ」と、秀秋は甲高い悲鳴をあげてのけぞった。

眼前にいるのは、五大老のひとり徳川家康《とくがわいえやす》、その人であった。彼の着物は雨にぬれて色が変わっていた。秀秋のせいで、危うく倒れかけた燈台の火が揺れている。その炎に照らされている家康は爪を食むのをやめると、くぐもった声で短く笑い、顔をあげた。

「よぉ、辰之助」

久方ぶりに幼名で呼ばれ、秀秋はやっと我に返り、慌てて下半身を布団で覆い隠す。姿勢を正した白い胸には、あばらが浮かんだ。体毛も薄く、おなごのように線が細い。十九になっても、いつまでも幼さが消えぬ自らの体を秀秋は忌み嫌っていた。体格がよく威厳の塊のような男である家康を前に、秀秋はさらに縮みあがった。

「家康様、どうしてここに」

家康は返事をする代わりに、再び不格好な短い親指を口元に運ぶ。爪を食むのは幼少時代からの悪癖であった。

物腰柔らかく、普段決して声を荒げることのない彼が親しい者の前でだけ見せる苛立ちの仕草である。

愚問であった。

秀秋は自ら発した言葉を悔いた。家康に許しを乞う文を送ったのは秀秋なのである。どうか弁明の機会を与えてはもらえないかと、連日に渡り何度も何度も彼は筆をしたためた。だが、関ヶ原に戦の火蓋が切られようとしている今、こんな夜更けにわざわざ家康自らが従者もつけず自身の寝室に現れるなど誰が予想できようか。

「お許しを」

秀秋は乾ききった喉を震わせ、消え入りそうな擦れ声で訴えた。

「どうしてこのようなことになってしまったのか、自分でもよく分からぬのです」

必死に言い訳を続ける秀秋を遮るように戸が開く。

「ひぃっ」と、再び秀秋の口から悲鳴が漏れる。

そこに現れたのは染音であった。さきほどまで彼が床をともにしていた女である。

啞然とし言葉を失っている秀秋を横目に、染音は家康に深々と頭をさげると新たな燈台を寝所に運び込んだ。

その光が反射し、動く度に彼女の艶やかな髪が波をうつ。切れ長で色素の薄い彼女の瞳は炎を映し込んで潤んでいる。秀秋は自分の置かれている状況を一瞬忘れて、彼女に見惚れた。

染音は続いて家康と秀秋の前に茶を並べた。秀秋の熱い視線を肌で感じながらも、彼女は寝具の一点を見つめてうつむいている。

その首筋に一筋の汗が流れた。少しでも視線をずらそうものならば首をはねられる、そんな張り詰めた空気を彼女は発し続けている。

もしかすると彼女を起こし、寝所の外へと促したのは家康かもしれないと、秀秋は思った。

「御苦労であった」

家康のひと言を聞くと、彼女はほっとしたように静かに寝所からでていった。

その間、染音が秀秋と目を合わすことはなかった。彼の平板な胸に怒りがこみあげていく。あの女、自分ではなく家康の許しを待っててていった。ついさきほどまで、この首に絡みついて啜り泣いていたというのに。この無礼な仕打ちは何なのだ。

家康は染音が持っていた茶で喉を潤して口を開いた。

「あの女か、お前がいれあげているというのは」

「滅相もない、決していれあげてなど」

「今さら隠すことはない、すべて耳に届いておる」

秀秋の脳裏に、唇をへの字にゆがめるひとりの女の姿が浮かびあがる。

彼の正室、古満姫である。

大人たちの都合により古満姫と夫婦となったのは秀秋が十三になったときであった。秀秋なりによい夫婦になろうと努力したつもりだが、姫は年を重ねるごとに彼をさげすむようになっていた。決して言葉に発して何かを言う訳ではない。秀秋が傍に寄ると眉間にしわをよせ凍てつくような目つきで、彼が近づくことを拒絶するのだ。重苦しい空気に秀秋は耐えられず、もう何か月もの間、姫とは顔を合わせていない。秀秋に嫌がらせをしようと古満姫が家康の耳に届くように噂を流したと直感した。秀秋はゆっくりと茶を飲み干す。

それは彼の渇きを癒すには到底足りず「もっと、もっと」と、体は水分を求め続けていた。

「しかし戦場にまで女を連れ込むとはな」

家康の言葉に「そ、それは」と、秀秋は口ごもった。

戦場に女を連れ込むのはご法度。

小姓を連れていけばすべてこと足りることだと、家臣たちからとがめられても秀秋はその反対を押し切って染音を侍女として傍に置いていたのだ。いくら若き中納言とはいえ、一万五千の兵を率いる将としてあるまじき行動である。

何か言い訳しなければと口を開こうとするも、秀秋の喉は閉じたままであり、奥歯がカチカチと鳴り響くだけであった。次の言葉が続かない秀秋に痺れを切らしたのか家康が口を開いた。

「お前の心根が曲がってしまったのも、無理はない」

家康は言葉を区切り、秀秋が顔をあげるのを待ってから言った。

「木下家定《きのしたいえさだ》殿に、今は亡き太閤殿下。ふたりもの父に捨てられ、裏切られ、清き心を保てるはずもなし」

「私は、父上たちに捨てられてなどいません」

か細い声で訴える秀秋の瞳にじんわりと涙が滲む。ふたりの父に捨てられた――。その言葉が彼の心を容赦なく抉っていく。涙を堪えて秀秋は大きく息を吸い込んだ。

「父上たちの期待に添えなかったのは、私なのですから」


秀秋は実の父である木下家定の元から、叔父・羽柴秀吉《はしばひでよし》の元に幼くして養子にだされた。子宝に恵まれなかった秀吉は、彼をかわいがり一度は世継ぎにとまで考えていたが、実の子である秀頼《ひでより》が生まれると態度を一変させた。目を瞑ってきた秀秋の粗が悪目立ちしはじめたのである。

今まで味があると気に入っていた陶器が、急につまらぬでき栄えに見えてきた。一度そう思ってしまえば自分の膳に残念な代物が並ぶのは我慢ならない……。

今度は秀秋は子宝に恵まれぬ小早川隆景《こばやかわたかかげ》の元に養子にだされたのである。

十三という齢にして秀秋は丹波国亀山に十万石の領地を手に入れた。だが、不格好な器は一度覚えた膳の上の風景を忘れることはなかった。何とかして愛情を取り戻そうと、秀秋は機会を狙い続けた。

だが、生まれもってのこの性格である。秀秋の行いはつねに空まわりし続け、秀吉はかつての息子に失望と怒りを膨らませていった。

結果、十六の年に参加した朝鮮出兵での軽率な振る舞いが決定的となり秀吉と秀秋は絶縁状態となる。秀秋は何度も何度もふたり目の父に許しを乞うが、秀吉は首を縦に振ることはなかった。家康やほかの家臣の口添えによって、秀吉は死の間際、秀秋のことを許した。だがそれは形だけのものであり、結局愛情や信頼が戻ることはなかったのである。

そして関ヶ原での戦を前に、秀秋はまた許しを乞うている。

父が最も信頼し、恐れた家臣であり、父が築きあげた豊臣の世を壊そうとしている男、徳川家康に、である。


「この戦が、世を変えるのは確かであろうよ」

家康は親指をねぶりながら同情の笑みを目の前の男に向けた。

わなわなと震える秀秋は家康の膝に手を伸ばし「お許しください」と、言葉を発そうとした。

だが家康は青白い手をすり抜けるように立ちあがり、秀秋を見下ろす。

「哀れだのう、辰之助」

秀秋の顔に絶望の色が浮かぶ。

彼は声を裏返しながら、家康の衰えを知らぬ太い足にしがみついた。

「お待ちください、家康様」

「取り乱すな！」

家康にぴしゃりとたしなめられた若造は「ひぃぃ、お許しを」と慌てて手を離した。

その頭に家康はそっと手を伸ばす。不格好に噛みちぎられた爪を使い、乱れた秀秋の髪を正すと家康は言った。

「少し頭を冷やせ、夜風を浴びてくる」

秀秋がこくりと頷くのを確認すると、家康は静かに外にでていった。

寝所にひとりきりになり、秀秋は緊張の糸が切れたように、その場に倒れ込んだ。怒りと戸惑いを唸り声に変えて、何度も何度も地面を叩く。

何故こんな目に遭わなければならぬのだ。ただ周りの大人たちに巻き込まれてしまっただけなのに。直々に現れたというのに家康は一向に話を聞いてはくれず、自分を許すきざしを見せてもくれない。

秀吉のときと同じである。こんな無駄なやりとりをしていて一体何になろうというのだ。

秀秋が絶望に飲み込まれかけたそのときであった。

「秀秋様」

秀秋が顔をあげると、戸の間から染音が顔を覗かせていた。さきほどとは違い、彼女の瞳にはきちんと秀秋の姿がうつされている。

「お飲みください」

寝所の外から、染音がゆっくりと盆を差しだす。

その瞬間、盆が宙を舞い、そこに乗っていた底の深い湯のみから茶が飛び散る。

秀秋が染音の上腕をつかみ、手元に引き寄せ、抱きしめたのだ。

ぬるく冷まされた茶にまみれながら秀秋は彼女の胸に顔を埋める。

さきほど感じていた怒りなど、彼女の顔を見た瞬間に吹き飛んでいた。

染音はされるがまま彼を受け入れた。寝具に染み込んでいく茶のように、じわじわと胸元に広がる秀秋の体温を感じながら、彼女は男が落ちつくのを待った。彼女は心得ているのだ。自分の役目も、ここにいる意味もすべて。

すがるようにせわしなかった秀秋の呼吸が落ちつくのを見計らい、やっと彼女は口を開いた。

「いかがなさるのです、秀秋様」

戦場の鬼と恐れられた島左近。
筒井順慶を支え大和国をついに治めさせるにいたるが、
その後思うところあり、筒井家を辞す。各地を転々としながら戦いからは遠ざかり、
世捨て人のような日々を過ごしていた。
そんなある日、左近が休む安宿に、思いがけない客が現れて——。

大一大万大吉

第一章　河童

——石田三成と島左近

だが秀秋は、ただ首を横に振るばかりである。

「でもお決めにならなくては」

「分かっている」と、胸に顔を埋めたまま秀秋はつぶやくが、考えることを拒絶していることは明らかだった。赤子のように甘える男の頭をそっと撫でながら染音は囁いた。

「三成様と家康様、どちらにおつきになるのです？」

その冷たさに、島左近《しまさこん》は思わず息を飲んだ。

川に浸した彼の両手は凍てつき、瞬く間に感覚を失っていく。

師走も終わりに近づいている。

川の水が冷たいのは当然だというのに、これごときのことでうろたえるとは。俺も年をとったということか。

ひとり、苦笑しながら左近は水をすくいあげ飲み干した。立ちあがると、彼は大きく伸びをした。ふぅと吐きだした息は白い湯気となり大気に溶けていく。風もなく、川の流れは穏やかである。雲の合間からときおり顔をだす陽の光も柔らかい。左近がぼんやりと川を眺めていると、ふと視界を何かが横切った。

目をやると、それは冷水のなかを泳ぐ魚の群れであった。

随分と浅瀬を泳いでいる。

「おい、そこの」

左近は川辺を歩いていた母子に声をかける。突然、大男に声をかけられて怯えながらも女は幼な子の手を引き、彼に歩み寄った。

夏場は農作業に精をだしたのだろう。母も子も日に焼けている。それは左近の褐色した肌とは違う、田畑の泥が染みついたような浅黒いものだ。

「なんでございましょうか？」

女の声は震えている。

左近を間近にしたことで、彼に圧倒されたようであった。

着物の上からでも分かる鍛えあげられた肉体は、やせ細った母子の二倍にも三倍にも大きく感じられた。巨大な左近と女が視線を合わすためには口が半開きになるほど、体をのけぞらせなければならない。がっしりとした下あごや乱暴に結ばれた太くて癖のある髪の毛は、もののけや鬼を想起させた。

今この場で、この大男が幼い息子の頭を食いちぎったとしても女は恐怖に震えてもさして驚きはしないだろう。

怯える母子を気にも留めず、左近は浅瀬の魚たちを興味深そうに眺めていた。

「あの魚、何か分かるか？」

「おそらく、鮒《フナ》ではないかと」

「そうか」

左近は近くにあった石の塊を右手でむんずとつかんだ。

いとも簡単に持ちあげてはいるが、それは牛の頭ほどの大きさがある。恐怖に耐えきれず息子は顔を歪め、女は死を覚悟した。

せめて子どもだけでも助けなければ。

女が息子を背後に隠そうとしたのと、ほぼ同時であった。左近が石を持ったままジャブジャブと川へと入っていったのは。「寒い、寒い」と唸りながら膝上辺りまで水に浸かると
「安心しろ、気は触れておらん」

唖然とする母子に向かい、左近は白い歯を見せて微笑んだ。

「冬の水遊びも悪くないぞ」

　言葉を発しながら、彼は石を持った手を天高く振りあげる。着物がめくれて筋肉で膨らんだ傷だらけの腕が露わになった瞬間、空を切る音とともに左近は一気に腕を振りおろした。

　その先には水面から顔をだした大岩がある。ガッヂンと凄まじい衝突音が鳴り響き、周囲にこだましていく。それは力任せにぶつけられた岩々の悲鳴のようだった。

　水面に何層にも波紋が広がっていく。

「おさかな」

　今まで黙っていた幼な子のつぶやきを、左近は聞き逃さなかった。

「坊主、名を何という？」

「くまきち」

「そうか。くまきち、魚はどこだ？」

「そこ」と、くまきちが指さす先には腹を見せて水面に浮かぶ鮒の姿があった。それを合図に次々と鮒がプカリプカリと浮かびあがっていく。さきほどの衝撃で魚群が気絶したのだ。左近は「よしよし」と、丸々と太った鮒に手を伸ばす。

「さてほかは？」

「あっちも！」

「どこだどこだ？」

　自分の指示で大男が動くのが面白いのか、くまきちはきゃっきゃと騒ぎながら鮒の場所を教え続けた。左近は幼な子を喜ばせるように、きょろきょろとワザとらしく魚を探してみせる。

　その姿は父と子、いや祖父と孫の戯れのようであった。

左近が得意げに鮒を両手に抱えて川からあがる頃には、さきほどまで怯えていた女の顔にも笑顔が宿っていた。それどころか女は心を許し、両手が塞がっている左近に代わり、手ぬぐいで彼の両足を拭きはじめたのである。

「すまぬな」

「そのままにしておくと、体に堪えますので」

すっかり冷えきったふくらはぎを、さすり温めながら女は静かに高揚していた。強面の容姿のせいで一度は臆されるものの、打ち解けてしまえば瞬く間に人を魅了してしまう。そんな力が左近にはある。

この見てくれで得をしている。彼は自覚していた。

「いや助かった、これは礼だ」

左近はそう言うと、くまきちに太った鮒を二匹差しだした。

「母様にうまいもん作ってもらえ」

「だってさ、母ちゃん！」

嬉々としながらくまきちは二匹の魚を乱暴に奪い取った。

「このバカ」と、女は息子の頭をペチリと叩く。そして息子の頭を押さえつけ、自分とともにお辞儀をさせた。

「ご無礼をお許しください」

「気にするな、こちらも随分怖い思いをさせてしまったようだからな」

少年のような左近の微笑みに、女は恥ずかしそうにうつむき、着崩れていた着物の裾を直した。くまきちは腕がつかれたのか、鮒を地べたに引きずりそうになっている。女はそれを引きあげると、左近の顔を見あげた。

「本当にいただいてよろしいので？」

「手土産に持っていくには少し多すぎた、これで命を無駄にせんで済む」

世話になったなと、母子に向かい目元を細めると左近は川辺から去っていった。大股でぐいぐいと前に進む左近の背中は名残おしむ間もなく小さくなっていった。

「鬼みたいだったね、あのおいちゃん」

くまきちに言われ、思わず女は頷きそうになったが、寸前で堪えた。

あの人は鬼なんかではない。鬼にしては目が優しすぎる、汚れがなさすぎる。母子は鮒を大切に抱えながら家路についたのだった。

＊

左近は先を急いだ。

寄り道が過ぎてしまった。冬の陽は短い。

さきほどまで柔らかな光を放っていたはずの太陽はすでに沈みかけている。空は橙に染まり、端から夜が混ざりはじめていた。

腕に抱えた魚が容赦なく体温を奪っていく。女に拭ってもらったとはいえ、水に浸かった体は芯から冷え切っていた。

いつまでも若いつもりでいてはいけないと分かっているのだが、つい体が動いてしまう。動かした後に、若かりし頃の俊敏さを失った自身に戸惑うのだ。

彼はことあるごとに周囲に「俺も年を取った」ともらすようになっていた。だが、それは周りの者には伝わらぬ微々たる変化であり、傍目から見れば左近は今も昔も変わらず勇ましい戦の鬼である。その微々たる体の衰えを許せないのは左近自身だけなのだ。

「まぁ、いい」

寒さに震えながら、ほくそ笑み前に進む。

手土産ができて、左近は満ち足りていた。多少足元は悪いが、この竹林を抜ければ佐和山城はすぐそこである。誰にも教えていない彼だけが知る抜け道だった。


佐和山城は彼が仕える主君・石田三成《いしだみつなり》の城である。

きっと左近が現れるのを、今か今かと待ち構えているだろう。呼びだされはしたが、別段、用がある訳ではないことを左近は知っていた。三成が腹を割って話せる相手は片手で数えてもあまるほどしかいない。

そのひとりが左近なのである。

顔を合わせて酒を交わすことで、三成は頭のなかの靄を鮮明に形づけることができるのだ。周りから見れば、ただの宴にしか見えないだろうが、それは三成にとっても部下にとっても大切な作業なのである。

歩きながら竹林越しに夕空を見あげ、左近はふと思った。

石田三成という男は、青竹のようである。

馬鹿みたいに真っ直ぐに上へ上へと進むしかできない。横に逸れたり曲がるということが一切できぬ。

初めて顔を合わせたときから、それは変わらない。あれから、もう十何年が経った。しかし、三成と出会った日のことを、左近は今でも鮮明に覚えていた。

＊

それは今日のように凍てつく風の吹き荒れる夜であった。

突如現れた若造は、酒を煽りうつらうつらとしていた左近の前にずしりと腰を下ろした。囲炉裏の炎が激しく揺れている。宿屋というのも憚られる掘立小屋のような安宿に身を置いているせいで、隙間風が絶え間なく左近を襲うのだ。左近は寒さに耐えるために体に布団を巻きつけたまま、むくりと起きあがる。

「左近殿か」

「ならどうだというのだ？」

せっかく心地よく酔っていたのを台無しにされ、左近は腹が立っていた。

「人に名を尋ねる前に、まずそなたが名乗れ」

左近の言葉に若造の背後に立っていた間抜け面の男たちはざわめいたが、その若造はそれを諫めた。それでもなお、戸惑い続ける家来たちを「もうよい」と若造は外へと追いだす。おつきの者が去り、若造は再び左近と向き合い、姿勢を正してから「石田三成と申す」と、短く名乗り、その後で「とんだ無礼を」と、さらに短く続けた。

石田三成の名前は左近も知っていた。

豊臣秀吉《とよとみひでよし》の寵愛をうけていた小姓で、最近大名に取りたてられたとか。噂には聞いていたが、ここまで若い男だったとは。

年は二十三、四だろう。

面長の顔は横幅がせまく、あごに向かってさらにしゅっと細くなり、瓜か何かを連想させる。頬骨の位置が高く、鼻の下には一文字に結ばれた薄い唇がある。眼光ばかりがギラギラと鋭いが、悪い顔ではない。その口に少しでも笑みを湛えれば、コロリといってしまう女はごまんといるだろう。

「それで、三成殿が何の御用かな」

左近は残り僅かとなった酒を甕《かめ》ごとあおり、飲み干してから尋ねた。

「俺を引き連れて鬼退治にでもいこうというのか？」

「まぁ、そのようなものだ」

「は？」と、左近が尋ね返すよりも早く三成は深々と頭をさげた。

三成は左近を家臣として迎えようとしているのだ。呆れかえり、左近は声をだして笑った。その声は三成の下っ腹にズシンと響くほど、大きく野太い。

島左近も舐められたものだ。

一度は大和国の侍大将までのぼりつめ、戦場の鬼とまで言われたこの俺をどうこうできると思っているのか。左近がこうしてボロ宿に身を置いているのは、この乱世に嫌気がさしたからである。

幼き頃から彼は頂を目指し、ただひたすら武術に明け暮れてきた。

戦場の鬼と呼ばれるようになってからも剣術、槍術、弓に鉄砲、果ては忍びから暗器の手習いまで。彼は貪欲に自らの体を鍛えあげていった。しかし今や戦への情熱は、消えかけようとしている。

早い話が戦に飽きてしまったのである。

そして、この身をかけて仕えたいと思える武将も、登れるところまで登ってやろうという野心を持つ大名も、何処を探しても見当たらない。

そんな俺に棚ぼたで大名になったような青二才が何を言う。三成を見る左近の目は侮蔑で染まっていく。

信長が死んで、その後釜にうまく滑り込み、まんまと天下統一を成し得た秀吉。そんな男の手飼い小姓をしていた三成は、そのおこぼれにあやかっただけ。多少頭が切れるのかもしれぬが、それが何だと言うのだ。

左近の笑いが収まるのを待っていた三成は静かに頭をあげた。

「腹は減りませぬか」

この小童、何を言いだすかと思えば、この俺に飯の用意までさせようというのか。

さすがの左近もカッと頭に血がのぼっていく。

「あいにく都からきた者の口に合うものは、ここにはないようだ」

「いえ私はいいのです、左近殿はいかがですか？」

「減ったと言ったら、どうなんだ」

すると三成は、立ちあがり「しばし待たれよ」と、掘立小屋の外へとでていった。ただただ唖然としていた左近は、自分の口があんぐりと開いていることに気づき、慌てて両手を使ってあごを押しあげた。

「阿呆らしい」

そうつぶやくと、そのまま布団に横になった。

宿の周りにあるのは名もない川と木々それだけだ。飯を作らせようにも、山を下らなければ人っ子ひとり現れぬ。

結局、あの若造は引き際が分からず左近の前から逃げだしたのだ。

もっと骨がある奴かと思ったが、左近は張り合いのなさに憤りを覚えた。

こんなときは寝るに限る。

すっかり醒めてしまった眠気を再び呼び戻そうと左近が目をつぶったのと、ほぼ同時であった。

「おやめくだされ！」

「三成様あぶのうございます！」

弱々しい家来たちの声の後で、激しい水しぶきの音が左近の耳に届いた。

何かおかしなことが、外で起こっている。

がばりと起きあがり、左近はそのまま外へと飛びだした。外にでた途端、凶暴な北風が着物の隙間に入り込み体温を奪っていく。足の裏に川砂利が突き刺さったが、構わず左近は前と進んだ。

月明かりにぼんやりと照らされた人影はふたつ。三成の従者たちが、川の前で、あわあわとうろたえていた。間抜けな顔の男は、さきほど三成が着ていた着物を抱えている。もう片方の男は、左近に助けを求めるように川の先を指さしている。真っ黒く夜に染まった水面が不規則かれる。

に揺れていた。まだ闇夜に目が慣れていなかったが、これだけの状況が揃えば自然と答えは導

三成が川に飛び込んだのである。

気が触れたとしか考えられない。ガチガチと歯を鳴らしながら左近は川に近づいていく。こ

の寒さのせいで体がかたまり、息が乱れふたつの肺臓はゼイゼイはためいた。じんわりと浮か

びあがった汗がさらに体温を奪っていく。

「たわけども、なぜ止めなかった」

左近は男の胸倉をつかんだ。彼の目には明らかに怒りが漲っていた。それは三成に対しての

ものではない。無能な家臣たちへ向けられたものであった。

「まさか飛び込むとは」

言い訳にもならぬ戯言を口にする男を、左近はそのまま突き飛ばした。

「ならば、なぜ後に続かぬ？」

「は？」

「なぜ主君の後に続かぬのだ⁉」

そう叫び、左近が川に飛び込もうとしたとき「ぶはぁっ！」という声とともに、水柱が立ち

あがった。水面から飛びだした三成は、体を揺らして水しぶきを飛ばす。口もきけず、ただ喘

ぐように空気を求める三成は、月に顔を向けて立ちつくしている。

左近は立っている場所から、近づくことも離れることもできず、ただ三成の姿を景色を眺め

るように、ぼんやりと見つめ続けることしかできなかった。

「やはり、子どもの、ときのよ、うには、いきませぬな」

肩を大きく動かして、息も絶え絶えに三成は左近に近づいていく。

「昔は何、匹でも、捕まえる、ことができ、たのに」

月夜に照らされた三成の手には、何かが握られている。それはビチビチと彼の手のなかで暴れうごめいていた。

「寒、鮒です」

そう言って彼はグイッと鮒を差しだした。左近は仕方なしに魚を受け取る。微かに触れた三成の指は人のものとは思えぬほど冷たかった。

「こんな無茶をして」

「無茶では、ありま、せぬ」

「これが無茶でないなら、何だと言うのだ」

「幼い頃、兄や、父に頼まれ、れば何度でも川に、飛び込み、ました」

震えが止まらぬ唇をぎりと噛みしめ、三成は左近を見やった。

「私は、あなたに兄に、なっていただきたいのです」

左近のためならば、実兄に言われたときと同じように川にでも飛び込む。魚をつかむ。身を持ってそれを示したのだ。口先だけでは薄っぺらな意味しか持たぬ言葉が、厚みと深みを持ちはじめる。小馬鹿にして受け流すこともできず、左近は「……兄」と言葉を繰り返した。

「兄のように、この若造と、その若造の家臣たちを叱り、傍で見守っては、いただけませぬか？」

「阿呆」と、左近は三成の手を引き、ボロ宿へと引き返した。

「これで肺でも患われて死なれた日にゃ、叱りたくとも叱れないだろ」

左近の言葉に、三成は勝ち誇ったように青紫色の唇を緩めた。まったく小生意気な弟だと、左近は大きくため息をつく。胸のなかの炎が燃えあがった訳ではない。だが、少しでも火が残っているうちは、この若造の周りを照らす灯り代わりにはなるかもしれない。そんな風に彼は思ったのだった。こうして三成は島左近という家臣を手にいれることができたのである。あのとき、彼が寒鮒を捕まえられなければ、ふたりの人生は違ったものになっていただろう。

左近が得意げになり寒鮒を抱えているのは、そのせいなのである。

その後、左近は一万五千石の石高で、三成に仕えることとなる。それは三成が持つ石高のほぼ半分であり、異例中の異例であった。

「最初からそう言っていれば、川になど飛び込まずに済んだのに」

十年以上経った今でも、左近はこのくだりを話して、よく三成をからかう。それに対して三成も、お決まりの言葉を返すのだ。

「相変わらず嘘が下手だな、兄上」と。

*

そんな三成は今、佐和山城にて謹慎の身である。

なぜかと言われれば理由は至極簡単。命を狙われたからである。

告げ口屋三成。耳打ち三成。周りの大名から、主君がそう呼ばれていることを左近は知っている。今は亡き秀吉の寵愛を受けていた三成は、彼の手となり足となり、豊臣家への忠義を尽くし続けた。その忠義は、ほかの大名からみれば耳元を浮遊する蚊や羽虫のように不快で目ざわりなものでしかなかったのである。三成がいると翌日には、すべてのことが秀吉に筒抜けになってしまう。

三成の密告のせいで、転がり落ちていった男たちを、左近は何人も知っている。もっとうまく立ちまわるべきだと、左近は口を酸っぱくして三成に苦言を呈したが、彼は聞き入れなかった。青竹のような三成にそんなことができるはずがなかったのである。こうして大名たちの不満は秀吉が死んだ後も膨れあがり、とうとう三成に降り注いだのである。

竹林を抜けて、左近は寒鮒を抱え直す。

さて、弟を元気づけてやるかな。左近は寒さに震えながら、歩みを早めていった。
＊

「おやおや、まぁ」

左近を迎えたうたは、その姿を見て「ふふぅ」と口元を押さえた。白く小さな指の間からは鈴の音のような笑い声が零れる。新しい衣を持った侍女たちに取り囲まれ、左近は手近の女に鮒を手渡していく。「きゃっ」と声をあげながら侍女たちは魚を持って立ち去っていった。

草履を脱ぎながら、再びうたに目を向けると、鈴の音はまだ続いていた。相変わらず笑い上戸の女だ。このような底抜けの明るさがなければ、三成の正室は務まらないのかもしれない。左近はそんなことを考えながら、うたに頭をさげる。

「うた様、直々にお出迎えいただけるとは」

三成の正室である皎月院《こうげついいん》を「うた」と呼べることも、左近に許された特権であった。

「どうぞ、もう湯が沸いております」

予想をしていなかった答えに、「湯？」と、左近は尋ね返した。

「三成様の勘が働いたのですよ」

うたは笑いつかれたように、小さく息を吐き、言葉を続けた。

「これだけ到着が遅いとなると、左近は天狗や河童と相撲でも取って遊び呆けているのだろう。散々待たせたのだから、こざっぱりとした格好をさせてから私の前に越させよ。そう申しつけられております」

あの若造め、好き放題言いおって。

だが今の左近にとっては、これ以上ない申し出である。それもまた彼の悔しさを増大させていった。三成は変なところで勘の働く男なのである。

左近の心を読み取ったのであろう。うたが再び鈴の音を鳴らす。

「どうやらお相手は河童だったようでございますね」

「なかなか手ごわい相手だった」

説明をするのも阿呆らしくなって、左近は彼女に話を合わせる。

「だが最後はこれで勘弁してくれと寒鮒を投げて寄こしおった」

「河童の夕餉《ゆうげ》を奪うなんて、酷なことを」

「あぁ、今頃ひもじい思いをしているだろうな」

そんな与太話をしているうちに、左近とうたは風呂の前まで辿り着いた。

「河童の土産はいかがなさいますか、煮つけにいたしましょうか。炙りましょうか」

「どちらも美味そうだ、任せる」

うたは頷き「では、ごゆるりと」と、左近に背を向けて廊下を進んでいく。

できた女である。ここぞというときに口下手になる三成は妻の爪の垢でも煎じて飲むべきだ。そんなことを思っていた左近は、ブルリと身震いをする。本当はこのまま、うたの背中を見送っていたかったが、寒さには勝つことができない。左近は水を吸ってズッシリと重たい着物を脱ぎ捨てて風呂場へと駆け込んだ。

*

体から湯気を立ちあがらせながら現れた大男を、三成は一瞥して、墨を硯ですりはじめた。

「しばし待て、すぐ終わる」

手に持っていた墨を置くと、三成は再び左近に目をやり短く鼻で笑ってから、つらつらと筆を走らせはじめる。

兄のように慕っている男を鼻で笑うのか、左近は心のなかでぼやきながら主君を待った。すぐ終わるというのは、口先だけであることは、長年仕える左近には分かっていた。筆まめの三成は一度筆を持つと、いつまでもそれを離さない。元々遅れたのは左近であるし、そうでなくても主君に文句を言うことなどできる訳がない。彼はじっと三成の動きを見守った。やっと三成が筆を置いたのは、左近の体の湯気がおさまり、すっかり湯ざめした頃であった。

「老いぼれ狸め」

筆を置いて第一声、三成はそう吐き捨てた。老いぼれ狸とは、もちろん「内府」こと徳川家《とくがわいえ》康《やす》である。

「命の恩人に、なんて口を」

左近は顔をニヤつかせながら三成をとがめた。三成が暗殺されることなく、この城に逃げのびることができたのは家康のおかげなのである。彼の手助けがなければ、三成は今頃どうなっていたか分からないのだ。

「命の恩人だと？」

三成は再び鼻で笑ってみせた。

「すべて狸の思惑に決まっておる。早く奴の手のなかから抜けださなくては」

秀吉亡き後、音を立てて豊臣の時代は崩れ始めている。

秀吉の子・秀頼《ひでより》は幼なすぎて、父の跡を継ぐのは困難だ。実質、山の頂に立つ者が不在の状態なのである。

忠義の男である三成は秀頼が成長するまで豊臣家を守るのが家臣の仕事であると、声高らかに訴えてきた。もちろん、どの大名も三成と同じ意見である、表向きは。しかし、間隙をぬって後釜に座ろうと企てる人物は必ず現れる。これればかりは三成が訴えたところで止められはしない。

そして、その後釜を狙う人物は「老いぼれ狸の徳川家康」であることは明らかだった。秀吉の右腕であった重鎮の裏切りが彼はどうしても許せなかった。

家康は言ってしまえば崖を這う蔦である。

形を変えて方向を変えて、あらゆる角度から何本も手を伸ばして高みを目指す。そんな方法を青竹である三成が理解できるはずがない。この世に産声をあげたときから、分かり合うことはできないさだめのふたりなのである。

「狸に化かされる奴らも、救いようのない阿呆だな」

そう忌々しそうにつぶやく主君の顔を、左近はじっくり眺める。若造だった頃の瓜のような青臭さは、どこかに消え失せて、その眉間には深くしわが刻まれていた。

老けたというよりかわいげがなくなった。

左近はそう思っている。年々、三成から表情というものが消えていっていると、彼は感じていた。相変わらず瞳はギラギラと野心に燃えているが、その光は鈍く灰色がかっている。

唯一表すのは怒りの感情だけだ。

後は、鼻で笑ったり眉間にしわを寄せたりと、顔の一部分を仕方なしに動かすだけである。あの秀吉公が亡くなったときでさえ、彼は顔色ひとつ変えずに淡々と家臣たちに指示をだしていた。武士が人前で泣く訳にいかない、そう言ってしまえばそれまでだが、ここまで感情を表にださないとなると話は変わってくる。人知れぬ場所で、もしくは心で泣いているのだろうか。

もっと人前で感情を爆発させることができれば、もっと生きやすいはず。こんなにも敵を作らず、告げ口三成など不名誉なあだ名もつけられることもなかっただろうに。青竹男の不器用さを、左近は笑うことしかできなかった。

「何がおかしい」

左近のにやけ顔を三成は睨《にら》みつける。左近はゆっくりとあぐらを組み直した。

「これから殿は、どう動くつもりなのかと思いましてな」

三成の眉間のしわがさらに深くなったのを、左近は見逃さなかった。それは長年のつき合いである左近でなければ見極められぬ些細な変化であったが、それを受け流すことなど彼にはできない。

「もう決めてらっしゃるのですな」

しばらく間を開けてから、三成は沈着な口調で言った。

「直江の動きを待つだけだ」

上杉景勝《うえすぎかげかつ》の家老・直江兼続《なおえかねつぐ》であったか——。胸の鼓動が次第に速まっていく。ドクンドクンと、指の先まで脈動が伝わっていく。

歴史が動きだそうとしている。

その気配を感じずにはいられなかった。それは三成も同じなのだろう。

「老いぼれ狸の好きにさせるか」

三成は拳を硬く握りしめると、畳にドシリと叩きつけた。

「お待たせして申し訳ございません」

襖越しに、うたの声が響いた。

「入れ」

三成の合図を受けて、襖が開く。侍女を引き連れたうたは三成たちに深々と頭をさげた。

「宴の用意をさせていただきます」

左近は口角をあげて、うたに目配せをした。寒鮒を見た三成の顔はさぞ見物であろう。悪戯を仕かけた小童のように彼は身を乗りだして三成の反応を窺った。

「今宵は魚づくしでございます」

侍女が運び込んでいく盆を眺めながら、うたは口元を押さえて鈴の音を鳴らす。

「よっぽど寒鮒がお好きなのですね、お、ふ、た、りとも」

おふたりとも。

その言葉を不思議に思いながら、左近は並べられた盆に目を向けた。

煮つけに、味噌焼に汁もの。

どの皿にも魚料理が乗せられている。皿の上にある寒鮒の尾っぽの数は、左近の目にうつるだけでも六匹。

明らかに左近が土産として持ってきた数よりも多い。

「こちらの盆は人が、こちらの盆は河童が獲った寒鮒でございます」

うたの言葉で、左近はやっと合点がいった。

再びいたずらっ子のような笑みを浮かべて三成の顔を見やる。

彼と同じように三成も左近の顔を覗き込んでいた。珍しく目を見開き、眉間のしわを緩めている。


時代を動かす前に今一度、彼は伝えたかったのだろう。

左近のことを兄のように慕い頼りにしていること。

そして兄の支えを必要としていることを。

「兄弟、考えることは同じということか」

左近の言葉に、きまりが悪そうに三成は目を逸らした。その首筋は心なしか赤らんでいる。

ここまでともに歩んできて、俺が逃げだすと思ったか。阿呆が。

最期までこの燻った胸の炎で、主君を照らし続けてやるわ。

心のなかで啖呵を切ると、左近は豪快に寒鮒の焼きものにかぶりつく。

それを見届けてから三成は、河童が獲った寒鮒に箸を伸ばしたのだった。

第二章　非情

——井伊直政と松平忠吉

徳川家康の四男・松平忠吉と「赤揃え」の異名を持つ井伊直政は婿と舅の関係にある。
忠吉の目には、「徳川四天王」として君臨し続ける直政が
美しく、気高く、そして恐ろしくうつる。
彼らが馬を走らせ向かう先には——。

歴史が大きく動き出したのは、満開の桜が咲き乱れる季節のことだった。

「黙っていては分かりませんよ」

馬上の井伊直政《いいなおまさ》は、笑みを絶やすことなく下を見やった。

伏せられたまぶたから伸びた睫毛は長く濃い。それが白い頬に影を落としている。

色素が薄く灰色がかった彼の瞳には、地べたにひれ伏す家臣の姿がうつっていた。昨日の雨のせいか、地面はぬかるみ、家臣の体は泥土にめり込んでいる。せっかく顔をだしたつくしが潰されて男と同じように土に埋れていた。

「聞こえないのですか？」

直政が声をかけても、家臣は顔をあげることなく体を震わせている。家臣は何度も「申し訳ございませぬ」と口にしていたが、馬に乗る直政にはそれは届かなかった。

「訳を聞いているだけなのに……困りましたね、忠吉さん」

突然、声をかけられた松平忠吉《まつだいらただよし》は口ごもり「はい」とだけ言葉を発した。

相槌が遅れたのは、彼が直政に見惚れていたからである。

別に男色の気がある訳ではない。

こうやって馬に跨り、隣に並んでいるときでなければ義父の顔をじっくりと眺めることができないからである。

なめらかな弧を描く美しい額。控え目だが筋の通った鼻、赤く色づくたわわとした唇《くちびる》。すっと伸びる首筋。

二十年近いつき合いとなるが、直政は昔と変わらない。

いや年を重ねるごとに、その美しさに磨きがかかっているようである。

自分ばかりが年を取り、彼を追い越して老け込んでいる。そんなはずはないが、義父ならばあり得る気がして、忠吉は彼を眺める度に微かな恐怖を覚えているのだ。

*

彼が物心ついた頃の記憶を辿ると、そこにはすでに直政がいる。

忠吉は赤子のとき松平家に養子にだされ、五つの頃には人質として豊臣秀吉《とよとみひでよし》の元に送られた。大坂での暮らしのなか、たまに顔を見せてくれる実父・徳川家康《とくがわいえやす》の横には直政の姿があった。

家康の小姓であった直政は元服した後も、ことあるごとに呼びだされては行動をともにしていたのである。

当時、直政は二十歳を過ぎたばかりであったが、すでに家康からの絶大な信頼を得ていた。

家康は顔を見せても二言三言言葉を交わすとすぐ秀吉とともに部屋の奥へと入ってしまう。

なので彼の記憶に残るのは父の顔より、和歌をそらんじてくれる直政の顔だったのである。

ちなみに彼が最初に教えてくれた歌は、

「天の海に　雲の波立ち月の船　星の林に　漕ぎ隠る見ゆ」

であった。

直政は和歌だけでなく戦場での興味深いできごとや戦術について話してくれたり、周囲の目を盗んでこっそり剣の手ほどきをしてくれたりした。

なにより忠吉がうれしかったのは、別れ際に直政が頭を優しく撫でてくれることである。

「よいお顔をしている」

直政の手の感触を楽しみながら、忠吉は賛美の言葉に酔いしれた。

美しい直政に持ちあげられると、失いかけていた自信がむくむくと甦っていく。籠のなかの鳥になり人肌恋しい幼な子にとって、この時間がどんな菓子よりも甘い褒美であった。そんな直政に忠吉は憧れ、姿を現すのを心待ちにし続けていた。

一度、彼に「どうしたら直政のようになれるのか」と尋ねたことがある。

そのとき忠吉は、彼の肩に跨り肩車をされながら庭を闊歩していた。忠吉の言葉に立ち止まった直政は笑みを押し殺すように喉をふるわせて

「なりませんなぁ」

とつぶやいたのである。

「そのような志低いことではなりませぬ。殿のご子息ともあろうお方が」

そう言って直政は顔を背後にのけぞらせて忠吉と目線を交わす。微笑みを携えているのに、彼の眼差しは凍てつくように鋭かった。

初めて直政に恐怖を覚えた忠吉は、幼いながらに「今の直政は、真の姿ではないのでは？」と感じ取ったのだった。

＊

「さぁ、面《おもて》をあげなさい」

再び我に返った忠吉が義父に目をやると、すでに彼は馬を下りて家臣の前に立っていた。側近たちが声を荒げて「早くしないか」と騒ぎたて、やっと泥に埋もれていた家臣は面をあげた。

「申し訳ございませぬ」

「それは何度も聞きました」

直政はピシャリと謝罪する家臣の言葉を遮った。

「この事態の原因を述べよと、さきほどから言っているのです」

「それは……」

唇を伝い泥が口内《こうない》に入りこみ不快そうに顔を歪めはしたが、家臣は三つ指をたてた手を地べたから離そうとはしなかった。

「さきほど申しあげました通り、昨日の雨で川を繋ぐ橋が崩れておりまして」

男の説明を忠吉も数分前に聞いていた。

川を繋ぐ橋が崩れて、この先進むことができない。回り道になるが引き返してさらに川上の橋を進む必要がある。そう男は言ったのだ。しかし義父は納得しない様子で、こうして立ち往生したまま時間だけが過ぎているのである。

「その話もさきほど聞きました」

直政は目元を緩めたまま、男に言葉を投げかけ続けた。

「この事態の原因を私は聞いているのです」

「と、言いますと？」

おそるおそる尋ねる家臣に短くため息をつき、足先をずぶりとぬかるみに沈めた。

「この道のぬかるみ、激しい川の水音、道行く百姓の姿……それらから橋の損壊は想定できたはず」

慌てふためき、家臣は声をあげた。

「ですから確認をして、こうしてご報告を」

「本当に想定していたのですか？」

忠吉は見逃さなかった。直政の薄色の瞳が「獲物がかかった」と言わんばかりに輝くのを。目をきらめかせた直政の追及は速まっていった。

「想定していたならば、道順を変更することや川の偵察をしに人を向かわせること、百姓に様子を尋ねることだってできたはず。貴方はそれを怠った。そしてノコノコと君たちの後をついてきた我々はこうして立ち往生をしている」

直政は家臣にグイと顔を近づける。

「さぁ、この事態の原因は何でしょう？」

家臣の三つ指をつく腕が震えて、ぬかるんだ地面が微かに波打つ。

「それは、拙者でございます」

そのまま男は深々と泥土に顔を埋めた。

「分かればいいのだよ」

直政は家臣に笑みを向けたかと思うと、そのまま素早く刀を抜き、命乞いもさせる暇なく家臣の首をスパンとはねる。「ひっ」と生首が声をあげた。ごろんと泥のなかに首が転がる。三つ指を立てたまま固まっていた男の体も一拍置いてうつ伏せに倒れた。溢れた血は泥土に混ざり、やがて消えてしまった。

惨《むご》い。

そう思いつつも断首の一連を、忠吉は固唾を飲んで見守ることしかできなかった。

「非情に思われますか？」

鞘に刀をしまう直政は表情ひとつ崩さず、義息の顔を見あげた。

「伝達の遅れが、戦場では命取りになります故」

「分かっております」

そう言いながらも忠吉は「何も殺さなくても」と内心で毒づいていた。

部下に厳しくすぐ処罰を与えるせいで「人斬り兵部」という恐ろしい異名を、直政は持っていた。

家臣たちは毎朝出仕する前に、家族と水盃を交わすという。直政に仕える以上、いつ命を落としても不思議ではない。家臣を怯えさせ恐怖で支配する直政のやり方に、前々から忠吉は疑問を感じていたのだ。

「ですがね、忠吉さん」

馬に跨りながら直政が、再び口を開いた。

「一度許せば過ちは繰り返され、さらなる過失を産むのですよ」

義父の言葉に忠吉の肌は粟立った。心の声が漏れてしまったのかと思わず口を手で覆った義息に、直政は喉奥を震わせた。忠吉は手のひらで隠された口を尖らせる。こうやってすべてを見透かされてしまうから、こっそりと顔を観察していたのに。やはり直政と顔を見合すのは危険である。

直政は側近に「弔ってやれ」と言いつけると踵を返すと列の先頭に立った。

「義父上？」

「案ずることはありません」

心配する忠吉を宥めるように、ニタリと口角をあげる。

「お父上の城までの道は頭に刻まれていますから」

直政は馬に鞭打ち、山道を駈けだした。

水を得た魚のように直政を乗せた馬は速度をあげ、瞬く間に山中に消えていった。側近たちは慌てて、彼の後に続く。忠吉も慌てた面々のひとりである。義父の背中を追いながら忠吉は独りごちた。

「ちっとも追いつけぬ、あの背中に」

＊

直政の「真の顔」とは、いかなるものなのか？

忠吉が幼い頃から抱いていた疑問、その解決は意外に早く訪れる。十二歳になった忠吉は忍城城主となり、直政の娘・政子《まさこ》を妻にめとることとなった。

人質から解放されて二年。まつりごとなど何も分からぬ忠吉は忍城城主となり、「今から夫婦の契りを交わすのだ」と周囲に言われるまま、流れに身を任せるしかできなかった。

そんな彼の元を訪れた直政は昔と変わらぬ笑みを浮かべていた。

「立派になられましたね」

そう話す彼が忠吉の頭を撫でることはもうなかった。

直政をなんと呼べばいいのか、どう接すればいいのか。今まで兄のように慕っていた男が義理の父となる違和感に戸惑ってばかり。婚礼の儀の間も、忠吉は始終うつむき、どこか心虚ろであった。


「少しよろしいかな」

宴が終わった後、舅《しゅうと》は忠吉を呼び寄せた。虚ろだった忠吉を、途端に恐怖が襲う。慌てふためいてばかりで武士らしい振る舞いのできない自分に、直政は怒っているのだ。そう思い、忠吉はうなだれて直政の後に続いた。

「やはりよいお顔をしておられる」

部屋に入るなり、直政は目を細めた。

「いえ、そんな」と、まごつく忠吉を置いて直政は襖を明け放つ。

その座敷は小さな庭に面していた。庭の大半を占める池には見事な鯉が泳ぎまわっている。

「こちらへ」

言われるがまま、直政の隣に座り池を眺めた。月がうつしだされて水面でゆらゆらと揺れている。そこには月と並んで直政と忠吉の顔もうつしだされた。

「ね、よい顔をしてるでしょう」

直政の言う通り、忠吉はまっすぐに、そして凛々しく成長を果たしていた。だが直政の前では、月とスッポン。忠吉の美貌など足元にも及ばない。

「私など、義父上《ちちうえ》に比べれば」

忠吉は、このとき初めて直政を「義父上」と呼んだ。妙に照れくさくこそばゆくて、彼は池にうつる直政から視線を逸らそうとした。しかし、直政は彼のあごを持ち、強引に池に視線を戻させたのである。

「義父上？」

「いにしへに　ありきあらずは知らねども　千とせのためし　君にはじめむ」

「え？」

力強くあごをおさえられて身動きが取れない。忠吉は抵抗をやめて水面にうつる己と対峙する。

「忠吉さん、この無垢な姿を忘れてはなりませんよ」

無垢という意味が分からず、言葉を繰り返した忠吉に「混じりけがなく純真なことです」と、直政はつけ加えた。

「貴方の背中には、これからたくさんのものが圧しかかっていくでしょう」

忠吉のあごから外された直政の手は、今度は背中に押しつけられ力が込められていった。

「松平家の名、井伊家の名、そして家康公の名もそう」

グイグイと押されて忠吉の体は前のめりになっていく。

「貴方にはその重さに耐えてもらわなくてはならない……決して周りに流されず、凛としておられよ。どす黒く染まるのは私だけで充分です故」

「どす黒くなんて」

忠吉の言葉を遮るように、直政は足を伸ばして池の水をかき揺らした。

水面が乱れて美しい直政の顔が歪んでいく。

「いくらでも黒く染まりますよ、お家のためならばね」

祖父と父を亡くして一度は衰亡しかけた井伊家を一代で、ここまで復興させたのである。血が滲むような努力と犠牲を伴い、ときにはやむを得ず、汚いことにも手を染めてきたのだろう。醜く歪んでうつる直政の顔は、彼の内なる心を表しているようであった。

「でなければ、井伊の赤鬼などという通り名もつきませぬ」

「そんなっ」

忠吉は思わず声を荒げた。

「……鬼でも義父上は、よい鬼です」

「なんと」とつぶやき、直政は喉の奥を震わせてしばらくの間腹を抱えていた。

「よい鬼とは、面白いことを」

笑いが収まると、彼は忠吉の背中をポンと叩いた。

「ずっとそのまま、汚れを知らぬお姿で」

そう言われて頷いたが、心のなかで忠吉は決めていた。

義父のような男になろう。

無垢なままでなどいるものか。いつか、胸を張って彼と肩を並べてやるのだ。

池のなかで揺れる歪《いびつ》な月に、そう彼は誓ったのだった。

＊

「おや懐かしい」

そう言って使いの者とともに現れたのは小早川秀秋《こばやかわひであき》である。

直政が先導することで、遅れを取り戻した一行は予定通りの時刻に、家康の待つ屋敷へと辿り着いた。馬を預けた忠吉が体の汗を拭っていると秀秋は慣れ慣れしく、その肩に触れた。

「お元気でしたか井伊殿、そして福松……いや忠吉、どの」

とってつけたように「殿」をつけて、秀秋は頭をさげる。直政は背の低い秀秋に向かい、体を屈めて目を細めて微笑んだ。

「昔のようにお福と呼んでくださっても構いませぬよ、ねぇ忠吉さん」

「ええもちろん」

忠吉は直政の真似をして目を細めて肩に乗せられた秀秋の手に触れた。

「ひっ、昔のことをいつまでも……私を苛めないでくだされ」

慌てて手を引っ込めた秀秋は不貞腐れた表情を隠そうとせぬまま、直政と忠吉に背を向けて歩きだした。後ろをついてこいということらしい。悪い奴ではないのだが、どこか気が利かない男だと、改めて忠吉は思った。

忠吉と秀秋は幼き頃からの顔馴染みなのである。

忠吉が人質に取られている頃、秀吉の養子となった秀秋は蝶よ花よとかわいがられて育てられていた。

ひとつ年上である忠吉は、秀秋の格好の遊び相手だったのである。

秀秋は幼名の福松丸《ふくまつまる》から忠吉を「お福」と呼び、家来のように連れて練り歩くのを好んだ。幼い忠吉にも、そのつまらない遊びを拒めないことは理解できた。自分の失態のせいで父上を困らせてしまう。それだけは避けたかった。

体の小さな秀秋は相撲や水切りで負けるとムキになり「ズルをした」と、癇癪を起した。かといって手を抜いてワザと負けたことがバレると、秀秋はさらに怒ってポカリと彼の頭を拳骨で殴る。

毎度毎度殴られては堪らないので、接戦を演じてギリギリのところで負けを演じなければならない。忠吉にとって、それは骨の折れることだった。加減を知らぬ秀秋に思い切り殴られてこぶができてしまい、城にきていた直政に泣きついたことがある。

「優しくしておやりなさい」

直政は水でぬらした手拭いを忠吉の額に当てながら言った。

「貴方の器の大きさを見せつけるのですよ」

彼が何を言おうとしているのか忠吉は分からなかったが、言葉通りに秀秋に優しく接してやることにした。単純な秀秋は、すぐに忠吉に心を開き、こっそりと茶菓子を持ちだし、彼に分けてくれるまでになる。忠吉が気づいた頃には、彼は秀秋に殴られることもなくなっていたのだった。

*

秀秋の案内の下、直政と忠吉が訪れたのは城内に植えられた桜の大木の前である。

その木の下で、家康はドシリと身構え手酌で酒をあおっていた。周りには酒や肴が並び、宴会の準備が整っている。少し時期がずれてしまったが花見と洒落こもうというつもりらしい。今日どうして自分がここに呼ばれたのか理解せぬまま、この場にきてしまった忠吉は目的が分かり、内心ほっと胸を撫で下ろしていた。

「ご無沙汰しております、父上」

忠吉が挨拶を言い終わらぬ内に、直政は音を立てずに動きだしていた。彼は家康に近づき、すぐに隣を陣取った。

「私めが」

長い指を伸ばして指樽《さしだる》を受け取り、直政は家康の盃を満たす。

義父に働かれては、立つ瀬がない。出鼻を挫かれて立ちつくす息子を見て、家康は豪快に笑ってみせた。

「お前たちも座るがよい」

言葉を受けて、忠吉と秀秋は家康を囲むようにあぐらを組む。秀秋は近くにいた女に酒を注がせて豪快に飲み干してみせた。

たいして酒に強くないくせに、一気に何杯も酒をあおったせいで、秀秋の顔は茹で蛸のように染まっていく。

忠吉はというと、ふたりの父親の会話を聞き漏らしたくなくて、肴にも一切手をつけずに彼らの様子を窺っていた。家康は実の子より直政が尋ねてきたことの方がうれしいようで、上機嫌に鯛を塩焼きにしたものを頬張っている。よく見ると、その鯛の身をほぐしているのは直政ではないか。

唯一、義父に対して不満があるとすれば、それは実父・家康に対する態度である。いくら小姓だったからといえ、そこまでやる必要があるのだろうか。父の寵愛を受けて出世したのだから、忠義を果たすのは当然かもしれない。だが、直政の家康に対する態度は、赤子をあやすような甘さがあるのだ。

「散りかけの桜も粋なものだろう」

家康の声に合わせるように風が吹き、花弁が舞い散っていく。真上を見ると桃色のなかに、新緑が混じり葉桜となった木々が揺れている。あと数日もすれば、完全に桜は散ってしまうだろう。

舞い落ちてくる花弁を眺めながら直政は尋ねた。

「散りかけと言えば、あちらはいかがされましたか？」

「あぁ、とうとう針に引っかかったようだ」

家康の言葉に、直政の眼が鋭く光る。

散りかけ？　針？

忠吉はなんの話か分からず、ふたりの会話を見守った。

「……かかった獲物は？」

「会津の若造よ」

その言葉で、忠吉はすぐにそれが直江兼続《なおえかねつぐ》であると理解した。上杉景勝《うえすぎかげかつ》の家老である直江が一体何をしたというのか、忠吉の鼓動は自然と早くなっていく。

「上杉の輩が新たな城を作ろうとしていることは知っているな」

「えぇ、会津を作り直すと意気込んでいらっしゃると」

直政は相槌を打ちながら、再び酒を家康に注いだ。

「それがな、どうやら謀反を企てているようだと訴える者がおってな」

注がれた酒を美味そうに家康は飲み干した。秀秋とは違い、こちらはザルらしい。いくら酒をあおろうと顔色ひとつ変わらない。

「そんな訴えをうけては確かめぬ訳にもいかぬだろう。だから上杉に詰問状を送り、上洛するように命じたのだ。返答次第では我が息子をそちらに向かわすともな」

謀反の事実が本当か嘘かは関係ない。

上杉景勝を呼び寄せ、失脚させることで謀反の火を消す。それが叶わぬならば、会津征伐に向かうと、彼は上杉を脅したのである。上杉家を周囲の見せしめに使おうということだろう。

忠吉はそう理解して、ひとり頷いた。隣では身のこなしまで蛸のようになった秀秋が給仕をする女にまとわりついている。ここまで気楽に生きられれば人生楽しいに違いない。

「すると直江の奴が、このような文を寄こしおった」

家康は懐から文を取りだすと、直政に投げつけた。彼は黙って文を開き、静かに目を通しはじめる。文の内容が気になり、首を伸ばす忠吉に「気になるか」と問い、悪戯小僧のような表情をして息子の顔を覗きこんだ。従順な子どものように、忠吉はコクリと頷く。

何度も文を読み返したのだろう。家康は文の内容を口ずさむようにささやきだした。

「——遠国のいつもと違う動きに、家康様がご不審を抱くのもごもっともなこと。ですが秀吉公が亡くなった後も決して忠義を欠くことはなく、謀反など起こす気はさらさらない。築城をするのは戦のためではなく町作りの一環である。だからどうか景勝を上洛させずにことを穏便に済ませたい。どうしてもご子息が足を運ばれるならば国境まで迎えをつかわす。争いごとは避けたい——とのことだ」

至極まっとうな内容のように忠吉は感じたが、家康は不満気である。

「針のかかりが弱いですな」

文を読み終えた直政が声をあげた。

「やはり、そう思うか」

家康は忠吉から視線を直政に移し、肉厚の頬を緩ませた。

「家康様が動くには、これでは動機が弱い」

家康が動く、その意味が分からず忠吉はふたりの父の顔を交互に見やった。直政は忠吉の戸惑いに気づき「まだ分かりませんか」と小さくため息をつく。

「ほかにあぶりだしたい相手がいるのですよ、そのためには家康様が動かなければならない」

「あぶりだす？」

忠吉に考える暇を与えず、家康が言った。

「佐和山城に籠る、告げ口屋よ」

「石田三成《いしだみつなり》殿でございますか？」

「あぁ、それと我らにつかぬ大名ども全員だ」

忠吉はうろたえた。確かに直江と三成は旧友である。直江の危機を知れば、何かしら動きを見せるだろう。「なんと」と、忠吉は思わず声を漏らした。全身が粟立ち、妙な興奮状態に陥りつつある。

父上は天下を奪うおつもりだ。

天下統一に邪魔な存在を一掃しようとしているのだ。

さきほど義父が発した「散りかけ」が指すものは、豊臣が治める世であったのか。

ギラギラと野心に燃える家康を彼は見やった。まさかこんなに早く動きにでるとは実の息子にとってても予想外だったのである。

「なぁ、忠吉よ」

家康は盃を持ちながら、息子に歩み寄った。

「たしかに僕は藤吉郎《とうきちろう》に比べれば、天下の器として劣る点が多々あったのかもしれないね……それは認めるよ」

家康は盃のなかの酒をグビリグビリと飲み干す。

家康は、極々親しい者の前では自らを「僕《ぼく》」と名乗り、幼な子のような口振りをする癖があった。いまだに忠吉はそれに慣れない。実の父ながら不気味に感じてしまう。

直政は「長い間、人質として不遇な境遇に置かれて心に傷を負ってしまったのだ」と話していたが、人質として匿われていたのは、忠吉も直政も同じである。そう思って、忠吉はハッとした。直政の持つ鬼の顔も幼少時代に屈折してしまった心が為すことなのだろうか。とするならば、自分にもそのような裏の顔が眠っているのだろうか。忠吉は急に不安に襲われて、背筋がキュンと冷えるのを感じた。

盃のなかを空にした家康に、慌てて忠吉は酒を注いだ。

「……でもね」

家康はさきほどの言葉の続きをゆっくりと口にした。

「僕は、あの秀頼よりも自分が劣っているとは思わない。違うかな？」

口元に笑みを浮かべつつも、そのギョロリとした目は笑っていない。うろたえる息子の反応が気に入らなかったのか、「この僕じゃ、天下を治めることができないとでも？」と不服そうに忠吉を睨《にら》みつけていた。

「いえ」

忠吉が持つ指樽が盃とぶつかり、カタカタと音を立てた。

「おっしゃる通りでございます」

慌てて酒を注ぎ終えて、彼は頭をさげた。

家康はその酒には手をつけず、親指を舐る。

ことが思うように進まず苛立ったときに取る仕草である。父親の機嫌を損ねたと、忠吉は青ざめた。

「まぁ、僕は焦る気はないよ」

がじゅりがじゅりと爪を食む音が響く。

「あと二度三度、直江を突けばボロをだすだろう」

がじゅりがじゅりがじゅりがじゅり。

家康は爪を食むのをやめようとしない。

がじゅりがじゅりがじゅり。

忠吉は何も言葉を発せられず、恐怖のあまり目を閉じた。せっかくの宴の席を台なしにしてしまったと、ふたりの父に失望されるのが怖かったのである。

「家康様」

直政の声とともに、がじゅりがじゅりという爪音が止まった。

「また悪い癖がでておいでですよ」

ゆっくりと目を開いた忠吉に飛び込んできたのは、爪を食んでいた家康の手を握る直政の姿であった。

「こんなに噛んでは血がでてしまいます」

「僕としたことが」と家康は恥ずかしそうに濡れた親指を衣で拭う。直政の言葉に家康は表情を和らげて、さきほど注がれた盃に口をつけた。

あの秀吉公でさえ、見て見ぬ振りをして顔を逸らした家康の悪癖を、直政はいとも簡単に戒めてみせた。

胸の奥がざわざわと騒がしいと、忠吉は苛立っている。機嫌が直りほっとしていいはずなのに心はかき乱されたままであった。

これが実の父と親密な関係を築く直政に対するものなのか、直政に失望される恐怖からなのか、彼にもまだ分からない。忠吉は着物の裾を握りしめ心中が落ち着くのを待った。

「さきほどのお話ですが」

直政は大きな瞳に家康をうつしながら、口を開いた。

「これ以上、直江様の反応を待つ必要はないかもしれません」

「え、なんで？」

説明してみよと、家康は姿勢を正して直政の美しい顔を見やった。

「手紙の内容を、どう受け取るかは家康様の自由でございます」

「うん、つまり？」と、興味深げに家康が相槌を打つ。

「たとえば、直江が頑なに上洛を拒んでいるようだったとか」

「へえ」

相槌を打つ家康はほくそ笑み、酒をあおる。

「理解がないと徳川家を小馬鹿にしているようだったとか」

「うん」

「秀忠を派遣すると言うならば国境に布陣して待つと、こちらを挑発しているようだったとか」

できることなら耳を塞いでしまいたい、もしく秀秋のように泥酔してイビキでも立ててしまいたい。忠吉は父親たちが口にする恐ろしい企みに血の気が引いていく。家康は盃に残った酒を舌で舐め取り、引きつれた笑みで頬を揺らした。

「僕の解釈を、僕が誰に伝えようとも、僕の自由だと言うことだね」

否定も肯定もせず直政は笑い、地に落ちた花弁を指先でかき集めている。集めた桜たちを手のひらに乗せてサラサラと宙を舞わせながら、家康の様子を窺っているようだった。


そんなことが許されるのか。

忠吉の体に戦慄が走り、震えを止めることができない。

この大人たちは平然と事実を捻じ曲げて戦を起こそうとしている。

家康が自らの解釈をつけ足した直江の文面を周囲に語り続ければ、やがてその内容が真実として世間に受け継がれていくだろう。

無礼な直江に家康が激怒して軍を引き連れて征伐に向かう。

そんな大義名分が完成するのだ。

直政が桜と戯れながら歌をそらんじる。

「世の中に　たえて桜のなかりせば　春の心は　のどけからまし」

一体今までこの男たちは、何度事実を捻じ曲げてきたのだろう。

戸惑いと苛立ち、軽蔑。そしてわずかな高揚と憧憬。そんな感情が入り混じったものが忠吉を襲っていた。一滴も酒を飲んでいないのに、気を緩めると忠吉は朦朧として意識が遠のいてしまいそうである。

無垢のままでいろと、直政は言った。それは、お前にはどす黒く染まったまつりごとの世界は耐えられぬということだったのかもしれない。そう忠吉は思案せずにはいられなかった。

酒をあおっていた家康が、突然ぬらりと立ちあがった。

「いかがなされましたか」

すかさず手を伸ばした直政を家康は軽くあしらった。

「案ずるな、小便だ」

家康は寝息を立てる秀秋を跨ぎ、千鳥足で歩きだす。

風が強く吹きだし、桜吹雪が家康の体を包み込んだ。化け狸が妖術でも使っているかのように、桜の花びらたちは家康にまとわりついている。桃色の霧を身にまとった家康は立ち止った。

「直政」

名前を呼ばれて「はい」と、直政は美声を響かせる。家康は新たな酒甕を頼むような軽い口振りで言った。

「会津征伐に備えよ」

「かしこまりました」

背を向けたままの家康に向かい、直政は深々と頭をさげる。忠吉は慌ててそれに続き、ゴクリと唾を飲み込んだ。戦が始まろうとしているのである。

さきほどから震えの止まらない義息を見て、直政は再び喉の奥を震わせた。

「どうですか、忠吉さん」

頭をあげた直政は盃に酒を満たして、自らの顔をうつしだした。

「まだ私はよい鬼なのでしょうか」

忠吉は、義父の問いに答えることができぬまま、頭を垂れ続けていた。

第三章

鬼――島津義弘と島津豊久

日向佐土原城主・島津豊久には、心から慕い敬う伯父がいた。

島津家十七代当主・島津義弘である。

幾多の戦を共にくぐり抜けてきたふたりは秀吉の命により、極寒の朝鮮へと向かい――。

なぁ、誰にでんあっどが《でもあんだろ》？


もう駄目じゃっち全部をうっちゃらかしたく《投げたく》なっちまうとき。

しんどすぎて目を反らして逃げだしたくなるとき。

精一杯《せいいっぺ》戦いつかれて、体が泥んよに重くってヘットヘトになっちまって、もう一歩も動きたくなかって音をあげたくなるとき。

そんなとき、俺《わい》は胸倉をつかんで、自分に問いかくっとじゃ《かけるんだ》。


俺の伯父上は、誰《だい》だ。

知っちょんなら言っかせみっ《言ってみろ》。

じゃっが、島津義弘様《しまづよしひろさあ》じゃ。


探してみぃ。俺の誇り、うんにゃ我が国の誇りは今どけあっか《どこにいる》？

俺より何歩でん《も》前にでて戦いもんそ《っておられるぞ》。

ここで逃げだして伯父上ん顔に泥塗る気かっち《かって》。

一種のまじないのようなもんじゃ。

伯父上ん顔を思いだすと、縮んじょった肝っ玉が元に戻って力が湧いてくっと。

まじないを終えて、胸に当てちょった手を離す。

冬ん寒さにやられっ、手のひらがこわばっちょる。キンキンに冷えた鎧に触れちょったせいじゃ。そん手に無理やり刀の鞘を持たせ、もう片方の手を使《つこ》て押しつくっよにギュッギュッと握り締めらせた。

ちょうどよか、これだけ指先がかじかんで硬くなっちょったら刀を落とすこともなかやろ。

「しゃぁっ！」

我がを鼓舞するように雄たけびをあげる。言葉が通じなか異国の敵でん、気迫とか殺気は伝わっどが？　俺のおらび《叫び》声は白か塊になって舞いあがって、あっという間に溶けていった。

「いたっくっで《いくぞ》」

そげんつぶやいて雪んなかを走りだした。向かっとは城門の外。城を陥落させようち《って》する敵陣に突っ込み、とにかく斬り進むんじゃ。

天から注ぐ雪が容赦なく顔に突き刺さり、俺は舌打ちした。

朝鮮の冬は厳しい。

色気も情緒もなく降り積る雪。ばかんごと《阿呆みてぇに》吹きつける北風、吹雪。泥と混じり合い薄汚れた雪の大地が足元を狂わす《せる》。

息を吸い込む度に体んなかは冷え込んで、気《きい》をぬけば鼻のなかまで凍りつく。飛び交う異国《いこっ》の言葉と、不満だらけの食いもん。寒さと飢えにむしばまれて、みるみるうちに仲間から生気が失われていく。

異国ん《の》地に足を踏んだとっ《み入れた時》から何十回、何百回、てめぇの胸倉つかんだか分からんど。

冬が明け、春がきっ、茹《だ》っごたる夏《ような》が終わり、涼しげな秋風が吹きだしたち思うと、いっきまた冬が訪る。

国を離れ海を渡り、朝鮮の地で戦が始まって、どしこばかい《どれだけ》の月日が流れたっか。勘定すっともいつしか、け忘れた。元々頭《びんた》はそげんよくなかもん。そんせいじゃっとか、段々と記憶がひっちゃれて《抜け落ちて》いく。国んなかを流るっ匂い、風ん音、母上ん声。当たり前やったもんが色あせて、ぼんやりと移ろい始める。必死に思いだしても、そいがまこち《本当》の自分が記憶やっとが、自信がなか。

答え合わせをすっためにも、俺は生きて故郷の土を踏まなならん。

明を攻め落とすまで俺は負ける訳にはいかねぇ、今はひたすら敵を叩き斬るしかなか。

「撃て、撃て！」

狂ったよにおらぶ《叫ぶ》兵士に、銃声が続く。

こいが、島津の銃兵軍団じゃ。雪に周囲の音が吸い込まれちょるせいか、やけに爆音が響いて聞こゆっ。奴らは、もう城門前ずい《まで》足を進めちょった。俺は遠くに見ゆっ奴らの背中に追いつこうとけしんかぎい《全速力で》走りだした。

こっからじゃっと、銃兵の様子ががらっ分かっど。

さっきの銃音が鳴りやむと、後ろで待機しちょった二番隊の兵士が前に飛びだしてくる。前にでた奴らは号令に合わせて火縄銃を構えて、撃つ。すると続けざまに今度は三番目に待機しておった銃兵が前にでて、バンッじゃ！

二番手と三番手が仕事をこなす間、一番《いっばん》に銃を撃った兵士たつは吹雪から火種を必死に守りながら弾丸を装填。そして発砲を終えた三番手の代わりにも一度《いっど》再び前にでる。

そん動作を繰り返しながら一歩ずつ着実にジリジリと、銃兵たちは敵陣へと向かう。

「繰抜」ちゅう、島津軍独特の戦術じゃ。


吹雪んなか、動き回る敵相手に弾が命中すっとは、正直なところ、ほんの一握り。でもこいだけ数撃ちゃ、当たっときは当たるっちことじゃっど。しかも銃を扱っちょるとは急場しのぎの足軽じゃなく武士ばかい。そんじょそこらの兵より、銃さばきは数段上じゃ。

奴らの背中越しに敵兵が次々崩れていくのが見えて、俺はニヤリと口元を緩める。

そん直後、ずしんと腹に轟音が響いた。

大砲がぶっ放されたんじゃ。

威力だけでいえば手縄銃より、こっちのが断然上じゃ。大砲の代わりに鉄片や鉄釘を仕込んであっじょっでな。撒き散らさるっ《される》鉄クズが体に突き刺さりゃ、身動きはもう取れん。踏みつけられっ《られた》薄汚れた雪が悲鳴をあぐっ《あげて》敵兵の血で染まっていく。


火縄に大砲に、そいからそこら中に埋められた地雷。

こいが九州攻めにやってきた豊臣秀吉《とよとみひでよし》を怯え縮こまらせた島津の力じゃ。

二十万の大軍であった豊臣軍が九州征伐に苦戦したのは、ほかでもない俺の伯父上のせいじゃ。

そいも当たり前じゃ。伯父上は、ほぼ九州一円を配下に置いた猛将じゃっで。周りの国主から説得されて、やむなく豊臣軍に降伏したどん、伯父上は最後まで戦うつもりじゃった。俺を含めた兵士たちは、もちろん伯父上に最後まで従うと覚悟は決めちょったんじゃ。周りん衆《の奴ら》に話すと鼻で笑わるっが、俺は最後まで粘り続ければ勝ち目はあったんじゃなかろかっち今でん思っちょる。

再び大砲の音《おっ》が腹を揺らす。ニヤニヤするなち戒められた気がして、俺は口を噤んだ。

火薬と血反吐の匂いが周囲に漂っちょる。初陣のとっは、息をする度に吐き気がこみあげてきたもんじゃっが、今じゃ何《ない》にも感じんなか。むしろそん匂いが、まだ俺が生きちょ証拠《とも》ち言えるかもしれん。

「豊久！」

前方から聞こえる俺を呼ぶ声。どんな銃声よりも爆音よりも響き、俺の下っ腹を揺らす。そいは伯父上の声に間違いなかった。

「豊久、おっとか？」

銃兵に混じって門前に立つ伯父上は決してこちらを振り返ることなく、俺の名前を呼び続けている。

戦場で、決して伯父上は止まらなか。

弱気な態度を見せれば、部下が揺らぐ。士気がさがる。じゃっで《だから》伯父上は足踏みせず、ただひたすら前に突き進む。四方から襲いかかる刃も鉄砲玉も恐れなか彼《い》の姿に、奮起する兵士も多かとじゃろう。

もちろん、俺もそのひとりじゃ。

「おいもす！」

俺は雪んなかの足で、地面《じだ》を踏ん張りながら叫んだ。

「今まいります！」

長きに渡る戦の間、ずっとずっと俺は追い続けてきた。

でっかくて傷だらけで、汗と血で汚れた伯父上ん背中を。

凍てつくような異国の空気《みたいにあったかい》に包まれて、彼の背中は湯気立つ。蒸気と熱を発する伯父上は、太陽んごとでかくてぬっか。

伯父上は、名高い武将じゃっでん下っ端の兵卒じゃっでん態度を変えるこつはなか。兵士たつと同じ囲炉裏をかこみ寒さに耐えて、飲み食いをともにする。どんなとっも気づかいを忘れぬお人じゃ。ほかの軍では下っ端が何人も凍え死んじょいやっが、島津の兵がけ死んとっは戦のときだけだ。そんな伯父上に、島津ん人間は魅了されて引き寄せられちょる。

「遅かど！」

怒鳴る伯父上からは、むわんと血生臭い匂いがわきあがっちょる。金剛力士像みたいな、その体を見あげた。

どしこばかい返り血を浴びたのだろう。「申し訳あいもはん」とわびながら、俺は思わず武者震いする。鎧に積もった雪を払いながら、伯父上は言った。

「城んなかに一歩でん《でも》踏み入られたとっは、分かっちょんな？」

そのん言葉に俺は頷いた。

敵に押し切らるっと、島津軍はおしまいじゃ。いや島津だけじゃなか。俺が守るこの城は、太閤殿下率いる日本軍の臍じゃ。

ここが敵に堕ちれば日本軍はまっぷたつ。たちまちまとまりを失って、瞬く間に明の奴らは俺らを叩きのめす。こちらは尻尾巻いてひん逃ぐっしかなか。そして完敗の責任は全部、島津に押しつけらるっとじゃ。絶対駄目じゃ。そげな情けんなか結末だけは絶対に避けんにゃならん。

「そんときは腹切って太閤殿下に詫びなならん」

「島津ん衆、全員でじゃ」

鼻息を荒くしながら、伯父上は向かってくる敵陣を睨む。

島津軍の二倍か、三倍か、とてつんなか《もない》数の敵兵が俺たちを待ちかまえている。援護はくっことは《こねえ》なか。島津ん人間だけで明の大軍と戦わんとならんのじゃ。

「おいとおはん《お前》で、ここをきりぬくっど」

「兵たちに手本を見せなならんでな」

伯父上はこちらに顔を向くっと、いきなり俺の額を小突いた。

豊久の額は形がよか。そう言って伯父上はことあるごとに、そん《その》太か指を押し当てる。昔から続く俺らの挨拶んよなもんじゃ。

「いっ《い》たっ《く》くっ《ぞ》で」

低い唸り声をあげて伯父上は外へと飛びだした。遅れてなっもんかと、俺は彼の真横に並び、走る。

伯父上が大地を蹴る度にヅシンヅシンと大地は揺れた。その迫力に比べれば俺など、まだまだ小童にすぎん。

「義弘様《さぁ》、豊久様《さぁ》に続け！」

背後から聞こえる喚き声に、どんだけの兵たちが俺らに続いちょっとか、手に取るように分かる。手本としての役目はひとまず終わったかな。

陣を張るため、扇のように彼らは横に広がっていくが、伯父上と俺は違《ちご》。そんまま真っ直ぐに敵陣へと突っ込んでいく。

「怯《怯》んじょっと《む》じゃな《な》か《よ》ど、豊久」

伯父上は、こん状況を楽しんじょるごたった《ようだった》。言葉の合間に笑みがこぼれちょる。情けなかが、俺にはそんな余裕はなか。両手で刀を構えて、コクコクと馬鹿んよに首を振るしかできんかった。

銃弾のように敵陣に飛び込んだ俺たちを、あっちゅう間に敵兵たつが取り囲んだ。

奴らは刀を構えたまま、じりじりと距離を縮めてくる。

先に仕かくっか、俺たちの攻撃を待つか。それを判断しているようじゃった。

「シーマンズ」

近づいてきた敵兵のひとりが伯父上を見て、ぼそりとつぶやく。

「シーマンズ、シーマンズ」

そんつぶやきは取り囲んでいた敵兵に広がっていき、みな怯えた様子でその名を口にした。

鬼石曼子《グイシーマンズ》。

あっちの言葉で、戦の鬼らしい。

伯父上の豪快な戦いっぷりが、あちらさんにもしっかり伝わっちょるということじゃ。名前が呼ばるっ度に、敵陣には恐怖が広がっていくようで士気がさがったようだった。

そん機会を伯父上は見逃すはずがなか。

「フンッ」と鼻を鳴らしたかちと思うと、彼は刀を振り下ろした。

空気を斬る音とともに、敵兵が大きくのけ反る。刀先は男の首筋を抉り、そのまま右腰までを斬り裂いた。

身を守るはずの鎧には大きな刀傷ができちょった。そん傷はあとひと押しすれば、鎧がパキリと割れそうなほど、深い。

斬られた敵兵は、首を抑えることもなく血を吹きだしながら雪んなかに倒れ込んじょった。驚いた周囲の兵たちが後ずさる。圧倒的な力の差を目の当たりにして縮こまっちまっているようじゃ。

「怯んじょっと、こうなる」

俺に言ったのか、己に言い聞かせただけなのか。どっちなのかは分からん。分からんが、とりあえず頷いておく。

伯父上は満足そうに倒れた敵兵を一瞥すると、足早に前へと踏みだした。囲まれちょった敵兵の輪が崩れ、その間を潜り抜ける。

やっと我に返ったのか敵兵たちが「そうはさせるか」と一斉に俺たちに襲いかかった。

刀同士が音を立ててぶつかり合い、力任せに押しつけられる。

右に左に攻撃をかわし、敵をなぎ倒しながら伯父上と俺は、とにかく進み続けた。

別に敵から逃ぐっ訳じゃなか。雑魚にいちいち構っちょったら、日が暮れてしまう。雑魚の相手は、ほかの衆に任せておけばよか。

城への侵入を止むっとには、もっと上ん奴らをぶっとばさなければならない。


伯父上は、上等そうな鎧を着けた敵兵を見つけては次々斬りつけて、ブツリと刀を突き刺した。倒るっ敵を足蹴にして、彼は地面を揺らして、新しか敵に向こて突っ込んでいく。

俺の役目は、彼が思う存分戦えるように邪魔な敵兵を斬り捨てていっこと。

そげんな助けなど要らんと伯父上は言うだろうが、別にそういう訳じゃなか。こげんしてふたりで組んで戦う方が大勢の敵を斬れる、そいだけじゃ。

シーマンズの横にいる小鬼の恐ろしさにも敵兵は気づきはじめちょっとじゃなかろうか？

そげんな自惚れが心を満たす頃には寒さも完全に麻痺して、体中に血がめぐって火照っていた。味方の奴らもどんどんと俺たちに追いつき、明の兵士たちに食らいついちょる。敵兵がやってくっとを《るのを》待ち構えちょった伏兵たちも奇襲を仕かけて、奴らの陣を乱す。

いける、こいはいけるぞ。

絶望的ち思われたこん闘いに微かに勝利ん文字が浮かびあがったときじゃった。

ヒュンと空を切る音《おっ》が耳元に響く。

慌てて顔を避けたが、敵兵の刃先が右頬をかすった。燃えるように顔半分が熱を持ち、思わず手で押さえそうになるが堪えて刀を構える。敵の攻撃を耐えながら、俺は舌打ちした。

油断した。

伯父上の方ばかりに気を取られて、なんちゅう馬鹿たれだ。一瞬の気の緩みが命取りだといつも教えられてきたっちゅうとに。

なんとか敵の刀を振り払い、必死で刀を構えた。敵陣を突き進む伯父上が、俺からどんどん遠ざかっていく。

ズキンズキンと痛む右頬に苛立ちながら、己を取り囲む奴らを睨みつけていく。怯んだ俺に目をつけて向かってくる敵兵は四人。寄ってたかって袋叩きにしようってことか。

「やれるもんならやってみせっ」

言葉は通じなくても挑発されたことは分かっとじゃろう。

右頬を血まみれにした兵士が、俺に飛びかかってきた。奴の一撃を振り払い、恨みを込めて思い切り斬りつける。刀が擦れ、倒れていく兵士の鎧から火花が散った。本当は同じように頬っぺた斬りつけてやりたかったが、仕方なか。こん隙を狙って襲いかかってきたふたり目の兵士の胸倉を、俺はむんずとつかむ。

「甘か!!」

毒づいて、兵士の右腕を叩き斬った。悲鳴をあぐっ《あげる》男を勢いよく蹴り倒す。のたうちまわる男の生ぬるか血が、雪を溶かして地面を露わにしていく。こいつは放っちょいても勝手に死んとじゃろう《死ぬだろう》。

俺は次の敵に目を向けた。逃げ腰の相手じゃっどん、見逃す訳にはいかん。こちらに背を向けた兵士の脇腹をえぐると、奴はほかの兵士を巻き込みながら雪んなかに倒れ込んだ。

こちらとしては好都合。俺は雪を蹴りあげて飛びあがっと、倒れていく奴らに覆いかぶさった。兵士に馬乗りになり、四人目のあばらの間に刀を突き刺す。ビクリと反応した直後、兵士はぐったりと動かなくなった。

俺を止めきゃ、もっと束んなってかかってきやがれ。

上下に激しく動く肩を落ち着かせるように深く息を吸い込む。たいした傷じゃなかとに、さっきから右頬が痛んだ。火にくべられた薪みたいに赤く燃えあがっちょる気がする。積もったばかりの白か雪をつかみ、傷口に押しあてた。鈍く痛み続ける刀傷が冷やされて、ほっと息をつく。


そんとき、背後に殺気を感じ、俺は振り返った。

さっき鎧から火花を放った敵兵じゃ。血まみれの敵兵は異国ん言葉で何かをブツブツつぶやいていた。傷が浅かったのか、男は今にも俺に斬りかかろうとしちょる。こん距離じゃ。刀を振りあげたところで、いけんしてん避けられそうにない。男は何か罵声を叫びながら刀を振り下ろした。

伯父上に合わす顔がなか。どうしてこげんも詰めが甘かかとかな。

覚悟を決め、俺は目を瞑る。

だが、いっずい経っても体は斬り裂かれんで、代わりに爆音とともに敵兵の悲鳴が響き渡った。男は俺の体に力なくなんかかり、今にも命つきかけそうじゃ。

一体どげんなっちょる。

男をはらいのけようとそんうなじに触れるとヌメリと血で濡れちょった。みるとそこには赤か《い》黒か《い》点のよな傷があった。

銃痕じゃ。ハッとして顔をあげると、離れた場所に伯父上が立っちょられた。

そん手には、火縄銃が握られ、銃口からは煙があがっちょる。

銃を使いこなしてこそ、島津では一人前の武士。そいは伯父上も例外ではなかとじゃ。命を救われたことをやっと理解して口を開こうとしたとき
「立て」

伯父上はそう叫ぶと、再び前へと走りだした。俺も開きかけた口を噤んで、その背中を追った。後で伯父上に説教してもらうためにも、ここはいけんしてん《なんとしても》生きねばならん。

城んなかに足を踏み入れることなく、敵陣が撤退したのは、それからすぐのことじゃった。

＊

「なんじゃ、またそん話をしちょっとや」

島津氏第十七代当主・島津義弘は雨で濡れた肩を払いながら、溜息をついた。

その目前には彼の孫たちに纏わりつかれながら畳に寝ころぶ日向佐土原城主・島津豊久の姿があった。義弘の帰りを待つ間、遊びにつき合ってやっていたのだろう。畳には玩具やら豆菓子やらが散らばっており、二匹の猫たちがそれを小突いていた。その二匹は義弘が明に連れていった猫である。わざわざ戦場に連れて行ったのは、彼が無類の猫好きだったからではない。猫の瞳の動きを見て、時刻を読み取っていたのである。

「伯父上」

義弘の姿を確認し、豊久はくしゃりと破顔させながら身を起こした。ちぎれんばかりに尾を振る犬のように目を輝かせて豊久は「おかえりなさいませ」と、伯父を出迎える。まったく、猫

に犬に童と随分さわがしいな。義弘は呆れながら口を開いた。

「いつずい《いつまで》同じ話をすれば気が済むとじゃ、おはんは」

あの戦が終わって三年。

右頬の怪我が癒え、ほとんど傷跡が見えなくなった今も、豊久はことあるごとに、明でのできごとを口にした。ときには部下に、ときには母に、甥姪に。皆が「もう飽きた」とうんざりしても豊久は気にしない。何度も何度も戦のことを語り、義弘の偉業を褒めたたえるのだった。

「子どもたちも飽き飽きしちょるぞ」

「そげなことはありもはん、なぁ？」

同意を求められた子どもたちは「うん」と、大きく頷いてみせる。恰好の遊び相手を失うのは惜しいと、子どもたちは豊久のふくらはぎにすがりついている。

「すっかり手懐けられおって！」

義弘は孫娘のひとりを抱きかかえ、脇腹をくすぐった。きゃっきゃと笑い、こそばゆそうに身をよじりながら幼な子は訴える。

「お爺様知らんな、オジ様のお話はわっぜおかしか《おもしろい》とよ」

義弘は、その言葉に思わず苦笑した。

何度聞いても「オジ様」という呼び名と豊久が結びつかないのだ。彼のなかでは、いくつになっても豊久はかわいい甥っこ。少年のときと、印象はほとんど変わっていなかった。

「わっぜ《酷い》えですね、雨」

豊久は外から聞こえる雨音に耳を傾けた。朝から降り続けている雨は勢いを増している。義弘は障子の隙間から外の景色をみやった。花が散って新緑に染まった桜に激しく雨が打ちつけ、木々を揺らしていた。「春が終わっとじゃろう」と、つぶやくと義弘は孫娘を畳に降ろす。

「さぁ母上のところに戻らんか」

子どもたちはつまらなそうに「はぁい」と返事をする。

「また遊んでやっで」

豊久は甥姪ひとりひとりの頭をわしゃわしゃと撫でていく。子どもらは名残惜しそうに何度も振り返りながら部屋を後にしていった。それに猫たちも続いていく。小さな背中に向かって、豊久はしばらく手を振り続けていた。やがて子どもらの姿が見えなくなり、手を下ろした彼は義弘に視線を移す。

「それで話とは？」

「うむ」と、義弘はその場にゆっくりとあぐらをかいた。それに続き、豊久も姿勢を正す。義弘はどう話を切りだそうか迷い、畳に散らばる豆菓子を指先で転がした。

「場所を変えた方がよかですか？」

こういうときになると途端に鼻を効かせて空気を読む。本当に犬のような男だな、そう思いながら義弘は「いや、ここでよか」と首を振った。

「実はな、しばらく城を空けるこつになった」

「城を？」

「あぁ内府殿へ、礼を述べにいっとじゃ」

途端に豊久の顔が曇る。

「ないごて伯父上がそのようなこつをしなければならないのです」

「そげん怖か顔をするな」

「遠く離れた伏見ずい、わざわざ伯父上が足を運ぶ必要《まで》がありもすか？」

豊久は義弘が使い走りにされるのが気に入らず、口をとがらせている。甥が怒ることを予想していた義弘は「じゃっで《だから》言いだしにくかったとじゃ」と、心のなかでつぶやいた。不快そうに豊久はブツブツと不満を口にし続けている。

「誰《だい》かほかの者をいかせればよかではなかですか」

「よう考えてからものを言わんか、豊久」

義弘はぴしゃりと甥っこをたしなめた。

「代わりの者をいかせて、あん男が満足するち思うか？」

あの男とは、内府殿こと徳川家康《とくがわいえやす》である。

「奴の怒りを買い、刃を向けられるだけじゃっど。そいが薩摩んためになるか？」

秀吉が亡くなってから、家康が暗躍し続けていることは間違いない。狸の噂は、遠く離れた九州にも轟いているのである。

ぐぐっと口ごもり豊久はうつむいた。しょんぼりと尾を垂らした犬のごとく、豊久は情けないほどに肩を落としている。彼が黙ると再び部屋に雨音が満ちていく。じっと甥の顔を眺めていた義弘は静かに口を開いた。

「無理《むい》に飲み込むことはなか、言いたかことがあるなら言えばよか」

目線だけを義弘に向けたまま豊久は固まっている。言うべきか言わざるべきか、判断がつかず迷っているのだ。たっぷりと時間をかけてから豊久は顔をあげた。

「ないごて《なぜ》忠恒《ただつね》殿の尻ぬぐいを伯父上が」

甥の言葉に義弘は深くため息をつく。それと同時に義弘の指先で転がされていた豆菓子がぐしゃりと押し潰された。粉々になった豆菓子だったものをパラパラと払っていると、慌てた様子で豊久は頭をさげた。

「申し訳あいもはん。出過ぎたことを」

「頭をあげろ、豊久」

義弘は手についた豆菓子を払いながら言葉を続けた。

「愚息のせいで、おはんも随分苦労させられておっでな《おるからな》」


島津忠恒は、義弘の三男坊である。

子宝に恵まれなかった十六代目当主・兄の義久《よしひさ》を継ぐ者として息子に白羽の矢が立ったとき、義弘は内心複雑であった。うれしくないといえば嘘になる。だがうれしさより不安が優っているのだ。ひと言で言えば忠恒には、人の上に立つ器がないのである。

まつりごとよりも蹴鞠に興味を持ち、意見を求められても「父上と兄上に従います」と、のらりくらりと責任を他者に押しつける。だが気に入らないことがあれば瞬く間に血がのぼってしまう。忠恒は、そんな男なのだ。

だがほかに後継ぎになる者はいない。家を任せたいと考えていた息子たちは長きに渡った戦により命を落としてしまった。残されたのは忠恒だけなのである。

後継ぎに選ばれた直後、明にやってきた忠恒は気持ちを入れ替えたように勇ましい顔つきをしていた。豊久が甥たちに語っていた戦のときにも、忠恒は兵たちを従えて活躍を収めたのである。一度は安心しかけた義弘だったが、胸の奥で不安という火種はくすぶり続けていた。そして、その不安は見事的中してしまう。

一年前の春。忠恒は前々から気に入らなかった重臣・伊集院幸侃《いじゅういんこうかん》を屋敷に呼びつけて、その場で惨殺したのである。

理由は、主君である自分を敬わないからであった。

伊集院にまったく非がなかったとは、義弘も思ってはいない。

伊集院は、かねてから豊臣家と関わりが深く豊臣側から直接命令を受けることも少なくなかった。つまり彼の意見は豊臣家の意見と同じ力を持ってしまうのである。その立場にあぐらをかき、家臣たちを牛耳っていたのも事実。突如現れた若い忠恒の存在が面白くなかったのも事実だろう。

だが、そんな理由は微々たることだ。

秀吉直属の家臣を切り捨ててしまった忠恒の行動は、つまりは豊臣家への反逆を意味する。忠恒の安易な行動は大きな波紋を呼んだ。十六代目当主とともに義弘は事態の収束を図ったが、命の危機を感じた伊集院幸侃の息子・忠真《ただざね》が籠城し、それをきっかけに島津と伊集院の間で争乱が起こってしまう。

国が乱れ、九州全土が不穏な空気で包まれたとき、救いの手を差し伸べたのが家康だったのである。家康の取り計らいにより、なんとか伊集院を降伏させ、事態は収束して、忠恒は謹慎という処分を受けることで罪を許されたのだ。

豊久も頭ではきちんと理解していた。

上洛して家康に礼を述べるのは、当然の行いである。争乱が収まり、伊集院が島津家に残ったのは徳川家への大きな借りだ。それは首元に刀を押しあてられているのと同じである。家康の機嫌を損ねる真似をすれば、恩を仇で返すのかとスパンと首をはねられかねない。下手な真似をせずに、ゆっくり時間をかけて刀から首元を遠ざけるしかない。

　分かってはいるが、許せなかった。

　今まで島津家を支え兵士たちを統率し鼓舞し続けた英雄を使い走りにつかい、家康の顔色を窺い両手をすり合わせさせるのか。あまりの怒りに感情に身を任せて、つい口が滑ってしまった。やはり言葉にだすべきではなかった。再び頭をさげながら、豊久は後悔の念にかられ唇《くちびる》を食む。

　十七のときに父・島津家久《しまづいえひさ》を亡くした彼を、義弘は実の子のようにかわいがり島津の名に恥じぬ男に育ててくれた。父親代わりの義弘を、豊久は心の底から敬い憧れ続けているのである。何度も命を救ってくれた恩人を悲しませたくなどないのに。彼の息子を侮辱してしまった。

「分かってくいんよな《てくれるな》？　豊久よ」

　義弘の言葉に仕方なく頷きながら、豊久は再び口を開いた。

「なら、せめて俺を連れていってはくれもはんか《くれませぬか》？」

「なんち《なに》な？」

「伯父父上の手となり足となりもす。それくらいしか、俺には」

　豊久の言葉を遮って、義弘はコツンと甥の額を小突く。いつもより力が強く豊久は思わず「イテッ」と小突かれた場所を押さえた。

「馬鹿たれ、人を年寄り扱いするな」

「決して、そげんな訳では」

慌てて言い訳をする甥っこの肩を、義弘はその大きな手でつかんだ。

「ついてきてこらるっとは困る。留守の間、おはんにはこの国を守ってもらわねばならん」

豊久は驚きを隠さず、義弘の顔を見やった。

「何を驚いちょる。そいを頼もうと、わざわざ雨のなかおはんを呼びだしたんじゃっど？」

豊久はニヤリと口角を持ちあげる。

伯父の嘘に、彼はちゃんと気づいていた。上洛のことを聞けば豊久が怒り狂うことは目に見えている。それを宥めるために義弘は豊久を呼びだしたに違いない。伯父の下手な嘘に苦笑しつつ、その気づかいが身にしみていく。

「何をヘラヘラしちょる」

顔をくしゃりとさせてニヤつき続ける豊久を義弘はたしなめた。

「伯父上こそ、さきほどから顔が緩んでいるではなかですか」

「緩んでなどおらん」

「いえ、緩んでおいもす《おります》」

駄犬のようにキャンキャンと騒ぎ続ける豊久を義弘は見やった。甥っこととともにいると、自然と腹の底から笑いがこみあげてくる。馬鹿な子ほどかわいいとは、まさにこのことだろう。耐えきれず義弘は吹きだし、笑い声をあげた。

「そら見ろ！」と得意げになる豊久の額を義弘は再び小突く。

今日は馬鹿な甥っこと飲み明かそう。そして耳にタコが何個もできるほど聞かされた、あの戦の話にとことんつき合ってやるとするか。

大一大万大吉

第四章 紫陽花

——石田三成と島左近

加藤清正、福島正則ら七将によって大坂屋敷を襲撃された数か月後、
三成は未だに佐和山城で謹慎生活を続けていた。
三成が米沢藩主上杉景勝の家老・直江兼続からの手紙に目を通していると、
越前国敦賀城主であるあの男が現れて……。

その文は夏の訪れとともに、城へと届けられた。

石田三成《いしだみつなり》は和紙の上を流れる流暢な筆文字を目で追い続けている。このやりようのない激情を何処にぶつけていいものか。読み返す度、怒りという炎で彼の腸は煮えくり返った。三成の体はじんわりと汗ばみ、熱を発している。

初夏の日差しのせいか体から発せられる炎のせいか、それは分からない。障子を開け放ち、風の通しをよくすれば問題は解消されることは分かっている。

だが彼はこの場を離れることも、人を呼ぶこともしたくなかった。

湧きおこる感情と正面から向き合わなくては、文をくれた相手に失礼である。

誰が見ている訳でもないのに相手へ敬意を貫く。愚直で不器用。石田三成とは、そういう男であった。強く握られて、三成の手のなかで文がぐしゃりと音を立てる。


「おお、深い深い」

顔をあげると三成の前に島左近《しまさこん》があぐらをかいていた。

わざとらしく大欠伸をして着物に腕をつっこみ、ボリボリと掻きむしっている。

「そんなにしわを寄せていては眉間がヒビ割れますぞ」

割れるものか、阿呆。

三成は心のなかでののしった。彼とて好きでしわを刻んでいる訳ではない。気がつくと知らぬ間に力がこもってしまい眉間を狭めてしまうのである。それを左近は飽きることなく何度もからかった。

三成は仏頂面を崩さず、無言のまま額に手を当てる。

最近は力の抜き方を忘れてしまい、このように手を使って解きほぐさなければ眉間は元に戻らない。その様に、左近はフンッと鼻を鳴らした。

「顔の筋がこわばっておるのでしょうよ、たまには声をあげて笑ってみては？」

「笑いたいときは笑う」

三成はしわを指先で伸ばしながら、彼を見やった。

「いつからそこに？」

「さぁて、いつからでしたかな」

左近は三成の背に立てられた屏風に目をやる。

「花見に興じていたので分かりませぬ」

「花？」

三成が振り返ると、そこには見事な紫陽花《あじさい》が描かれていた。

屏風には一層一層に細かな金細工があしらわれており、それが白と薄紫の花と混ざり合っている。この屏風ひとつで部屋のなかは華やかに色づく。

だが、照りのある漆が織りなす艶やかな美しさも、描かれた紫陽花の儚さも、左近には腹の足しにもならぬ無益な事柄でしかなかった。

要は屏風の花を見るしかやることがなく、退屈だったと言いたいのである。

「花に興味などないくせに」

今度は三成が鼻を鳴らす番だった。

「文句を言うならば、もっと早く声をかければいいだろう」

「そこまで野暮な男ではないわ」

左近は笑みを引っ込めると、背筋をピンと伸ばした。

鍛えられた厚い胸板が前へと突きだされる。太ももに手を置いたまま、彼は三成の方へ身を近づけた。

「直江からなのでしょう？」

三成はゆっくりと頷き、文を再び眺めた。

そこに綴られた言葉に、またムクムクと「あの男」への憎悪の念が湧きあがっていく。

「あの老いぼれ狸の策に、皆踊らされおって」

＊

新緑深まりだした春の盛りであった。

直江兼続《なおえかねつぐ》が書いたとされる文――世にいう「直江状」である――の趣旨が世に広まったのは。

要求はすべて拒絶。戦も辞さない、いつでも受けて立とう。

そんな挑発的な文を直江は徳川家康《とくがわいえやす》に送りつけて怒りをかったらしい。

家康の要求が要求だっただけに直江を憐れむ声も聞こえたが、それはごくわずかだった。化け狸は「噂は真である」とふれてまわるように、近しい諸将の前で直江の行いを罵倒した。

これは直江が仕える上杉景勝《うえすぎかげかつ》の謀反。

亡き太閤・豊臣秀吉《とよとみひでよし》への不敬。

秀吉の息子・秀頼《ひでより》が治める新たなる豊臣の世を揺るがす波乱であると。


「秀頼をどうか頼むと、亡き太閤殿下は何度もそう申されていた。まだ幼き秀頼様を守るためにも、会津の無礼をこのまま見過ごす訳にはいかぬ」

この討伐は豊臣家に仕える家臣の、当然の使命である。家康は、秀頼の名を掲げて会津討伐へと動きだしたのだ。

秀頼の名を盾にされて逆らう者などいるはずがない。

逆らおうものならば上杉と同じ運命を辿ることになる。家康の野心を察知して尾を振り、彼に従う者も少なくなかった。

トントン拍子にことは進んでいき、直江状が届けられてひと月も経たぬうちに上杉景勝討伐の期日が諸将に伝えられ、日にちを空けずに軍議が行われた。

「すべては豊臣の世のために」

大義名分を掲げて、家康率いる軍勢は会津に向けて大坂城から出陣したのである。

*

そして、家康の企みに腹を立てているのが、つまはじきにされた石田三成である。

「幼き秀頼様の名を悪用しおって」

三成はギリリと歯を食いしばった。謹慎中の身とはいえ、秀吉の右腕であった三成が豊臣家への義を果たせないとは皮肉な話だ。右腕が討伐に参加していない時点で家康の表層的な義を疑う者がでてもおかしくない。

だが悲しいかな、敵の多い三成である。不在を喜ぶ者はあれど、わざわざ家康から反感を食らおうとする者などいるはずがないのだ。

「兼続殿は悲しんでおられる」

文を畳みながらつぶやかれる三成の声は小さい。

まるで我が身に起きたことのように、怒りを押し殺しながら彼は言葉を続けた。

「事実を捻じ曲げられ、忠義を踏みにじられたと」

左近は相槌を打つこともなく、じっと黙り込んでいた。

明らかに三成は兼続に自分を重ね合わせている。

兼続との結託が吉とでるか凶とでるか、まだ左近には見極められずにいた。三成が決めたことならば、それに従うまでだが、目前の男の胸中を探り、考えられる先手は打っておく。それが家老の役目と、彼は心得ていた。

兼続と三成。

ふたりは同年の生まれで二十代半ばからのつき合いである。仕える主君の対立により相対することもあった。だがときを重ねてからは、互いに文のやり取りをする間柄となった。顔を合わせることは少なく文も細々と続けられている程度だったが、その距離感が心地よかったのである。

そんな文のやりとりの頻度が増したのは、秀吉の死後だ。

家康が気に入らない三成は少しでも多く「反家康派」の仲間を増やそうと必死だったのである。

それに、ほかにも理由があると左近は踏んでいた。上杉景勝に忠誠を誓う兼続の姿は、秀吉と己の関係を思いださせてくれるに違いない。決して口にはださないが、三成は亡き主君が恋しいのだろう。

亡き秀吉への想いと、兼続への共感。このふたつが三成のなかで、はち切れんばかりに膨れあがったところに、パンッと針を突き刺したのが家康である。

狸め、我が殿を逆撫でするようなことばかりしおって。家康がニタリと頬を弛ませる姿が浮かび、それを打ち消すように太ももに拳を叩きつけた。

「聞いているのか」

さきほどほぐしたはずの眉間に新たなしわを作り、三成は大男を睨《にら》みつけている。

「聞いておる聞いておる」と、左近は声を張りあげて繰り返した。

「殿のおっしゃることはごもっともだ。いくら要求が理不尽であろうとも、兼続がそんな不躾な文を送るはずがない」

「ですがな」と左近は言葉を区切る。

「信じられぬほど愚かな嘘でも、一度広まってしまえば事実と化し、真実は霞んでいきます」

「世も末だな」

三成は忌々しそうに言葉を吐き捨てる。

「嘘が真になろうとも真実を知る我々が黙る理由にはなるまい。むしろ声枯れるまで叫び続けるべきだ」

三成は眼がギラつかせながら「なぁ、そうだろう」と左近に同意を求めた。

「恐ろしい目をなさる」

左近は否定も肯定もせぬまま、ほくそ笑んだ。

「直江殿は感謝しているでしょうな、筆まめな殿に」

家康が会津討伐に立ちあがったように、上杉もすでに周囲の諸将を集結させて戦に備えているらしい。その噂を耳にしたときから、左近は確信していた。

三成が、徳川の情報を直江側に流していると。

左近の口振りにピクリと反応しつつも、三成は表情を崩さずサラリと言ってのけた。

「城に閉じ込められたとはいえ、老いぼれ狸の動きくらいならば耳に入る」

「でしょうな」

「不服か、左近」

歯切れの悪い家老を、三成は見やった。

「いいや」と、言いながらも左近はうつむいたままである。

不服と言われれば、当然不服だ。

三成の振る舞い方は、どう考えてもうまいやり方とは思えない。

家康への怒りからとはいえ、傍から見れば会津討伐の邪魔をする行為は豊臣家への裏切り。豊臣への謀反を企てていると責められても言い逃れはできない。だが分かっていながらも三成は動かずにはいられない。すべては亡き秀吉に誓った義のためだから。

「言いたいことがあればハッキリ言え」

三成の言葉に、左近は深く息を吐いた。

どうせ何を言おうとも、この男は考えを曲げる気はないのだ。左近にできるのは三成が我武者羅に突き進めるように、先回りして道を耕すことだけなのである。

「殿、あまり派手に動かれますな」

やっと言葉を発した家老に、三成は「分かっておる」とつぶやいた。

「俺は今できることをしているまでだ」

そのとき、三成の横を涼やかな風が横切った。

「告げ口屋三成、ここにありか」

勢いよく開けられた襖から顔をだした男を見て、三成は目を見開いた。驚く彼の眉間からしわは消え去り、微かに口元が緩む。

「やっときたか、吉継」

そこに立っていたのは、越前国敦賀城主・大谷吉継《おおたによしつぐ》であった。

＊

白頭巾で顔を覆った吉継は、三成の妻・うたこと皎月院《こうげついん》に導かれて部屋へとやってきた。

うたの肩に手をかけながら前に進む吉継は「やっときたか、ではないわ」と、出迎えた三成に返し、うたが用意した席へと腰を下ろす。布越しに響く吉継の声は刺々しい。彼の全身は衣服で覆われており、外に露出しているのは、ふたつの眼だけである。手袋の位置を直しながら彼は言葉を続けた。

「客人に向かって、その口のきき方はなんだ？」

「お前だって告げ口屋と、俺を馬鹿にしたろう」

「こちらはわざわざ遠回りをして城まできてやったんだぞ？」

「仕方あるまい、城から出られんのだ」

いつになく楽しげな三成を、うたと左近は微笑ましく見守っていた。ふたりの温かな目線が吉継をさらに刺激する。

「ならばだ。まずは礼を述べるのが先だろうよ。きちんと躾をしてもらわぬと困るぞ。皎月院殿」

「うたに絡むな」

「いや、絡む。むさ苦しい男とばかり話していては口が腐るわ」

「なぁ」と、吉継は彼女に向かって小首を傾げてみせる。その言葉にクスクス笑いながら、うたは三成に尋ねた。

「宴の膳は、ここに運ばせればよいでしょうか」

三成は無言で頷く。それを受けて、うたは部屋を去っていった。うたがいなくなった後も、吉継の心中で不満がうずまく。

「まったく相変わらず腹の立つ男だ。人の親切を踏みにじりおって」

「踏みにじってなどおらぬ」

「昔馴染みでなければ斬りつけておるところだぞ」

白頭巾の間から白髪が漏れる。

年は三成と変わらないが、若かりし頃から吉継の頭は白いもので覆われているのだ。普段、頭巾を被っているせいでその事実を知る者は少ない。

「まぁ花でも見て落ちつかれよ」

「花？」

左近は「屏風のことだが、お気になさらず」と言い、大人げなく仕返しをする三成を睨んだ。

吉継は「話を逸らすな」と三成を怒鳴りつける。

「何度文を送っても、「話があるから佐和山にこられたし」と、同じ返事ばかり寄こしおって」

「文？」と、再び左近は口を挟んだ。

「なんだなんだ、まさか左近殿に話しておらぬのか」

呆れたように吉継は両手を広げた。

重い病に全身を蝕まれながらも、吉継は陽気で饒舌な男である。一体、その力はどこからは湧いてくるのか。左近はいつも感心しっぱなしであった。吉継の毒づきが一向に終わりそうにないので　左近は話を戻すように切りだした。

「吉継殿、それで文にはなんと？」

「決まっておるだろう。会津討伐への参戦だ！」

左近は、ちらりと主君を見やる。三成は平然とした顔をして吉継を指さした。

「家康に尻尾を振って従えと、この男は言うのだ」

「そうは言っておらんだろう」と、吉継はさらに声を荒げた。

「これは城からでられるよい機会なのだ」

「阿呆、よい機会なものか」

頑なな三成に苛立ちつつも、吉継は怒りを抑えて彼に説き続ける。

「腹の虫が収まらぬのは分かる。だが、今家康に盾ついてどうする。ますます敵が増え、お前の首を狙う者が増えるぞ」

「自分の首と引き換えに、上杉殿と直江殿を裏切れというのか」

「他人の首を気にしている場合か、今のままでは八方ふさがりではないか。左近殿も言ってやってくれ」

吉継は助け舟を求めたが、左近は口を一文字に噤んだままである。

「左近殿？」

左近は深々と吉継に頭をさげた。その他人の首と三成が繋がっていることを知る左近には言えることは何もない。白頭巾越しにもハッキリと分かるほど、吉継が顔を歪ませる。

「なぜだ、貴方《そなた》も心の底では俺と同じ意見のはずでしょう？」

賛同したいのは山々だが、左近は頭をさげたまま固まっている。

「申し訳ありませぬ」

「謝罪の言葉など聞きたくはない」

吉継は必死だった。

なんとしても三成を説き伏せてみせると決意を持って彼は佐和山城にやってきたのである。何度も策を練ったが、これしか石田三成を救う方法は残されていない。それが島左近ともあろう男に分からぬはずがない。今にも飛びかかりそうな勢いで吉継は左近に詰め寄り続ける。

「あまり左近を苛めるなよ」と、三成はふたりのやり取りを遮った。襖の間から流れる風を受けて心地よさそうに目を細めて　どこか他人ごとのように彼はつぶやく。

「もうことは動き始めておるのだ」

その言葉にハッとした吉継は頭を抱えて「まさか」と唸り声をあげる。現実を否定するように頭を横に振ると、彼は尋ねた。

「三成よ、何を企んでおる」

三成は口角を片方つりあげて、ニヤリと笑う。そして、ダンと音を立てて畳に拳を叩きつけた。

「決まっておろう、狸狩りだ！」

＊

三成と吉継の話し合いは七日間にも及んだ。

家康に従い会津に向かうのか、その首を狩るのか。結局決着がつかぬまま、吉継は籠に揺られている。

夏の日差しに熱せられて空気がこもり、吉継は乱暴に扇子をあおいでいる。体を包む衣のせいで彼の体からは汗が噴きでた。不快そうに汗を拭いながら吉継は外に向かって声を発する。

「この状況で、直江と繋がるとは正気とは思えん」

「盟約まで結んでいるとは予想外でしたな」

そう相槌を打つのは、馬に乗った左近である。ふたりで話がしたいと、吉継が途中までつき添いを頼んだのだ。

褐色の肌に陽が降り注ぎ、左近の引き締まった体を照らす。ひと回り近く年が上だというの

に衰えを知らず、若々しい。吉継はほんの少しだけ、彼を羨んだ。左近は馬の鬣《たてがみ》を撫で、口を開いた。

「おつかれでしょう。この七日間喋り通しでしたからな」

「いやはや左近殿には頭がさがる」

吉継はくぐもった笑い声をあげた。

「よくあの唐変木を手懐けておるな」

吉継は覗き窓から、左近を見やった。その鋭い眼光を感じ取り、彼は吉継と視線を交わす。

「左近殿の案なのだろう、家康の手を借りて三成暗殺を回避したのは」

すると大男は白い歯を剥きだしにして豪快に笑ってみせた。

「さてなんのことやら」

「はぐらかされるな、これが知りたくて左近殿につき添いを頼んだのだ」

「そう言われましてもな」

「シラを切るおつもりなら、俺の持論を話そう」

首をかしげてとぼけ続ける左近に、吉継は淡々と語りかけた。

「左近殿は、家康が三成を殺さない自信があったのでしょう。家康が天下統一を目論んでいるのは誰の目にも明らか。その戦の火種となりうる三成のような愚直な男を、みすみす逃すはずがないと」

左近は「ふわぁ」と欠伸をして「失敬」と詫びる。その後は何を言われても、首を振り、吉継の言葉を否定し続けた。

「左近殿ならば、三成を抑えてくれると思ったのに」

「この老いぼれを買いかぶりすぎでは?」

「もう三成を止める術はないか」

傍から見ればまったく噛みあってない会話だが、ふたりはきちんと通じ合っていた。

左近は静かに頷いてみせる。

「家臣は殿に従うしかありませぬ」

「そうか、駄目か」

吉継のつぶやきがあまりにも悲しげで、左近は胸が痛んだ。左近も吉継も、どうにかして三成を救いたいだけ。なのに、それは叶いそうにはない。

「つき添い御苦労」

吉継の声には、すでに明るさが戻っていた。

「もうここで結構。つまらぬ戯言につき合わせてすまなかった」

左近はこれで見納めであるかのように、吉継の方をじっと眺めてから「吉継殿、お達者で」と、深々頭をさげた。そして馬を走らせてきた道を帰っていった。

みるみるうちに小さくなっていく左近を見送った吉継は、ぐったりとうなだれて目をつむった。張っていた気がほぐれて、どっとつかれが彼を襲う。病魔に蝕まれた体は休息を求めている。自然とまぶたが重くなり、吉継はそれに身を任せることにした。暗くなった視界に浮かんだのは昨夜の三成の姿である。

「この分からず屋め」

昨夜の残像に毒づくと吉継は眠りに堕ちていった。

＊

今宵こそ、決着をつけねば。

昨晩の吉継は、そう息まいていた。

連日に及ぶ説得に吉継はつかれ切っていたが、鉛のように重い体に鞭打ち三成と対峙していた。だが今宵が限界である。自分の体のことは本人が一番よく分かるのだ。

「何度言えば分かるのだ！」

吉継は苛立ちを露わにして三成を怒鳴りつけた。三成は顔色ひとつ変えずに白湯で喉を潤している。

「今、家康に歯向かえば相手の思うつぼ。勝ち目はない」

三成は挑発的なもの言いで、吉継に尋ねた。

「では、いつならばいいというのだ？」

「時機を待て」

「だから、それが今なのだよ」

三成の持論はこうだ。

これ以上、家康をのさばらせておいても何の得もない。奴は勢力を強めていくばかりで、ますます勝ち目がなくなる。ならばこの機会を逃す術は無い。

「ともに家康の首を討ち取ろうぞ」

「こ・と・わ・る！」

吉継は怒鳴りながら、このやりとりをするのは何度目だろうと指折って数える。この七日間、両者は歩み寄りを見せず同じ会話ばかりを繰り返しているのだ。

「今は耐えて、家康に従え」

「阿呆、上杉殿の顔に泥を塗ることなどできぬ」

三成は兼続を通じて上杉景勝と「家康討伐の密約」を交わしていたのである。

「阿呆はお前だ、馬鹿たれが」

密約の事実を知らされたときは、さすがの吉継も呆れてものが言えなかった。

「どうしてお前は、自ら退路を断つような真似ばかりするんだ」

「武士に退路などいらぬ」

吉継はガクリと肩を落として、頭を抱えた。駄目だ、話にならぬ。もう堂々めぐりは沢山だ。別の角度から攻めるしかない。吉継は改めて口を開いた。

「三成よ、怒らず聞け」

三成は疑わしげに吉継の顔を一瞥したが、その顔にふざけた様子はない。俺を小馬鹿にする訳ではないようだなと、三成は仕方なく頷いた。

「亡くなる直前、太閤殿下は敵を増やされた」

吉継が話すのは六年に渡った朝鮮討伐のことである。

天下統一を果たして力を持てあました秀吉が思いついたこの戦は、彼に死が訪れるまで続けられた。三成と吉継は戦の早期終息に向けて、終始動き続けたが、意見が聞き入れられることはなく、彼らにとってその六年間は苦汁の日々でしかなかったのである。

吉継の言葉を受けて、三成の顔は険しさを増す。

言いたいことはあるのだろうが律儀に約束を守り、彼は口を噤《つぐ》んでいる。

「敵のことを知らぬまま、軽はずみに行われた戦により、諸将たちは莫大な財と兵力、そして時を失ったのだ。豊臣家の没落を望む者も多いだろう。それにだ」

吉継は少し躊躇してから、言った。

「信長公亡き後、太閤殿下と家康殿どちらが天下を取ってもおかしくなかった」

「だから家康に、世をくれてやれというのか？」

黙っていられなくなった三成が言葉を吐き捨てる。

「幼い秀頼様より家康殿を慕う者が多いのは事実」

「当たり前だろ、秀頼様はまだ子どもだぞ」

慕えという方に無理があると、三成は白湯を飲み干して吉継を睨む。

「幼き秀頼様を同じ土俵にあがらせて狸は相撲を取ろうとしている」

家康のことを語る度に、三成の瞳には怒りが宿った。

「立派な天下人に育てあげるのが、我ら家臣の役目ではないか。欲まみれの老いぼれ狸め、使命を忘れたたか」

「年老いても野望は消えぬものだ」

「笑止」と、三成は再び茶碗を手に取ったが、すでになかは空である。

「もらうぞ」

三成は躊躇いもなく吉継の茶碗をぶんどる。彼は返事を待たずに、ごくりごくりと喉を動かした。

「……昔からそうだったな」

白湯を飲む三成を、ぼんやりと彼は眺めている。

「平気で俺の口つけた器を啜《すす》る、この病を気味悪がることもない」

「なにを気味悪がる必要がある」

三成の言葉に、吉継は苦笑した。

「もし俺がお前ならば、同じ場で息をすることすら拒むだろうよ」


吉継の体に変化が現れだしたのは、元服した直後であった。

最初はほんの些細なこと。髪に白いものが混じりだしたのである。

「頭の使いすぎだろう」

そう周囲の者たちは、吉継をからかった。

幼い頃から頭角を現していた吉継に期待をしており、誰もがまだ彼の目をみて言葉を交わしていた頃の話である。だが一年も経たぬうちに、髪に止《とど》まらず吉継に生えるすべての毛が白く染まってしまった。途端に人々は吉継を気味悪がった。

若白髪は病の前兆だったのだろう。

追い打ちをかけるように彼の体を謎の病魔が襲い、体が爛《ただ》れ始めた。

何度医者に見せても打つ手はないという。病がうつることを恐れて、誰も彼に触れず関わらぬようになっていった。

神童と、ちやほやとされることが当然であった毎日が崩れ去り、孤独と怨念に震える日々が続いた。そんななか、声をかけてきたのが秀吉の小姓をしていた三成である。

「三成よ、初めて出会った日、俺になんと言ったか覚えておるか？」

「さぁな」

「こっちにこい若年寄、だ」

吉継は懐かしそうに目を細めた。

若き日の三成は、秀吉から使いを頼まれて抱えきれぬほどの書物を抱えていた。彼はぶっきらぼうに吉継を呼びつけるとともに荷物を運ばせたのである。

三成はつまらなそうに「そんな昔のことなど忘れたわ」と、鼻を鳴らす。

「無礼な奴だと思ったが、面と向かってそう言ってのけたのはお前だけだ」

三成は黙って、吉継の話を聞いている。

「三成の口利きがなければ太閤殿下の小姓にもなれず、今の俺はなかっただろう」

「否、お前の実力よ」

三成は表情ひとつ崩さずに、言ってのける。

時を重ねて吉継を病魔が蝕み醜く爛れようとも、幼き頃から変わらぬ態度を三成は貫いている。口では貶しながらも信頼の置ける優秀な武将として吉継をつねに敬っているのだ。そんな彼の態度に吉継は悲しげにうつむいた。

「もう俺は昔のようには戦えぬ」

「何を弱気な」

「弱気ではない、もうこの目は使い物にならぬのだ」

吉継は己のふたつの眼球を指さしてから、今度は指先を三成の背後に向けた。

「その屏風に描かれた花とやらも分からぬ、お前の憎たらしい仏頂面もぼんやりとしか拝むことができぬのだ。貴様の期待には応えられぬだろう」

三成は、うたの肩を借りて部屋を歩く吉継の姿を思いだしていた。まさかそこまで病が進んでいるとは。驚きを相手に悟られぬように、三成はすぐさま「目がなんだ」と吐き捨てた。

「見えぬと言うならば、教えてやろう。その屏風に描かれているのは紫陽花だ、そして俺は貴様に苛立っておる」

三成はすぅと息を吸い込み、再び言葉を吐き捨てた。

「弱気なことを言うな。貴様の智嚢《ちのう》は冴えわたっている、それで充分ではないか」

「狸狩りはそんなに甘いものではないぞ」

「何故分からぬ」、どんっと畳に茶わんを叩きつけ、三成は叫んだ。

「お前が必要なんだよ！」

率直でまっすぐで熱い。そんな彼の言葉に、吉継は目の奥がジンと熱くなるのを感じたが、ぐっと堪えた。うつむく吉継に、三成は顔を近づけた。「なぁ友よ」と、三成は訴える。

「この俺の頼みでも、どうしても考えを曲げられぬというのか」

吉継は首を振り、静かに立ちあがった。

「その言葉、そっくりそのままお返しいたそう」

決別のときである。次会うときは互いに敵同士となるかもしれぬ。

去り際に吉継は、三成の顔を見やる。ぼんやりとしか認識できぬはずなのに、彼の瞳は、悲しみに染まった友の顔をしっかりとうつしだしていた。

*

はっと目を覚ました吉継は、慌てて四方を見渡した。

まだ籠のなかであったか。

それを理解して、ほっと息を吐く。さきほどに増して熱がこもり、むんとした空気が吉継を包み込んでいた。

「これはたまらん」

寝汗をかいた体を涼めるために、彼は静かに頭巾を外した。

そっと汗ばんだ頬に触れてみる。木の幹のように堅く粗い。生気のない体に苦笑しながら、彼は己の命が残り少ないことを感じていた。

「あの分からず屋め」

無意識に、また彼は毒づいていた。悶々としたまま、白髪を弄る。頭を占めるのは、憎たらしい友の顔ばかりである。

今家康に歯向かうなど、どう考えても正気の沙汰とは思えない。三成は自分の周りをすべて敵に変えてしまうつもりなのか。

彼は思いだしていた。昨年の暮れ、三成が襲撃されかけたと聞いたとき、肝が冷えて体が震えたことを。情けないことだが、吉継は怖かったのだ。顔を合わせれば悪態をつきあい、酒を交わして、また罵り、笑いあう。そんな友を失ってしまうのが。

三成に言えば「阿呆」と鼻を鳴らすだろう。

あの男は義のためならば喜んで命を捧げる、愚直で淀みのない分からず屋なのだ。

「殿、殿」

外から呼ばれ、吉継は慌てて頭巾を被り直す。

いくら家臣とはいえ、おぞましい姿をさらしたくはないのだ。頭巾の位置を整えながら「どうした」と返事を返した。

「ご覧ください、見事でございますよ」

言われるがまま覗き窓を開け、彼は外を見やった。「おぉ」と、吉継は感嘆の声をあげて身を乗りだす。

そこに広がっていたのは、見渡す限りの紫陽花であった。

青、白、紫。色とりどり鮮やかな花々が野を埋め尽くし、ところせましと咲き乱れている。

「もっと近くに寄ってくれ」

籠を紫陽花畑に寄らせて、ぼやける視界をじっと定めながら吉継はその美しさに酔いしれる。

ゆっくりと花々を見渡していた彼は、ある一点でピタリと視線の動きを止めた。

「一輪、摘んでまいりましょうか」

そんな吉継に、家臣は静かに声をかけた。

吉継は頷き、籠のなかからそっと指をさす。

「あれを」

さされた先を見て、家臣は戸惑いを隠さずに尋ねる。

「これでよろしいので？」

「あぁ、それがよいのだ」

困惑しつつ、家臣は紫陽花を切り取り吉継に手渡した。

それは茶色く枯れた紫陽花の亡骸である。

かつてほかの花のように鮮やかに咲き誇っていただろうその紫陽花は、見るも無残に茶色く干からびている。美しく散ることもできず朽ち果ててもなお、ほかの花と肩を並べて佇んでいたのだ。

朽ち果てた花の姿が己と重なって吉継は荒れた唇を噛みしめる。

三成の目に俺はこのように見えていたかもしれぬ。いや、ともに並びもせず友を捨てた俺は、この花よりも醜いではないのか。

「俺はこのようにはならぬぞ」

吉継は唸った。

今さら命を惜しんでどうする。ようやく覚悟を決めた彼は家臣に向かって叫んだ。

「佐和山へと引き返せ」

散り際を知らぬ枯れ紫陽花などになってたまるか。

不敵な笑みを浮かべながら吉継は英気を養うように再び瞳を閉じたのだった。

〈当事者が語る〉図解 関ヶ原の真相 前編

豊臣政権の崩壊と前田利家の死

小早川秀秋　慶長五（一六〇〇）年九月十五日早朝に起こった関ヶ原合戦……天下分け目の戦いとも言われ、西軍の石田三成、東軍の徳川家康が現在の岐阜県で戦いを繰り広げました。たった半日で決着がついてしまったこの戦ですが、そもそもなぜ関ヶ原合戦は起こったのでしょうか。本作をもっと楽しんでもらえるように関ヶ原合戦が起こるまでのできごとを敬称略で振り返っていきましょう。

図1

秀秋　秀頼の後見人を命じられた豊臣政権下の有力大名たち〝五大老〟と、五大老の下で政務を担当する〝五奉行〟たち。秀吉亡き後もこの体制が続きやがて秀頼が立派に天下を治めるものと思われたのですが。

三成　秀吉が死没すると「待ってました」とばかりに、あの老いぼれ狸が動き出したのだ！

秀秋　三成さん落ち着いて！

左近　殿がお怒りになるのも無理はない。老いぼれ狸こと家康は

石田三成　おい、なんでお前が仕切ってんだよ。

秀秋　だって三成さんが仕切ったら偏った見方になっちゃうから。

三成　なんだと？

島左近　まぁ落ちついてくだされ、殿。とりあえず秀秋の話を聞いてみましょう。

秀秋　左近さん、ありがとうございます……では早速！

ことの始まりは、関ヶ原合戦より二年前の一五九八年八月十八日、私の元お父上、太閤殿下・豊臣秀吉が没したころにさかのぼります。

秀吉は晩年、一五九八年当時まだわずか六歳だった息子・秀頼が跡を継がれた後、滞りなくまつりごとが行えるように、五人の大老たちと、三成さんたち豊臣家吏僚による合議制をとるように命じました。これが〝五大老・五奉行〟の誕生です。

五奉行	
石田三成	徳川家康
増田長盛	前田利家
長束正家	毛利輝元
前田玄以	上杉景勝
浅野長政	宇喜多秀家

図2

豊臣政権下では無断で行うことが禁止だった大名同士の婚姻の斡旋を独断で行ってしまったのだ。

秀秋　つまり家康は、

秀秋　てな具合に、自分の身内と大名を結婚させて、どんどん仲間を増やしだしたのです。

三成　まったく不愉快な狸だ！

秀秋　家康の勝手な行動に三成さんはもちろん、毛利輝元、上杉景勝、宇喜多秀家たちも不快感をしめしました。事態は一触即発かと思われたものの、なんとか前田利家が家康の勝手を押しとどめていました。

左近　利家は家康に対抗できる唯一のお方だったからな。

秀秋　しかし、その唯一のお方も一五九九年三月に亡くなられてしまいます……。

三成　天寿をまっとうされたとはいえ、惜しい人を亡くしたものだ。

石田三成襲撃事件

秀秋　前田利家が亡くなった直後、かねてより三成さんに不満を持っていた七人の武将が三成暗殺を計画します。三成さんは秀吉に凄く可愛がられていた上に、あの性格ですから恨みをかいまくっていたんですね。

三成　…………。

秀秋　三成さん、無言で睨むのやめてください。

左近　殿はこれを事前に察知し、助けを求めた先は……。

小早川　なんと、おいぼれ狸こと家康だったのです。家康が七将と三成さんの間を取り持ち暗殺計画は失敗に終わりました。しかしこの騒動を受け、三成さんは五奉行の職を解かれ、佐和山城への隠居を命じられることに!!

三成　実に無念な決断だった……。

左近　それ以外の選択肢はありませんでしたからね。

秀秋　こうして、三成さんの挙兵へと繋がっていくのです！

徳川家康の会津征伐

秀秋　こうして家康と、三成さんの溝はどんどん深まっていきました。三成派閥の上杉景勝も同様です。そんな上杉の謀反を疑い、家康は上洛しろと命じました。

三成　だが上杉はそれを拒んだ。まったくの言いがかりだったからな。

　拒まれ続けて今度は「上洛の命に従おうとしないこと自体、謀反の疑いがあり」って、家康は騒ぎ出したのだ

左近　だが家康の狙いはそこだった。上杉を討伐する理由がなんでもいいからほしかったのだ。

秀秋　そういうことになりますね……絶好のチャンスを得た家康は会津征伐のため、六月十八日に伏見城を出発して七月二十四日に下野小山に到着しました。

三成　狸の絶好のチャンスは、俺にとっても絶好のチャンスだった。俺は左近に命じて挙兵することを決めたのだ。

秀秋　下野小山についた家康は、そこで謹慎中の三成さんが挙兵したとの知らせを受けます。家康は翌二十五日に三成討伐を決定し転進。

左近　家康にとって、殿の存在こそ目の上のたんこぶだったからな。

秀秋　こうして、いよいよ関ヶ原合戦へとつながっていくのです。

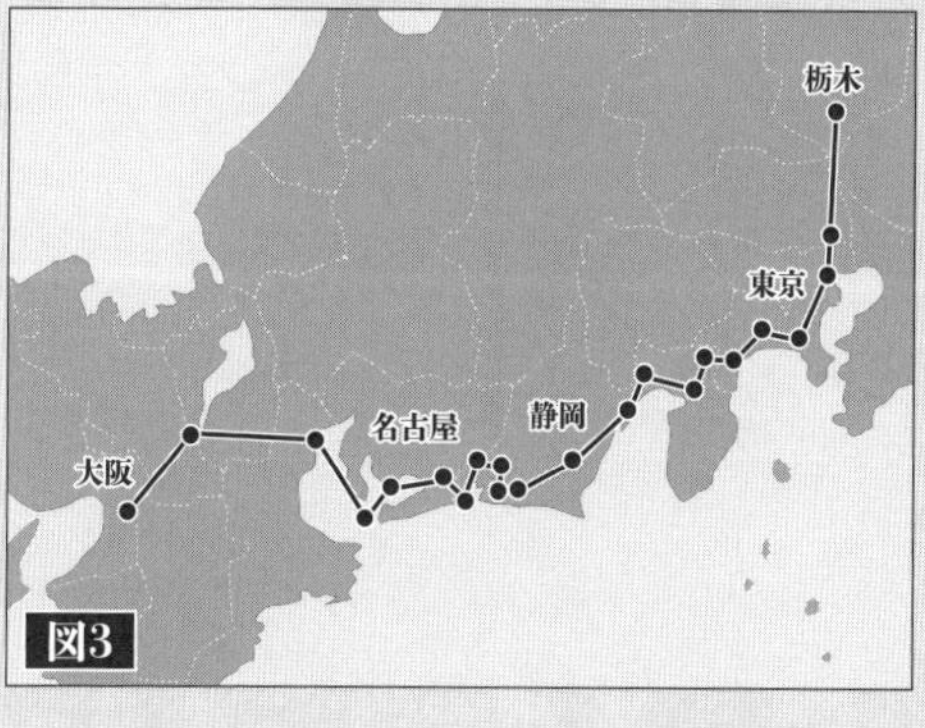

図3

第五章

猫——井伊直政と松平忠吉

家康の思惑どおり、直江状の波紋は方々へと広がっていく。
忠吉は直政とともに会津征伐へと向かい始める。
道中をともにする兄・秀忠は、ことあるごとに忠吉の心を逆撫でし……。

兄弟というものは、実にやっかいなものである。

遠くにいれば様子が気になり、近くにいると疎ましい。

そして、どんなに憎しみ合い、いがみあっていても決して縁が切れることはないのだ。


それは松平忠吉《まつだいらただよし》と徳川秀忠《とくがわひでただ》も例外ではない。


「お前たちにも見せてやりたかったわ」

キンキンと不快な声が響き、忠吉は仕方なく声のする方を見やった。

初夏の日差しのなかに、兄・秀忠の姿がある。

馬に揺られる秀忠は、手綱から両手を離して大げさな身ぶりで視線を自らに集めていく。

長旅のせいで日に焼けた秀忠の体は、赤みをおびて腫れているようであった。口角をあげながら家臣たちの様子を窺う兄の横顔を忠吉は、じぃっと眺める。

眼だけがギラついて神経質そうな顔つき。骨ばった顔の横で、やたらと存在感を主張する父親似の福耳。痩せて筋張った体格のせいなのか、彼が跨る馬の尻がやけに大きく感じられる。

会津に着くまでの道中、兄の姿越しに景色を望まなければならないと思うと、忠吉の気は沈み、雲ひとつない夏空さえ疎ましく感じられた。

秀忠の風貌は、盗み見てでも眺めていたい舅《しゅうと》の井伊直政《いいなおまさ》とは大違いである。直政のような人間がこの世に一握りしかいないことは、忠吉にも分かっていた。だが、兄に対する思いが彼をときおり感情的にさせるのである。


家臣たちの視線が注がれたのを確認してから秀忠は額の汗を拭い、言葉を続けた。

「あの鬼島津の、きょとんした情けない顔をな、なぁ忠吉」

忠吉は口を噤《つぐ》んだまま黙り込んでいる。

弟の同意を待たずに、キヒヒッと声を裏っ返しながら笑い「思いあがりの田舎侍め」と、秀忠は吐き捨てた。

相槌の代わりに、忠吉は静かに兄を睨《にら》んだ。彼を不快にさせたのは、兄の金切り声のせいではない。

彼が島津義弘《しまづよしひろ》を小馬鹿にしたからだ。

苦々しい記憶が忠吉の脳裏に甦り、忠吉は眉をひそめた。

＊

それは桜が散りきり、木々が新緑に染まった頃のことである。

島津義弘はわずかな家臣とともに大坂城を訪れた。

息子・忠恒が起こした騒動の謝罪と鎮静化に手を貸した徳川家に礼を述べるために、彼は九州の端からはるばるやってきたのである。

「なんと間の悪い男だ」

徳川家康《とくがわいえやす》は頬杖をつき、脇息にもたれかかった。

「まさかこんなときに姿を見せるとは」

さも面倒くさそうにつぶやくと、家康は息子たちの顔を見回す。

ときを同じくして忠吉と秀忠は西の丸御殿に呼びだされていたのである。

周囲には知られぬように、ひっそりと行われた親子の密会の席であった。

父親からこのような招集がかかることは今まで例がない。

父を前にして忠吉は腹の奥がキリキリとさしこみ、臓物が固くなるのを感じていた。幼き頃から数えるほどしか顔を合わさず、遊んでもらった記憶もない。彼が父に感じるのは、ただただ恐れだけであった。

「作法が違うのでしょう、薩摩とこちらでは」

そう口を開いたのは秀忠であった。

秀忠が島津義弘を田舎者と小馬鹿にしていることは明らかである。忠吉は「また始まった、人をさげすむ、兄上の悪い癖が」と、心のなかで毒づいた。初陣も済ませていない兄が、名高き武将である義弘をそのように扱うことに、忠吉は違和感を覚えずにはいられなかった。

だが兄に異議申し立てられるほど、忠吉の肝はすわっていない。彼自身、まだ初陣を済ませていないし、口下手な忠吉の言葉で変な誤解が生まれてしまう可能性がある。彼にできるのは身動きせず口を噤み、兄の意見には賛同していない旨を体で表すことだけであった。家康は秀忠の意見に賛成も反対もすることなくニヤリと口元を緩めてから「やれやれ」と、腰をあげた。

「父上が慌てる必要がありませぬ、しばらく待たせておけばいいのです」

秀忠はそう言って、家康を制すと広げられた絵巻物に再び目を向けた。そこには会津の地形や城の場所がこと細かに記されている。

頑なに上洛を拒む君主に代わり、直江兼続が寄こした文により、世の流れは会津討伐へ動きだしているのだ。

その流れを作ったのはほかでもない、直政である。

彼の言葉通り、家康は直江の文の内容を拡大解釈し、瞬く間に会津勢を豊臣家への謀反に仕立てあげた。花見の席で語られた企みを、家康は今まさに実行しようとしているのである。あの場所に同席していた忠吉は、どうも落ちつかない。花見をしてから、まだ十日かそこらしか経っていないのだ。トントンと事《こと》が動き過ぎている。心のざわめきが収まらず、天下取りを目論んで野望に瞳を染めている父の姿を直視できずにいた。

歴史が動きだす。

その事実を受け止めるには、まだまだ忠吉の器は小さく底が浅すぎるのである。

息子の振る舞いをたしなめるように家康は絵巻物を手で小突いた。

「そうはいかぬぞ、秀忠」

家康が巻物の軸を小突くと、それはくるくると畳上を転がり、会津の地図が巻き取られていく。

「島津義弘といえば亡き太閤殿下からも「薩摩の鬼」として恐れられた名将。その名にふさわしいもてなしをしなくてはならぬ。礼儀を軽んじれば、たちまち足をすくわれる。分かるな？」

父親の言葉を、秀忠は頭をさげて受け止める。秀忠の首筋は赤く染まっていた。家康に気にいられようと必死になるあまり、空まわりしてしまった自分を恥じているようであった。恥じらう息子を見て満足した家康は侍女を呼び寄せると「宴の準備を」と言いつけて、身支度を整えるために襖の奥へと消えていった。

残された兄弟はどちらも口を開かず、ただ部屋に留まっている。

忠吉は一気にときの流れが鈍くなり、淀んでいくのを感じた。どんな清流も流れを止めれば、たちまち濁り腐っていく。すぐにでも外へでて、新鮮な空気を胸一杯に吸い込みたかったが、兄より先に腰をあげるのは気が引ける。

ちらりと秀忠の方を見やると、ぎょろりとした目玉と視線が合致してしまった。

のどぐろや金目鯛を彷彿とさせる大きな瞳は忠吉を離さず、動向を見守っているようである。

仕方なく、忠吉は尋ねた。

「酒でも持ってこさせましょうか、兄上」

むすっとした秀忠は、絵巻物を指で転がしながら吐き捨てた。

「赤ら顔で島津と会う訳にもいかんだろう」

「はぁ」

そのまま秀忠は口を開くことはなく、会話は途絶えた。

普段の饒舌さは一体どこにいってしまったのかと、忠吉は兄の態度に苛立ちつつも口を噤み、息をゆっくりと吐きだす。元来口下手な忠吉は、いつもこうして思いを腹の底に押しこみ、気の乱れが静まるのを待つ。これが、幼い頃から馬の合わない兄への対処法であった。

鈍さを増すときの流れに耐えながら、宴の支度が整うのを待つのみか。

そう思ったときである。

沈黙を破るように襖の外から女の声が響いた。

「入れ」と、秀忠が短く言うと音を立てずに襖が開く。頭をさげていた女が長い髪をしゃなりと揺らしながら面《おもて》をあげた。

「秀忠殿にお会いしたいと、小早川殿がいらしております」

その顔に忠吉は見覚えがあった。

直江からの手紙が届いたあの日、小早川秀秋《こばやかわひであき》の相手をしていた女である。

「おお、通せ通せ」

「おまえ、花見の」とつぶやいた忠吉の声を、秀忠の独特の笑い声がかき消した。

一気に上機嫌となった秀忠が手招きすると、女の背後から秀秋が姿を現した。

「ご無沙汰しております、にぃ様」

猫撫で声をあげて姿を現した秀秋は、へらへらと薄笑いを浮かべている。

秀秋は躊躇することなく、秀忠の真横を陣取った。

許しを得ずに腰を下ろすなど礼儀に欠けた身の振る舞いだが、忠吉は気にすることなく、頬を緩めて秀秋との再会を喜んだ。

「わざわざ訪ねてきてくれたのか」

「どぉ〜しても、にぃ様にお会いしとうございまして」

秀秋が「にぃ様」という言葉を発する度に、忠吉の心に暗い影が差していく。

幼い頃、忠吉・秀忠は豊臣秀吉《とよとみひでよし》に人質に取られ、大坂でともに暮らした。

秀吉の養子であった秀秋と顔を合わす機会は度々あったが、忠吉は幼き日の思い出に蓋をしている。

痩せこけた容姿といい、物の考え方といい、秀忠と秀秋は非常に馬が合った。三人を知らぬ者が見れば、秀忠と秀秋を兄弟だと間違いなく勘違いするであろう。

そんな意気投合したふたりに、忠吉は除け者にされたのである。

秀秋が忠吉を子分のように連れまわしていたように、秀忠も弟を顎で使い「お福」と呼び、小馬鹿にした。太閤の息子にされるならばまだしも、唯一の味方である兄弟にまで同じように扱われることが彼は許せなかった。

小さな怒りは澱のように溜まっていき、いつの日か彼の幼き思い出に蓋をした。

そのため、幼き頃の秀忠との思い出はおぼろげで、昔を思いだそうとすると真っ先に直政の美しい横顔が姿を現すのである。


「忠吉も、変わりないようでなにより」

黙ったままの忠吉に気づき、取ってつけたように秀秋はヒョロリとした首だけを彼の方に向けた。直政がいないからか花見のときとは違い、随分と横柄な態度である。さすがの忠吉も苛立ち、眉をひそめたが直ぐに元に戻した。

幼き頃に直政に言われた「貴方の器の大きさを見せつけるのですよ」という言葉を心中で繰り返す。お福と呼ばれなかっただけよしとするべきか。ひとり心を静めていると、ひとつの疑問が浮かびあがり、彼はそれを尋ねることにした。

「しかし、よく分かりましたね」

きょとんとした顔の秀秋を置き去りにして、忠吉は続ける。

「我々が今日ここにいることは、わずかな家臣にしか知らせていませんので」

弟のひと言にハッとしたのか秀忠が秀秋を見た。途端に秀秋の目が泳ぎ始めて「あの、それは」と、モゴモゴと口のなかで言い訳の文言を転がしている。

「葵の御紋が」

そう口を開いたのは、秀秋ではなく、さきほどの女である。

「御紋が記された籠をふたつ、城に入っていくのをご覧になったそうで」

女は喋り終えると、ちろりと唇《くちびる》を舐めた。それを合図にしたように今度は秀秋が言葉を引き継ぐ。

「そ、そう。染音《そめお》の言う通りでございます。もしやおふた方がいらっしゃるのではないかと思った途端いてもたってもいられなくなり、こうして参上したのでございます」

やけに饒舌になった秀秋の言葉は瞬く間に頭から消え去っていき、最後に「染音」という名前だけが忠吉のなかに残った。

目の前で繰り広げられた茶番によって、ふたりの仲が透けて見えて彼は辟易した。花見のときに目をつけたのだろう。用もないのに秀秋がこの土地をふらついていることも合点がいく。染音が秀秋に秀忠たちが大坂城にやってきたことをバラしたことは間違いなかった。直政がこの場にいれば、すぐさま染音を成敗していただろうと忠吉は思った。誰と恋仲になろうが構いはしないが、女に助け船をだされるとは情けない。

「お父上には、もう挨拶は済まされたのか？」

弟の言葉に、秀忠はうんざりとしたように溜息をついた。

「昔のよしみだ、細かいことはいいではないか」

「しかし」

「嫌ならば、お前が外にでていればよいではないか」

ぴしゃりと言い放った秀忠の横で、秀秋は勝ち誇ったようにほくそ笑む。

忠吉は静かに腰をあげた。襖を開け、そのまま外にでる。

「例のもの、今用意させておりますので」

すぐに秀秋の猫撫で声が聞こえてきた。

「おお御苦労」と秀忠が返事をしているということは染音を通じて秀秋と連絡を取っていたのは兄という訳か。

どちらにせよ気分がよいことではない。そんなことを考えながら忠吉は廊下を進む。

しばらくしてから彼は全身がこわばっていることに気づいた。

ふたりの態度に不思議と怒りは感じなかった。幼き頃に蓋をして閉じ込めた、孤独感や虚無感が顔をだしそうになり心がざわついているのである。

「元服前の幼な子じゃあるまいし」

自分自身を鼻で笑い、忠吉はぐっと背筋を伸ばした。体のこわばりを弾き飛ばすように、何度も何度も。

＊

義弘をねぎらう宴は盛大に行われた。

堺の港から運ばれた魚介や採れたての山菜が並び、酒甕がこれでもかというほど並んでいる。

義弘は援軍を派遣した家康への感謝と息子の無責任な行動を詫びたが、家康は「もう済んだことだ」と、早々に話を切りあげて互いに盃を交わしたのである。

忠吉は周囲を見回し、秀秋の姿がないことを確認して安堵した。家康は宴の間、始終上機嫌であり親指を口元に運ぶこともなく、酒をあおっている。

父親の心づかいに感服した忠吉は「このまま何ごともないまま宴が終わればいい」と、心から思った。

「酒は足りているか、義弘よ」

家康の言葉に、義弘は「はっ」と短く返事をすると盃を置き三つ指をついた。

「充分過ぎるほどでございます」

「そうかしこまることは無い」

口元に盃を運びながら、家康はくぐもった笑い声をあげた。そこに酒に酔い頬が染まった秀忠が口を挟む。

「郷とは味つけが違うでしょう、お口に合いますかな、上品すぎますかな?」

言葉の節々に侮蔑の色が見え隠れしていたが、義弘は穏やかに微笑み、頭をさげて「有りあまる幸せでございます」と、何度も感謝を述べるだけであった。その様子を忠吉は静かに見守っている。

家康との対面を前に身なりを整えたようだが、つかれが顔に滲んでいる。日を浴びて赤銅に焼けた肌には、よく見ると何本ものしわが刻まれていた。考えてみれば、義弘は家康よりも年配である。長旅が堪えないはずがない。

「ところで、上杉の一件は耳に入っておるかな」

家康は盃を置き、話を切りだした。

そのひと言で義弘の目つきが変わった。さきほどの穏やかなものから一変して、鷹のような鋭さを増す。緊張感が部屋に充満して、少しでも気を緩めれば飲み込まれてしまいそうである。さすがの秀忠も顔色を変え、背筋を伸ばした。忠吉と秀忠は固唾を飲んで義弘の言葉を待つ。周囲が沈黙に包まれたことを確かめてから、鷹の目の男は、

「はい」

と、家康に視線を向けた。

「いく先々で耳にいたしました。これで家康様が天下人になられるだろうと」

「なんと」

家康はわざとらしく驚いてみせた。

「そんな噂が流れているとは、困ったものだ、なぁ?」

そう言って、彼は息子たちに同意を求める。

秀忠はコクコクと小刻みに頷き、弟にもそれに続くように無言で訴えた。忠吉は静かに一度頷いてみせる。

満足そうに家康は頬を弛ませると、口元に親指を運ぶ。

「上杉への行いは、すべて太閤殿下のご遺志を引き継いでのものなのだがね」

義弘は押し黙ったまま、家康の言葉をうけている。

「残念ながら上杉は要請に応じそうにない。もし梅雨入りの頃まで、わしを拒絶し続けるならば、そのときは出馬するつもりでおる。そこでじゃ」

出馬という言葉に、義弘はピクリと反応をしめした。それを眺めていた家康は頬杖をやめ、身

を乗りだす。

「決断のときがくるまで、お前に伏見城の留守番を頼みたいのだよ」

伏見という言葉を聞き、今度は忠吉が反応する番である。

そこは現在、忠吉が在番をしている城だ。本来は忍城の城主である忠吉だが、家康について、彼も伏見へ移ってきていたのである。それはつまり、家康が出馬する際には、忠吉も遠征に同行するということだ。

初陣のときは近い。

改めてそれを感じて、忠吉は武者震いが止まらなくなった。


一瞬、何を言われているのか分からなかったのだろう。きょとんとして固まった義弘は我に返り「それは」と、今宵初めて言葉に詰まらせた。

「それは、なんだい？」

がじゅりと爪を噛みながら、家康は義弘の返事を待っている。

心地よい夜風が部屋を通り抜けるなか、ツーッと義弘の頬を汗が伝っていく。

春が終わりかけているとはいえ、梅雨どきまでひと月以上の間がある。家康に礼を述べて薩摩に戻るつもりだった義弘にとって、家康の申し出は青天の霹靂。しかし薩摩には徳川家に借りがある。断ることなどできるはずがない。

ぞわぞわと忠吉の首筋が粟立っていく。この宴の意味を初めて理解した彼は己の考えの甘さに心底嫌気がさしていた。

「御意承りました」

しばらく間を置いて、義弘は深々と頭をさげ唸るように返事をした。

「今宵は大変楽しゅうございました。少し酔いがまわってまいりましたので、これにて失礼致す」

立ちあがった義弘は酔いが回っているとは思えないしっかりとした足取りで部屋をでていった。その背中を眺めながら家康は「秀忠」と、息子の名前を呼んだ。慌てて秀忠は見送りをするために、薩摩の鬼の後を追いかけていく。家康とふたり残された忠吉は沈黙を恐れて、父親の盃を満たそうと立ちあがった。しかし家康は「もう酒はよい」と、息子の行動を拒んだ。

「申し訳ございません」

忠吉は頭をさげて、その場に腰を下ろした。義弘の返答が気に入らないのか爪を噛み続ける家康に、忠吉はかける言葉が見つからない。

こんなとき、義父がいてくれればどんなに心強いか。そんなことを考え、情けない己に怒りを覚えた。

「似てるとは思わんか？」

頭を垂れる忠吉に、家康はふと思いついたように声をかける。父親の問いの意味が分からず忠吉が困惑していると
「染音だよ、会ったのだろう？」

そう家康は口早に言い放った。父親に何もかも見透かされている。壁際まで追いつめられた子鼠のように、忠吉は青ざめながら頷いた。

「確かに、さきほどお会い致しましたが」

「美しいおなごだろう、どこか寧々《ねね》殿に似ておるとは思わぬか？」

忠吉は言葉を失った。頷くことも忘れて、ただ父親の顔を眺める。

寧々とは、秀吉の正室・北政所《きたのまんどころ》のことである。寧々は長年子宝に恵まれず、そのために養子としてやってきたのが幼き日の小早川秀秋なのだ。

寧々は秀秋を我が子同然にかわいがった。秀秋にとっても寧々と過ごした年月は蜜のように甘い思い出であった。秀秋が心の底から幸福を感じられた唯一の時間といっても過言ではないだろう。その寧々の名を、家康はわざわざ口にだしたのだ。

家康は秀秋と染音の仲に気づいている。だからこそ、ふたりの仲を邪魔してくれるなと忠吉に釘をさしているのである。何か裏があるのは確かだったが、それがなんなのか忠吉には分からなかった。黙ったまま反応しない息子をつまらなそうに家康は一瞥する。

「お前も義弘殿を見送ってくるがいい」

父親に追い払われたのにおかしな話かもしれないが、忠吉は心の底から安堵していた。それが顔にでないように真顔を作り、忠吉は義弘たちの後を追った。

月明かりを頼りに足早に廊下を進むと、すぐに義弘と秀忠に追いつくことができた。忠吉がふたりに声をかけようとしたときである。

「秀忠様」

染音が木箱を両手で抱えて姿を現したのだ。

家康との会話の直後であったせいだろう、忠吉は思わず柱の後ろに隠れた。女ひとりに何を怯えているのだ。そう思いつつも柱の後ろから様子を窺い続ける。

「小早川様から例のものを預かっております」

染音が差しだした小箱を見て、秀忠は笑みを噛み殺すように顔を歪めた。

嫌な予感がする。そんな忠吉の予感が的中した。

「ご苦労だった」

秀忠は小箱を受け取ると、それをそのまま義弘に手渡した。

義弘は不審そうに小箱のなかを覗きこみ、何かをつまみあげた。

それは産まれたての子猫であった。

手のひらにすっぽり収まってしまうほどの白い塊は、小刻みに震えながら鳴いていた。

「お好きなんでしょ、猫」

秀忠はキヒヒィと、いやらしく笑い声をあげた。

「大坂城内で産まれた子猫だそうですよ。これで少しは寂しさも紛れることでしょう。あなたにとって、朝鮮も伏見も異国の地でしょうから」

義弘は猫を抱きかかえて、顎を指先で転がした。そして「ここまでで結構」と、供の者とともに秀忠の前から立ち去っていった。


なぜ秀忠が、ここまで義弘に無礼な振る舞いを続けるのか。忠吉にはまったく理解することができなかった。

それと同時に彼の心中に、ある感情が湧きあがっていた。

秀忠と秀秋がさきほど話していたのは、この件だったのか。ならばふたりは父上がこの決断を下すことを予測していたのだろうか。だから猫まで用意して義弘を小馬鹿にしたというのか。

兄に分かったことが自分には分からなかったことが悔しくて堪らない。言いようのない敗北感に、忠吉は打ちのめされているのである。幼き頃に蓋をしたふたりへの思いは、いつの間にか「ふたりにだけは負けたくない」という闘争心へと姿を変えていた。目を背けていた感情に気づかされて忠吉は戸惑っていた。

秀忠に気づかれぬうちに立ち去ろう。

忠吉が踵を返そうとしたとき、あの女と目が合った。すべてを見透かしたような切れ長で涼しげな瞳。確かに目元が北政所に似ている。染音から視線を逸らして、忠吉は慌てて廊下を進んでいく。月が雲に隠れて、廊下は闇に包まれていた。

*

「いつまで馬と睨めっこしているのです？」

そう言われて、忠吉はハッと振り返った。そこには舅・井伊直政が立っている。

愛馬の毛並みを整えるうちに気が抜けて呆《ほう》けていたらしい。周りを見ると汗まみれのまま睡魔と闘う兵士たちが見られた。夕暮れの橙色に包まれて、皆同じ色に顔が染まっている。どの顔もつかれきっていた。兵士たちの先には家臣を集めて得意げに話す家康と秀忠の姿もある。父親の輪に入りそびれたことを忠吉は悔やんだ。

「随分と、おつかれのようですね」

いつもと変わらぬ面持ちの直政は目を細めると、そっと手ぬぐいを彼に差しだした。それは水を含み、ひんやりと冷たかった。

「小川に浸してきたんですよ」

忠吉は促されるがまま、それで顔を拭く。いつの間にこんなに汚れていたのか。土埃を拭きとった手ぬぐいが薄茶色に染まる。

「よいところですね」

忠吉は下野国の地を見まわした。

「えぇ、陣を張るのに丁度よいです」

忠吉が首筋を拭き終えると、すぐさま直政の長い指が手ぬぐいをつかみ取る。

不思議なことに義父の肌は少しも日に焼けておらず、白く艶やかであった。

忠吉がまじまじと眺めてみても汗一滴流れた跡もない。いつも通りの涼しげな顔のまま、手ぬぐいを畳み直している。ぼんやりとした忠吉の口からボソリと言葉が零れおちた。

「会津まで、あと少しですね」

直政は畳む手を止めて「不安ですか」と赤く染まった口元を緩める。

図星であった。忠吉は初陣を見事に飾れるのか、不安で不安で仕方なかった。

家康の思惑通り、梅雨が訪れても上杉は上洛を拒み続けた。

手紙の言葉を好き勝手に解釈され言いがかりをつけられたのである。そんな要求に従うはずがない。上杉は、まんまと家康の手のひらの上で踊らされてしまったのである。

こうして家康は上杉攻めを決断し、江戸に武将を集めた忠吉も伏見から父親に同行した。浅野幸長《あさのよしなが》、池田輝政《いけだてるまさ》、加藤嘉明《かとうよしあき》、黒田長政《くろだながまさ》ら名だたる武将が従軍して、家康率いる連合軍は武蔵・下総と北上を続けた。そして、とうとう下野国の小山に辿り着いたのである。

下野国と、会津のある陸奥国は隣国だ。

上杉攻めが刻々と近づいているのである。初陣を目の前に忠吉は、その重圧に苦しめられていた。義弘との宴を境に彼はすっかり自信を失っていたのである。

「大丈夫です」

直政は幼な子に語りかけるように、しゃがみこみ忠吉と目線を合わせた。

「私がついております」

しかし忠吉はうつむき、直政から顔を逸らした。

義父が傍にいてくれることは、正直とても心強い。

家康からは与えられなかった父の愛情を感じ、自分に欠けていた何かが満たされてくる気がした。だがそれと同時に人質に取られていた頃のまま、成長のない自分に嫌気がさしてしまうのである。

「情けないです、いくつなっても義父上におんぶに抱っこで」

忠吉の言葉に、直政の顔からすぅと笑顔が消える。

何か言葉を発しようと直政は口を開いたが、それは馬に跨って現れたひとりの使者によってかき消された。使者の馬には鳥居元忠《とりいもとただ》の家紋である鳥居笹が記されている。休みなしに走り続けていたのであろう。男も馬も汗で汚れ熱気を放っていた。使者は残っている力をすべて振り絞るように叫んだ。

「家康様に至急お伝えしたいことがございます」

＊

使者からの知らせは、事態を一変させるほどの破壊力を持ち合わせていた。

伝言を聞いた家康はすぐさまに武将たちを一同に集めた。日が暮れて、いくらか涼しくなったとは言え、むさくるしい男たちが肩を並べているせいか、むわんとした熱気が一帯を包んでいる。何が起こっているのか分からず、陣所は騒がしい。家康の近くに陣取った忠吉と直政は父親が語り始めるのを待っている。家康は笑みを湛えていたが、瞳はギラつき息づかいも荒い。父親が知らせに怒っているのか喜んでいるかさえ、忠吉は読み取ることができなかった。

「さきほど、鳥居元忠の使者より知らせが届いた」

家康が喋り始めると、辺りは静寂に包まれた。武将たちの息づかいと、遠くで流れる小川のせせらぎが聞こえるだけである。

家康はたっぷり間を置いてから、ゆっくりと口を動かした。

「石田三成《いしだみつなり》が蜂起した。総大将は毛利輝元《もうりてるもと》殿だそうだが、すべては三成が仕組んだことであろう」

ざわめきたつ武将たちに直政がぴしゃりと「静かになされよ」と言い放つ。その語尾の強さに忠吉は驚き、義父の顔を見やった。義父の瞳は家康の方を向いている。家康は直政と視線を交わすと頷き、言葉を続けた。

「ざわめくのも無理は無い。妻や子どもを人質に取られている者が多いのだからな。上杉など構っている場合ではない。そう思っている者も大勢いるだろう。だが安心せよ」

家康はさらに声を張りあげた。

「この家康、皆がこの場を立ち去って三成に味方しようととがめはせぬ、恨みもせぬ」

再び起こったざわめきは、直政の力をもっても止めることはできなかった。

三成の元にいくということは、家康と敵対し兵をぶつけ合うという意味だ。それを今ここで決断せよと、家康は言っているのである。

どちらにつくか明暗の別れ道。

武将たちは横目を使い、周囲の出方を窺っているようである。

彼らが悩み苦しむなか、忠吉は三成のことを頭に浮かべていた。


会話を交わしたことは数えるほどしかない。相談役として秀吉の横に座る姿を、幼い忠吉は頻繁に目にしていた。

一度だけ剣術の稽古をつけてくれたことがある。そこには秀吉の姿もあり、楽しそうに稽古の様子を眺めていた。木刀を振りあげた忠吉を三成は容赦なく払いのける。そして幼い喉元に木刀の先を押しつけた。あまりの恐怖に忠吉は腰を抜かして尻餅をついてしまった。

「これ、三成。少しは容赦せぇ」

秀吉がそう言いながら笑うと、三成は「お言葉ですが」と、口を開いた。

「手を抜くのは、本気で向かってきた福松丸《ふくまつまる》殿に失礼でございます」

三成からひとりの男として扱われたことが、幼い忠吉は素直にうれしかった。


なぜ急に、こんな昔のことを思いだしたのか。

島津義弘と会ったあの日から、どうも調子が狂ってばかりだ。そう忠吉が心内で毒づいたときである。


ひとりの武将が、ゆっくりと立ちあがった。

尾張清州の大名、賤ヶ岳の七本槍のひとりである福島正則《ふくしままさのり》である。どよめきが起こるなか、福島は歩みだし、そして家康の前に三つ指をついた。

「寛大なご配慮、感謝致します」

深々と頭をさげた福島は、鋭い三白眼を家康に向ける。

「だが、この福島正則。たとえ一族を失おうとも家康様についてまいります」

「福島殿！」

直政は声を荒げて立ちあがった。

いつになく感情的な義父を、慌てて忠吉は制す。しかしそれを押しのけて直政は福島に近づいていった。

「軽はずみなことを申されるな」

憤怒に顔を歪めた直政は、今にも福島につかみかかりそうな勢いである。

「分かっておられるのですか。石田殿は太閤殿下の右腕、この判断は秀頼《ひでより》様もご承知のことかもしれないのですよ？」

ただならぬ様子にほかの武将たちが怯えるなか、福島は怯むことなく、直政と対峙した。

「ご承知？　太閤殿下のご子息はまだ六つだぞ」

福島は体を集められた武将たちに向け直す。

武将たちは目を逸らす暇もなく、ただ福島の姿を唖然と眺めていた。

「どちらにせよ、幼い秀頼様が事態を把握されているとは到底思えぬ。それをあの三成が利用しておるのだ、このような姦悪な振る舞い許しておけるのか⁉」

言葉を放ち、福島は直政を鋭く睨みつけた。忠吉は無意識に刀の鞘に手を伸ばす。最悪な事態が起きた場合を想定し、義父のために身を呈す覚悟を固める。だが直政は口を開くことはなかった。義父はあっさりと引きさがり黙って忠吉の横に腰を下ろしたのである。

「義父上」

口を開きかけた忠吉を、直政は人差し指を自らの唇に押し当てて制す。一拍の間を置いて、困惑する忠吉の耳に武将たちの感嘆の声が響いた。

「福島殿のおっしゃる通りじゃ！」

直政を言いくるめた福島の姿に武将たちは震えあがっていた。完全に心を絆《ほだ》された彼らは家康に覚悟をしめそうと声をあげ続ける。そして山内一豊《やまうちかずとよ》が「我が城を家康殿に献上致す」と、口にしたことを皮切りに、次々に東海道筋の武将たちが家康に城を明け渡すと宣言しはじめた。瞬く間に家康は武将たちの諸城を手中に収め、数分の間に勢力を膨れあがらせていったのである。

武将たちの姿を眺めている家康は扇で自らを扇ぎ続けていた。そして扇で口元を抑えると、直政を見やった。家康に向かって、うっすらと唇を緩める。きっと家康も直政と同じ笑みを浮かべていることだろう。

そこで初めて忠吉は気づいた。

家康の提案も、福島の演説も、直政の激昂も、すべて仕組まれたことだったという訳か。

考えてみれば筋ができすぎている。

福島といえば、かねてから石田三成を忌み嫌っていた男だ。三成が佐和山城に閉じこもっているのも、そもそも福島正則や加藤清正《かとうきよまさ》が仲間を集めて三成を暗殺しようとしたためである。三成を討ち取りたい福島は、家康の提案に快く応じただろう。むしろ心から楽しんでこの茶番を演じたはずである。直政が福島に言い負かされたのも、筋書き通りなのだろう。

この茶番のおかげで、家康は上杉攻めにきているすべての武将たちを自らの仲間に抱え込むことに成功したという訳だ。チラリと兄の顔を盗み見ると、茶番を目の当たりにした秀忠も不愉快そうに顔を歪めている。

兄弟揃って、また蚊帳の外ということか。

忠吉はギリリと唇を噛みしめて、どこかさげすんだ思いで武将たちの姿を見つめていた。

＊

評定が終わり、武将たちが姿を消しても直政と忠吉はその場に残っていた。

男たちの熱気が薄まり、がらりと空いた陣所には再び涼しげな夜風が流れはじめている。

「さきほどから怒っていらっしゃいますね」

直政の言葉に「別に怒ってなどは」と、忠吉は尻すぼみになりながら反論してみせる。

「ほら怒っているではないですか」

クスクスと笑う直政に「笑わないでください」と、忠吉は思わず声を荒げた。直政は微笑みを絶やすこと無く、質問を続けた。

「そんなに嫌だったのですか、私が貴方を選ばなかったのが」

怒りの根っこを的中されて、忠吉はグゥと喉を鳴らして黙り込んだ。義父の言う通り、忠吉は怒っている。ことの発端は直政がした提案であった。

評定の終わりで、直政は一部の兵を上杉軍の見張りにつけ、残りは江戸に待機することを提た。

案した。そのことに誰も異議を申し立てる者はおらず、すぐにその準備が取られることとなっ
陽が昇れば、再び一同は江戸へ向かうことになるだろう。

三成が立ちあがる時期は前後したかもしれないが、すべて家康の想定範囲内。

天下取りの野望が、一歩ずつ形になろうとしている。

忠吉はそのことを肌で感じていた。

福島と直政の茶番に気づいたときから後の流れはおおむね予想がついていた。初陣が三成征伐に代わるだけのこと。蚊帳の外にいるのならば、ふたりの父の意見に従うまでだ。

忠吉はボンヤリと直政の言葉に耳を傾けていた。そんななか、直政がつけ足すように口を開いたのである。

「そこでもうひとつ、提案がございます」

「言ってみろ」と、家康は扇をあおぎ頷いた。

「戦に向けて味方は多い方がいいでしょう。どなたかに真田殿の元に向かっていただき、上田城を明け渡すよう説得していただきたいのです」

真田とは、もちろん信濃上田の真田《さなだ》昌幸《まさゆき》・幸村《ゆきむら》親子のことである。

真田一族は家康と一戦を交え敗退した過去を持ち、豊臣家への忠誠も厚い。そのため、真田一族が三成になびいてしまうのも時間の問題であった。

「三成の反乱なくとも、いずれ信濃方面平定は必要なことでしょう」

直政の提案には家康も納得した様子である。

パタパタと扇を畳みながら、家康は尋ねた。

「では直政。上田行きは誰が適任と考える？」

直政は間髪入れずに言い放った。

「秀忠殿かと思われます」

忠吉は義父の言葉に耳を疑った。

これだけ名だたる武将がいるなかで、まさか兄の名前があがろうとは夢にも思っていなかったのである。自分が選ばれるとは思っていなかったが、秀忠の名が呼ばれたとなると話は別だ。途端に悔しさが込みあげてきて、忠吉はさらに唇《くちびる》を噛みしめた。

この人選に家康も驚きを隠せないようで「秀忠だと？」と、聞き返す。

「はい、秀忠様は人の扱いに長けております。戦に持ち込むことなく真田を説得できるかもしれませぬ」

「秀忠は少々言葉が荒いときもあるが、確かにその通りかもしれん」

家康はそう言い、秀忠に向かって笑いかけた。

まさかの抜擢に秀忠はギョロリとした瞳を見開き、鼻息を荒げている。使者が乗っていた馬のごとく、熱気を放ち、興奮した様子の秀忠はゴクリと喉を鳴らした。

そして、家康に向かい「お任せください」と頭をさげたのだった。

こうして秀忠の上田行きが決まり、評定は終了したのである。

蚊帳の外にいるのは、とうとう私だけになってしまった。

悔しい、悔しい、そして寂しい。

言いようのない疎外感に、忠吉は完全にイジけてしまっていたのである。

口を噤んだままの義息の肩を、直政は両手でつかんだ。

よく鍛えられて張りのある肉体から、弾けんばかりの若さが伝わってくる。

「いつまでも口をとがらせて、忠吉さんらしくないですね」

「私は、義父上が思われているような人間ではありません」

やっとの思いで口を開いた忠吉の声は、かすれていた。

「私は、無垢などではありません。兄を見下し、嫉妬し、羨んでばかり。この胸のなかには黒いものが渦巻いているのです」

言ってしまった。心に秘めていたことを……。そう忠吉が後悔しはじめたときである。直政は耐えられないように吹きだし、腹を抱えて笑いだした。忠吉の肩に手を置いたまま、目の端に涙を溜めて苦しそうに腹をよじっている。

婚儀の席でも、このように舅に笑われたのだった。忠吉は顔を真っ赤にして、直政の両手を払いのける。

「何がおかしいのですか!?」

「おかしいのではありません。うれしいのですよ、私は」

「うれしい!?」

忠吉は直政の言葉が信じられず、声を裏返しながら叫んだ。涙を拭い終わり、再び吹きだしながら直政は口を開く。

「忠吉さんは、私が思っていた以上に、真っ直ぐしなやかに育ってくださった」

「意味が分からないのですが」

刺々しい忠吉を見やり、直政は面白そうに目を細める。

「さきほど忠吉さんがおっしゃったことを黒いものというならば、この世に生まれ落ちた人間すべての腹は真っ黒に染まっているでしょう」

「そうでしょうか？」

「えぇ、その感情は人として至極まっとうなものです」


安心なされよと、直政は言い再び吹きだして喉の奥を震わせる。

「そこまで笑うことはないだろう」と、心のなかで毒づく忠吉は義父の姿に腹立ちながらも、ほんの少しだが心が軽くなったような気がした。

「はぁ」と気が抜けた返事をして、大きく息を吐きだした忠吉の肩に義父は再び両手を乗せた。白く長い指に力が込もり、忠吉の両肩に痛みが走る。

「痛いです、義父上」

しかし緩むどころかなおも両手の力は増していく。どうしていいのか分からず忠吉は再び「義父上」と、目の前の男を呼んだ。

「やはり、私の目に狂いはなかった」

返事をするように直政はつぶやくと、歌をそらんじ始める。

「熱田津に　船乗りせむと　月待てば　潮もかなひぬ　今は漕ぎ出でな」

いつの間にか直政の顔からは笑みが消え去り、ふたつの目は冷たく光っている。直政のなかに棲む鬼が顔をだした気がして、忠吉は息を飲んだ。さきほどまでの熱気が嘘のように周囲は冷えきっている。熱が奪われていき、忠吉の体は粟立った。

「義父上?」

「私は安心致しました。忠吉さんならば、必ずや素晴らしい後継者となれるでしょう」

「……ありがとうございます」

義父の様子に怯えながらも、忠吉は礼を述べた。

「義父上の名を汚さぬように精進して」

直政は、忠吉の言葉を遮った。

「私の名? 違います、そうではありませんよ。貴方こそ、家康様の後継者にふさわしい。そう私は言っているのです」

忠吉は直政を真似て、ワザとらしく吹きだしてみせた。

「私が、徳川家を? 御冗談を」

なんの冗談を言っているのかと鼻で笑う忠吉の顔を、直政が両手でつかんだ。

頭蓋骨が軋むほどの力で、彼は忠吉の顔を挟み、無理やり目線を合わせた。

「この私が冗談を言うとでも?」

忠吉は首を横に振ろうとしたが、顔を押さえつけられていて動かすことができない。仕方なく忠吉は怯えながら「いえ」と、消え入るような声を発する。

「私は本気です、だからわざわざ秀忠を外に追いやったのではないですか?」

「兄上を?」

目を丸くする忠吉から、やっと直政は両手を離した。

「信濃上田を平定することは、確かに必要なことではあります。だが家康様の頭のなかは、今、三成討伐でいっぱいだ。たとえ秀忠殿が成功を収めようとも、彼の頭にはその功績は残ることはないでしょう。それに」

直政は修羅の笑みを浮かべて、顔を歪めた。

「あの秀忠に、真田父子がてなずけられるはずがない。三成討伐で活躍することは到底無理でしょうね」

忠吉は腕を何度もこすったが、それでも鳥肌は収まらない。さきほど、直政が兄を推薦したことに、こんな裏があったとは。表側ばかりに気をとられていた忠吉は自分の凡人振りを嘆いた。

「秀忠が上田城で手こずっている間、我々は三成討伐に力を尽くすのみ。名実ともに世に我々の名を轟かせる」

もしかすると直政が何か真田側に根回しをしているのではないか。そんなことを勘ぐってしまうくらい義父の話は力強く、確信めいていた。忠吉が口を挟むのを許さず直政は続ける。

「さきほど手ぬぐいをお渡ししたとき、言いかけた言葉を言わせていただこう。貴方は、私におんぶに抱っこなのではない。あの婚儀の席で、我が娘が松平の一員になったその日から、忠吉さんと私は一心同体。一族の繁栄という名で繋がれた光と影なのです。それでも、もし貴方の心が憂いたままだというならば」

「ならば？」と、忠吉は思わず聞き返した。

「三成討伐、必ず手柄をあげられよ」

直政は忠吉の、まだ血の味を知らぬ刀の鞘を、優しく優しく撫でた。その動作とは反対に彼の言葉は酷く冷ややかで暴力的であった。

「頭を空にしてひとりでも多く敵を斬って斬って斬り倒すのです。そうすれば私だけでなく家康様も貴方を必ず認めてくださるでしょう」

父親に認められる。

それは忠吉に黄金のように輝く甘美な言葉であった。心の柔らかい部分をくすぐられて、忠吉は高揚した。


「父上が、私を？」

「ええ必ず」


直政は再び修羅の顔を奥底に隠し、ぞっとするほど美しく微笑した。

「ほら御覧なさい、貴方が天下を担う日はすぐそこまできているのです」

今度は笑い飛ばすことなく、忠吉は素直に頷いてみせる。

その姿にさらに笑みを増した直政は天を仰いでつぶやいた。

「夏が終わったとき、笑っているのはどちらなのでしょうね」

第六章

杭瀬川

——石田三成と島左近

秀吉への忠義を尽くすべく、家康と戦う決意を固め、
大垣城に陣を置き軍備を整える三成。
だが準備を続けていた矢先、
杭瀬川の向こう岸に信じられない光景が広がっていた――。

「殿、殿」

肩を強く揺すられて石田三成《いしだみつなり》はゆっくりと目を開いた。

いつの間に眠っていたのか。おかしな体勢でいたせいだろう、伸びをすると骨が軋む。

三成の肩をつかんでいるのは、島左近《しまさこん》である。

肩から手を離し、君主の体に触れたことを詫びてから左近は言った。

「うなされていらしたので」

「あぁ、すまぬ」

三成はまぶたをこすり、息を吐きだした。

つかれが溜まっているせいだろう。転寝をしても体の重みは取れない。そして、何度息を吐きだしても、彼の胸にはどんよりとしたものが残って渦巻いている。黒くて重いものが心を満たして、三成を憂鬱にしていた。それを振りはらうかのように大欠伸をした彼に左近が声をかける。

「もう少し眠られるなら、奥へさがられてはいかがですか。そこでは余計体がつかれるだけでしょう」

「いや、もういい」

時間がもったいないというように、三成は左近の提案を退けた。

左近もこれ以上、追及はしない。いくら体のことを気づかおうと、三成が言うことを聞かないと彼は知っている。


打倒徳川家康《とくがわいえやす》を掲げた三成と左近は軍を率いて大垣城へと移り、招集をかけた武将たちを待つ。

大谷吉継《おおたによしつぐ》の助けを借りたおかげで、じわじわと兵士の数は膨れあがってきている。三成が送り続けた膨大な文に対する返事を指折り数えると、四十近くの大名が三成の元に集結しようとしていることになる。家康に立ち向かうには充分な数が揃ったと言えよう。

とはいえ、寄せ集めの軍勢だ。皆が三成の意見に賛同してくれるとは限らない。どこで仲間割れが起きてもおかしくはなかった。その不安を取りはらうように三成はさきほどから紙に戦術を書き殴っている。

上杉景勝《うえすぎかげかつ》討伐に動いている家康が、この地に向かってくる前に三成は確固たる戦法を示さなければならなかった。集まってくれた兵たちを無駄にしないためにも念いりな計画を立てる必要があったのである。


「にしても、暑いですな」

気づかう代わりに、左近はそうつぶやいた。

日が沈んだというのに室内は蒸し暑く、熱気が体にまとわりつくようである。左近の頬にも止めどなく汗が伝っていた。

「あぁ、だな」

そう返事を返した三成だったが、彼の体はカラリと乾いている。

なぜか大垣城に入ってから汗が止まり、暑さを感じなくなっているのだ。

天下を分ける大戦を前に体の異変を気にしつつも、それを口にだすのはあまりにも情けなく、右腕の左近にさえ明かすことができずにいる。自身の変化を隠すように三成は静かに口を開いた。

「太閤殿下の、夢を見た」

「太閤殿下の？」

左近は身を乗りだして興味深そうに尋ねた。三成がまつりごとに関係のない話を自らすることは珍しいことである。そういうときは大抵何かを腹底に抱えているときなのだ。左近は三成の腹のうちを探ろうと三成の言葉に耳を傾けた。

「うたとの祝言の席だった。前田《まえだ》殿も、毛利《もうり》殿もいらしてな。盛大な宴だった」

「大層お綺麗だったでしょうな。うた様の晴れ姿は」

「そうだな」

三成の眉間のしわが、珍しく緩んだ。

「いや、幼すぎて色気もへったくれもなかった」

幼顔に白粉を塗り、着なれぬ衣装に身を包んだうたの姿が目に浮かんだ。

昔から大きく口を開け、声をあげて笑う女だった。その笑い声が三成はたまらぬほど愛おしかった。

「あいつも随分年をとったものだ」

佐和山城に残した正室に想いを馳せ、三成は目を細める。

家康討伐の旨を打ち明けたとき、うたは三成の身体の身をほぐしていた。三成の言葉を受けて、うたの揉み手は一瞬止まったが、すぐに力がこもる。力強く三成の背中を押しさすりながら彼女は言った。

「私は外を駆けまわる貴方様が好きでございます」

そう述べたきり、うたは今日まで何も聞こうとはしなかった。


左近は汗ばんだ顔を手であおぎながら尋ねた。

「ほかには、どなたか夢に現れましたかな？」

「辰之助《たつのすけ》、いや幼き秀秋がおった」

「小早川殿が？」

「あぁ北政所様に抱きかかえられ、きゃっきゃと笑っておった」

殿の心を読み解き続けていた左近は、相槌を打ちながらひとつの答えを導きだす。

さきほどから三成の心を重くしているのは小早川秀秋《こばやかわひであき》なのだ。

＊

家康が会津討伐に向かって数日が経った頃。左近は三成に連れられて秀秋の元を訪れた。

三成が引きつれているのは左近だけではない。彼が口説き落とし仲間に引き込んだ大谷吉継の姿もあった。ますます視力が低下していく吉継について歩いているのは、側近である湯浅五《ゆあさご》郎《ろう》だ。湯浅は吉継の目となりすべての世話を受け持っている。相手の数や仕草、こと細かに伝えれば伝えるほど、吉継の思考は研ぎ澄まされていった。

そうそうたる面々が一斉に眼前に現れ、秀秋は怖じ気づいていた。この三人に訪ねてこられては拒むことはできないだろう。そう踏んでいた三成の予想は的中し、秀秋は屋敷の門を開けた。三成一行を通した後も、彼はうつむきひと言も言葉を発さぬまま手のなかの茶碗を握り締めている。

「そう情けない顔をするな」

沈黙を破り、声をあげたのは吉継であった。

もごもごと口のなかで言い訳を述べる秀秋を無視して吉継は言葉を続ける。

「目が見えなくとも、どんな顔をしているかくらい想像はできる。これでは我らがお前のことを苛めているようではないか。なぁ三成よ」

三成は眉間にしわを刻み、呆れたように溜息をつく。

「阿呆、お主に責められさらに縮こまってしまったではないか」

「別に縮こまってなど」

三成の言葉が癪に障ったのか秀秋が声を張りあげる。一同の様子を眺めていた左近はだされた茶を豪快に飲み干すと「ならば話が早い」と唇を拭った。

「さぁ殿、さっさと本題に入りましょう」

左近に催促され、三成は口を真一文字に結んだまま頷いた。

「ここのところ、きな臭い動きが続いていることは気づいているな？」

三成の問いに秀秋は曖昧に頷く。

「隠さなくともよい。お主が伏見城を訪ねていることも、あいつに爪弾きにされていることも分かっておる」

家康をあいつ呼ばわりする三成に、秀秋だけでなく左近や吉継も驚きの表情を見せる。それを気にすることなく三成は細いあごをさすりながら問う。

「家康が会津征伐に向かってから、伏見城にいれてもらえぬのだろう？」

秀秋は返事の代わりに「ぐぐぅ」と唸るように喉を鳴らした。

三成の言う通り、秀秋は松平忠吉《まつだいらただよし》や徳川秀忠《とくがわひでただ》と対面したあの日から入城を許されず孤立した状態が続いていた。秀秋はどう動いてよいか分からず周囲の様子を窺っているところだったのである。そんな三成たちがやってきて彼は戸惑いを隠せずにいた。

「拒まれるのも無理はない」

布頭巾越しに吉継のくぐもった声が響く。

「お前は豊臣《とよとみ》直系の人間だ、家康は敵なのだ。長いものに巻かれることができず残念だったな」

秀秋が苛立ち顔を歪めると、吉継の隣に座る湯浅が小声でひそひそと彼に耳打ちをはじめた。その耳打ちをやめさせるように秀秋は声を張りあげる。

「ですが、私は秀吉《ひでよし》様に」

せっかく張りあげた秀秋の言葉を遮ったのは、三成だった。

「秀吉様に、なんだというのだ。まさか秀吉様に捨てられた、とでも言うのではなかろうな？」

三成の冷ややかな眼差しに耐えられず秀秋は再び顔を伏せる。

「薄情な！　秀吉様と北政所様に寵愛を受け育てられたのを忘れたか。秀吉様は亡くなる寸前まで、お主を気にかけていらしたというのに⁉」

三成に怒鳴られ、秀秋は「ひぃぃ」と竦みあがった。

赤く熱せられた鉛のごとく怒る三成に「殿」と、すかさず左近が止めに入る。三成はなおも秀秋を怒鳴りつけたそうにしていたが「殿」と再びいさめられて、息を吐き捨てて口を噤《つぐ》んだ。

そんなやりとりを続けるふたりに吉継は、やれやれと肩をすくめた。

「太閤殿下のことになると、すぐむきになる」

吉継にからかわれて眉間のしわをさらに深くしながら、三成は再び秀秋を見やった。秀秋は茶碗を握ったまま動かない。

「このままでは家康の思惑通り、豊臣の世は滅びてしまうだろう。俺はなんとしてもそれを食い止めたい。お主の力を借りたいのだよ」

三成の物腰が和らぎ、やっと秀秋は面《おもて》をあげた。

「私の、力でございますか？」

「そうだ、ともに家康の企みを打ち砕いてほしいのだ」

「それだけではありませぬ」と、左近が言葉を挟む。

「太閤殿下のお世継ぎである秀頼様が元服されるまで、ともに豊臣の世を支えてほしいのです。そうでございますね、殿」

「あぁ」と、三成は力強く頷く。

「お主には秀頼様が十五に成らせられるまで、関白の座についてもらいたい」

「関白⁉」

素っ頓狂な声をあげながら秀秋は手から茶碗を滑り落とした。茶が秀秋の袴を濡らして転がっていく。慌てる秀秋を気に留めることなく、三成は懐から誓紙書を取りだした。

「ここに俺と吉継殿、長束《なつか》殿、安国寺《あんこくじ》殿、小西《こにし》殿の署名がある。これでも、まだ信じられぬか？」

三成は動揺して小刻みに揺れる秀秋の視線を捕らえた。秀秋はゴクリと喉を鳴らしながら唾を飲み込む。三成はたっぷりと間を取った後、とどめの一言を述べた。

「それに……これは亡き太閤殿下のご遺志でもあるのだ」

「秀吉様が？」

「あぁ秀吉様はつねづね、お主に秀頼様を支える男になってほしいと願っておられた」

秀秋は硬直したまま、三成を見やっていた。動くのはふたつの目だけで、その瞳にはみるみるうちに涙が溜まっていく。

「お父上がそんなことを」

かつて父であった男が自分を見捨てていなかったと知り、秀秋は震えた。そして吐息のような溜息を洩らしてから静かに三成から誓紙書を受け取った。

その一部始終を見つめていた三成と左近は、ほっとした表情を互いに向け合う。その場で険しい顔をし続けていたのは大谷吉継ただひとりであった。

屋敷を後にした直後「あれは駄目だな」と、吉継は秀秋を切り捨てた。

あれが誰をさしているのか三成はもちろん分かっていたが白を切って「何がだ？」と尋ね返す。吉継は「しらばっくれるではない」と、語気を強めていく。

「あいつには関白など荷が重すぎる。揺さぶればころりと手のひらを返すだろうよ」

「そう言うな、吉継」

「いや言わせてもらう。どうも俺は小早川もあの女も気に入らぬ」

吉継がさす女とは染音《そめお》のことである。

染音が新たな茶を持って現れたとき、三成も左近も息をのんだ。染音の顔が北政所に瓜ふたつだったからである。

動揺するふたりの様子を湯浅が吉継に耳打ちする。

「そんなに似ておるか？」

吉継が尋ねると湯浅は「ええ確かに」と言葉短く答えた。

秀秋は彼女が現れて心底ほっとしているようであった。秀秋は三成から受け取った誓紙書を得意げに染音に見せびらかしている。その姿が母親に描いた絵を自慢する幼な子のようで吉継は頭巾の下で顔をしかめていた。

誓紙書を見せても染音の反応は薄い。秀秋はそれが気に入らないのか、関白につくということがどういうことなのかをクドクドと説明する。

「とにかく地位というものは木々と同じで高ければ高いほどいいのだ」と、女に合わせて噛み砕いた言葉を使っていた。そんな秀秋の言葉に染音は申し訳なさげに答えたのである。

「背丈などなくとも美しい木々は沢山ありますが？」

秀秋は「木々にたとえたのが悪かったか」と軽く流したが、女の言葉に三成たちは身をこわばらせた。関白という地位に踊らされる秀秋を女が諫めたように思えたからである。

「あの顔つきといい、何かにおうぞ」

フンフンと鼻を鳴らす吉継を三成はたしなめる。

「太閤殿下の願いだ。秀秋も昔うけた恩を忘れてはいないはずだ」

吉継は溜息をつき、左近に助けを求める。

「お前からも言ってやれ。世にいる男たちは殿のように真っ直ぐな男ばかりではないぞと」

左近の考えは吉継と同じであった。

だが言ったところで三成の考えが変わるとも思えず、左近は口を噤み黙っている。

「そうやってまた三成を甘やかしおって」

味方を失った吉継は湯浅に「なあ？」と問いかけるも返事は戻ってこない。

「分からずやめ」と吉継は言葉を吐き捨てることしかできなかった。

＊

あの日のやりとりを三成は思いだしているに違いない。

左近は思考をめぐらせる。

三成も決して秀秋を信用している訳ではないだろう。疑わしきものは膿となる前に切り捨てるべきだ。だが要は信じたいのだ。豊臣秀吉の養子であった秀秋のことを。

さて、何を話せば殿のお気持ちは軽くなるだろうか。そんな風に左近が言葉を探していたときである。

「石田殿！」

三成の名を呼んだのはは吉継の側近である湯浅であった。その背後の暗闇から吉継が顔を出す。布頭巾から覗く眼が険しくつりあがっていた。

「まずいことになったぞ」

＊

城の外にでた左近は絶句した。

大垣城からは杭瀬川が見渡せる。その杭瀬川を挟んだ対岸に無数の光が煌めいている。間違いなくそれは徳川家康率いる軍勢が放つ松明《たいまつ》であった。

「なぜこんな早く家康軍が」

左近も動揺を隠すことができず、三成を見やった。三成は煌々と輝く対岸の光をじっと睨《にら》みつけている。

三成たちの読みでは、家康は会津討伐から引き返している道中であるはずだった。どんなに近くても江戸あたりに辿り着いたところだろう――。

しかし、予想以上に早い家康の到着に大垣城にいる大名たちは不安を隠せない様子でざわめき、城は騒然としている。すぐさま、大名たちを集めて会合が開かれることとなった。

「あの旗は徳川殿に間違いないのだろう？」

「話が違うではないか？」

大名たちは不安を次々に口にして、三成を責め立てる。一室に集められた大名たちの熱気がこもり、べったりと体にまとわりつく。その不快さが一層、彼らの機嫌を損ねさせ乱暴な言葉が飛び交っていた。皆が汗みどろになるなか、三成はいまだに汗をかくことができずにいた。だが体の異変が彼を冷静に保たせてくれている。

「兵の数では我らが上だ」

淡々と三成は言葉を発する。

「家康の動きがわずかに早かったが、だとしても何の支障もない」

だが大名たちの不満の声は一向に収まらない。


とうとう最後には吉継が痺れを切らした。

「もうよい！」

吉継に怒鳴られて、大名たちは口を噤《つぐ》む。

「罵声を浴びせあっても暑さで頭がまいるだけだ。皆しばし頭を冷やされよ」

こうして何も話はまとまらぬまま会合は終わった。


部屋を後にする際、湯浅の肩に手を置いた吉継が三成に静かに歩み寄った。

「とりあえず俺があいつらをどうにかなだめよう、だがこのままでは家康にひと押しされただけで脆く崩れ落ちるぞ」

三成は黙ったまま頷き、再び対岸の光に目を向ける。

何か策を練っているようである。こういうときは下手に話しかけずに放っておくに限る。

左近は主君の代わりに吉継を見送ろうと彼に寄り添う。

だが吉継の身体に触れたとき、左近は思わず息をのんだ。

吉継の身体はやせ細り、驚くほど薄かった。

側近の湯浅が慌てて左近から離れようと一歩後ろに退こうとする。だが吉継は「いいんだ」とさらに左近に身を近づけて、三成から遠ざかるように歩みだした。

廊を進み、すっかり三成の気配が感じられなくなった後で、

「このごろ、随分と食が細くなってしまってな」

そう吉継は笑ってみせた。隣にいる男の身体を病が蝕み尽くそうとしているのを、左近は身を持って感じ、いたたまれなくなっていた。

「三成には言うなよ」

吉継は左近のガッチリと広い背中を叩く。その力の弱さに左近はさらに心を痛める。湯浅とともに去っていく頭巾を見送りながら、彼は改めて吉継に漢を感じていた。

「まだ踏ん張れる」

もっと自分が踏ん張り、地面に足が埋め込まれようとも三成を支えなければならぬ。そんな決心を固めながら左近は踵を返し、三成のいる部屋へと戻った。

「戻ったか」

三成が左近に視線を向ける。その瞳には対岸の光が反射して、ゆらゆらと輝いている。彼は左近の帰りを待ちかねていたようである。

「左近よ、俺の賭けに乗ってくれぬか？」

左近はすぐさま側近の家来たちに兵を集めるように命令をだした。

その指示はすぐに家来たちの間を駆けめぐり、瞬く間に五百人近い兵たちが彼の元に集結する。彼ら同様に鎧と兜を身に纏った左近が集結した兵たちに作戦を伝えた。

「これから杭瀬川へと向かう。川を渡り出撃する」

左近の兵に動揺が走る。

＊

左近軍が初戦を飾り、勝利を収めること。

これが三成の賭けの正体であった。


左近の兵が敵軍を打ち負かし、こちらの兵力を味方の大名たちに見せつける。

そうすれば城を包む不安は薄まり、萎れてしまった兵の士気が甦る。

さきほど、自らの策を話し終えた三成は「こんな役を任せてすまない」と左近に詫びた。


申し訳なさそうにうつむく主君の顔を思い出しながら左近は叫ぶ。

「動揺するのも無理はない。だが気をおさめろ。我らは大役を任されたのだ」

士気をあげ、軍が一丸となることが打倒家康には必要不可欠だ。つまりはこの後待ち受ける家康との合戦に勝つも負けるのも左近次第なのである。こんな名誉なことが他にあろうか？

＊

左近は三成の想いを胸に、杭瀬川を渡っていく。

ざぶざぶと水をかき、川苔に足を取られぬように踏ん張りながら進む。夏の陽に照らされていたせいか、水温が温いのが救いだった。

川を渡るのは左近とわずかな兵だけだ。後は岸の草むらに隠れさせてある。

「ちょうどいい水浴びになったな」

近くを進む兵に左近は声をかける。

「こう暑くては、皆汗臭くてたまらん」

それを聞いた兵はクスリと笑い頷いた。

その頭には火縄が乗っており、水でぬらさぬように必死に持ちあげている。兵に軽口を叩くことで左近は自らの心を落ち着かせていた。珍しく胸の鼓動が高鳴り、緊張が彼を支配している。

幼い頃、暗器の使い方をならった少年時代を彼は思い馳せていた。

なかでも特に印象深いのは細長く尖らせた鉄針である。それを敵のうなじに狙いを定めて突き刺すのだ。首元から脳の髄に向けて差し込めば、瞬く間に敵は絶命する。だが、角度を間違えば相手は悲鳴をあげ襲いかかってくるのだ。その説明を聞いたときの胸の高鳴りに今の状態は似ていた。

この俺自身が殿の鉄針なのだ。

左近は胸中でつぶやいた。

家康を倒すため、やっとの思いでかき集めた軍である。ここで左近が出方を間違えればすべてが台なしになる。豊臣の世を守るための三成の忠義をここで途絶えさせる訳にはいかなかった。

左近は川からあがり、音を殺して敵陣へと近づいていく。

仲間の兵が岸にあがったのを確認すると、左近は持っていた鎌で河原に生い茂る稲を束にしてつかむと、ザクザックと大胆に刈り取っていった。

刈った稲の束を片手に、左近は銃兵を呼び寄せる。

「火を貸せ」

言われるがまま銃兵は火種を差しだす。火種に刈った稲を押しつけて火を移すと、左近はそれを野原に投げ入れた。じわじわと炎は広がっていき野原を焦がす。そこで敵兵が川岸の異変に気づき、ざわめきだした。

「やっと気づいたか」

左近は鼻を鳴らし、なおも稲を刈り続ける。彼の真似をして仲間の兵たちも鎌を動かす。野原を丸裸にしながら左近たちが川岸を動き回っていた時である。

左近の真横を鉛玉がかすめた。

敵兵の火縄が火を噴いたのである。

「撃て！」

すかさず左近は銃兵に指示をだし、敵陣に向かって火縄銃を打ち込んだ。二度三度と銃撃が続いたとき、敵陣からふたつの家紋を背負った兵たちがぞろぞろと姿を現す。

敵は左近に向けてなおも銃撃を続けていたが、左近は敵を引き寄せたのを確認すると早々に銃撃をやめさせた。

有馬たちはじわじわと距離を詰めてくる。左近は威嚇するように二発、敵兵に火縄を向けた。

彼の誘いにのって現れたのは有馬豊氏《ありまとようじ》と中村一栄《なかむらかずしげ》の部隊であった。

家紋を見やり、左近がつぶやく。

「有馬と中村か」

「もういい、退け」

左近隊は慌てて火縄を片づけると、そのまま川へと飛び込んだ。

「逃げるのか、左近！」

叫ぶ敵兵を無視して、左近も再び川中へと進んでいく。

その背中に向けて中村が叫ぶ。

「敵を逃すな、捕まえろ！」

敵兵も続々と川へと飛び込んでいく。左近を逃してなるものかと、騎兵までもが姿を見せていた。

「振り返るな、進めっ」

左近は味方を鼓舞しながら、水しぶきをあげて自陣へ戻り続ける。少しでも気を抜くと、川底の苔で脚をすべらせそうになる。川面に向けて、容赦なく敵兵は火縄を放ち続ける。何人かの兵が川底へと沈んでいった。左近は無我夢中で川岸を目指す。背後から聞こえる水音が徐々に左近に迫ってきている。

「根性を見せろ、島左近！」

そう自分を励ましながら脚を踏み出していく。徐々に川底が浅くなり、次第に水面が下へとさがっていく。左近は力をふりしぼり、水をかき分けて自陣の川岸へと辿りついた。そして、ころがり込むように伸び放題の草むらに逃げ込む。左近は、くるりと背後を振り返った。

目の前に有馬と中村の兵が迫ってきている。


「かかったな」

左近は高らかに笑い、そして息を胸いっぱいに吸い込み、叫んだ。

「今だ！」

左近の合図とともに、草むらに身を潜めていた左近隊の銃兵が火縄を放つ。

対岸からやってきた敵兵たちは鉛玉を食らい、次々と川岸で倒れ込んでいく。左近は狙撃の手を休めず、たちまち火薬の匂いが河原に充満していく。バタバタと倒れる敵兵を見て、兵たちは興奮気味に叫びながら火縄を向け続けた。

敵も負けずと攻め込んでくる。

だが変わらず左近たちが優勢であった。

左近は敵兵の只中へ進み、続々と敵兵を斬り殺していく。

「あぁ、せっかく水を浴びたというのに」

返り血を浴びながらそんな軽口を放つ左近に、敵兵は震えあがった。ついには逃げ腰になり、川へと飛びこむ敵兵までも現れる始末。それを見た左近は勇ましく笑い、仲間たちもそれにつられた。

「逃がすな、撃て」

左近は兵を盛りたてるように、わざとらしく騒ぎ立てた。動揺し目を泳がせていた兵たちは、今は意気揚々と敵に立ち向かっていく。左近の兵はみるみる敵を追いたてていく。敵兵の足はすでに水に浸っていた。

そして河原にごろごろと兵が転がり、左近が持つ刀が血でべっとりと染まったときであった。対岸からけたたましい法螺貝の音が響いたのは。

家康が撤退の合図をだしたのである。

「退け、撤退じゃ！」

敵兵たちは次々と川面へ飛び込んでいった。左近の兵たちは「逃げるのか？」と、敵兵を茶化し獣のような雄たけびをあげる。左近は勝利したのだ。


どうやら鉄の針は、しっかりと髄を突き刺していたようだな。

そう安堵する左近の背後で地響きが起こった。

驚き振り返った彼の目に飛び込んできたのは、大垣城から顔を覗かせる武将たちの姿であった。城の大名たちと城下にいる兵たちが、逃げ帰る敵兵を見て歓声をあげていたのである。

その声は自信に漲り、ひとつになって夜空に響き渡った。

そこにいる誰もが左近のことを誇らしく思い、勝利の味に酔いしれていた。これからも左近についていくと息巻いている。


やはり殿の策は正しかった。

ほくそ笑みながら左近は兵を引き連れ、城へと戻っていく。兵たちは胸を張り歌を口ずさんだ。

気が抜けたのか、どっと身体が重くなる。

水をたっぷり衣服が吸い込んでいるのだ。今まで何も感じず飛びまわっていたことの方が驚きなのだ。鈍くなる身体を引きずり歩いていると
「左近！」

名を呼ばれ、左近は顔をあげた。

そこには三成の姿があった。隣には白頭巾の吉継も並んでいる。


三成は家臣の制止をふりはらい、子どものように左近に駆け寄っていく。

興奮を抑えきれぬ様子の三成に驚き、左近は鎧の隙間から水を撒き散らしながら必死に走って主君を出迎える。

「左近！」

三成は息をあげながら、再度彼の名を呼んだ。

「左近、勝てるぞ」

この勢いがあれば家康を討ち取ることができる。

そう確信を得たのか三成は左近の肩をつかみ、彼を揺さぶった。

「うれしいならば、もっとにこやかにしてくだされ」

興奮しながらも眉間のしわを解かない三成に左近は呆れる。

「阿呆、こういう顔だ」

そう噛みつく三成の頬に、ツーッと汗が垂れていた。

彼は驚き、手で汗を拭う。

「どうかされましたか？」

左近の問いに「いや」と短く答えた。

三成は微かに唇をゆるめると拳を硬く握り締め、大垣城に向けて高く突きあげた。

大一大万大吉

第七章

夜軍

――島津義弘と島津豊久

伯父・島津義弘から命じられ薩摩を守っていた豊久。
彼も参勤のために国を離れることとなる。
そんな中、豊久は伏見城の番を任された義弘と再会するが――。

いや、まいった。

こげんとき《こういう時》、どんな顔すればよかもんか？

さっぱり分からんどん《けれど》、そんまま、俺《わい》は島津義弘《しまづよしひろ》の胸んなかに顔を埋めている。


伯父上が薩摩を旅立ってから、しばらくして俺も参勤のために都にあがっ《あがる》ことになった。あんとき伯父上のお供についていたってん問題なかったとじゃなかか《じゃねえか》。

そう周囲に散々文句を言ったどん《けれど》、逆に「城主としての自覚が足りなか」っち《って》、家臣どもに叱《が》られちまった。

父・島津家久《しまづいえひさ》が病に倒れてから、もう十年ばかり経つっち《て》いうのに、奴らときたら都合の悪いとっばっかい、俺を子ども扱いしやがる。戦になりゃ、俺ん後ろにしがみついて「さすが殿じゃ」「見事な戦法じゃ」じゃっど《など》と《と》か、媚を売りまくる癖に。

まぁ、あいつらの現金なところは人間っぽくて嫌いじゃなかどな《いけどな》。


それに家臣どもに文句を言ったところで仕方んなかこっじゃ《ねえことだ》。

俺ごときの男が公儀に背くなんてことはできん。

これ以上、薩摩に争いの火種を持ち込むのはウンザリじゃ。庄内で起こった騒ぎも、やっと収まったばかりやっでな。

騒ぎが一時収まったとはいえ、こんな状態の薩摩から離るっとは得策じゃなか。

やることば終わらせて、さっさと帰っど。

そげん思った俺は参勤にあがり、ちゃっちゃかと謁見やら礼やらを済ませてまわった。そんな成果もあったとか、思っとったよりずっとずっと早う帰国の許しをいただくことができたという訳じゃ。

それで「さぁ帰っど」ってときになって、俺は家臣から伯父上がまだ伏見城におわすっちゅうことを聞かされた。ただの礼まわりに、なんでそげん時間がかかっとやっち目をまんまるくしていたら、なんでん伏見城の番を頼まれたっち。

そいを聞いて俺は全部納得した。

さすが伯父上じゃっど。今までん働きが認められて家康殿からの信頼度も高かとじゃろう。徳川家康殿と言えば、今の幕府を実質支配されちょるお方。すでに家康殿のことを「天下殿」って呼ぶ大名たちもいるっち話じゃ。とにかく同じ島津の人間として鼻が高かっち訳じゃ。

そんな話聞いちまったら、伯父上の顔を見ないで帰る訳にはいかん。夏真っ盛りの宇治川をつたって、島津の一行が陣を取っている場所に向かったとじゃ。

しかし、ここたいの夏は好っじゃなか。じめっとして空気も重か。生ぬるか湯んなかに浸かっちょるみたいじゃ。ちっと歩いただけで汗が止まらなくなる。

そんな暑さにまいっちまっているのか、さしかぶいに会った伯父上は、ひとまわり小さくなったような気がした。つかれが溜まっちょんのか、目もどこか虚ろで顔を覆っている髭も艶がない。俺は、何か不気味に思いながら「伯父上」と、恐る恐る声をかけた。

こちらの姿を確認した途端、伯父上の目に生気が戻っていく。ほっとした瞬間、伯父上は俺の首根っこをむんずとつかんだ。そしてそんまま親猫が子猫を押さえ込むように、俺を胸元に押しつけて、まぁ今に至るという訳じゃ。


体を離したくても太か腕で力任せに押さえつけられちょっで、ビクともせん。

伯父上の着物は汗ばんで熱を持っていたけれども、カラッと乾いてちょって、陽を浴びた布団みたいに温《ぬっ》か匂いがする。ガキん頃によく嗅いだそい《それ》を懐かしみつつ、俺は普段とは違うもてなしっぷりに戸惑っていた。

「ようきてくいやった」

そう伯父上は何度も何度も同じ言葉を繰り返しちょる。てっきり俺の額をコツンと小突かれて挨拶は終わると思っちょったのに。まさか、ここまで熱烈に歓迎されるとは思ってもみんかった。

「長らくじゃったなぁ、豊久《とよひさ》」

伯父上の言葉に頷きつつ、俺は頭んなかで勘定した。

屋敷で顔を合わせたきりやっで、会うのは春以来ってことになる。今までだって、こんくらい顔を合わさないことはいくらでんあったはずじゃったが。

やっぱり国を離れちょると心んなかの足場が崩るっとだろうか。伯父上が家康殿に礼をしにいくと言ってから、季節がひとつ変わっちまっている訳だから、まぁ分からんでもなかが。

朝鮮から戻って以来、俺も国《薩摩》への愛着が増していくようになった気《きい》がする。薩摩の外をちょっとでると、いっき国が懐かしくてたまらなくなっとじゃ。今の伯父上も俺と同じ気持ちなのかもしれん。

とうとう息が苦しくなって、ヒョットコみたいに口を曲げて息を吸おうとしたがうまくいかない。そんな俺を見て、やっと事態を把握したのか伯父上は「すまんすまん」と、両腕を緩める。やっと解放されて俺は思いきり息を吸い込んだ。

生ぬるいが、いくらか新鮮な空気が胸を満たしていく。息を整えてから、俺はやっと「お久しぶりです、伯父上」と挨拶をしたんじゃ。

「まさか、この地でお前ん顔が見らるっとは」

そう言って、伯父上は俺の額をコツンと小突いた。うん、やっぱり、こがいじゃなかと困る。小突かれたのにニヤついている俺に「何を笑っちょるか」と、伯父上は笑いを被せた。さっきからニヤついちょっとは伯父上の方じゃなかか、と言おうと思ったが小突かれるでは済まなくなりそうなのでやめておく。

伯父上は笑みを絶やさぬまま、じゃれついてくる子犬をあやすかのように俺に尋ねた。

「豊久、腹は減っちょるか」

「はい。実は、今にも腹の虫が鳴きだしそうで」

「ちょうど飯の支度をさせているところじゃ。長旅でだれた《つかれた》ろう、まずは休め。そしてゆっくり土産話を聞かせっくれ」

ガキの頃から、なぁんにも変わることのないこのやりとり。

ホックホクにしあがった芋の煮っ転がしみたいに肩の力が抜けてほっとする。気が抜けて、危うく煮崩れしかかっていた俺に、伯父上は言った。

「待った甲斐があったもんじゃ。まさか、お前が援軍にきてくるっとは」

「援軍？」

今の言葉が理解できなくて、俺は聞き返す。

「違《ちご》とか？」

質問に質問で返されて、戸惑いながらも首を横に振る。

「俺は、ただ参勤の帰りに伯父上に会いたかっち思って」

みるみるうちに伯父上の顔から笑みが消え去っていく。笑顔と一緒に生気まで失われてしまったかのように、伯父上がガックリと肩を落とした。

「何がどうなっちょっとです、俺にはサッパリじゃ」

事態が飲み込めず、頭ンなかがこんがらがりそうだ。説明を求めるように伯父上を見やると、今まで聞いたことのない深い溜息が返事代わりに返ってきた。

「まずは、飯にしよう。話はそれからじゃ」

＊

話は飯の後で。

そげん言ったものの、結局伯父上も俺もほとんど飯には手をつけることはなかった。案内された場所は古い屋敷の広間であり、使われていなかった期間が長かとか、窓を開けているというのにカビ臭く、湿っぽい。

その部屋のせいなのか、伯父上は食欲がないと箸すら握ろうとせず、代わりにボソボソと経緯を語り始めた。


家康殿から直接、伏見城の留守番をするように申しつけられた伯父上は、予想外の事態に戸惑いつつも「これで庄内の借りが返せるならば」と従った。

まさに「義を言《ゆ》な」ってことだ。

そのままお供の兵を連れて大坂から伏見へと下り、伯父上は城の門を叩いた。城を任されているのは鳥居元忠《とりいもとただ》という矢作藩の男。家康殿に絶対的忠誠を誓っている家臣じゃ。

伯父上は鳥居の家臣に「徳川殿から城の番を頼まれた」と、城内に入れるように申し入れた。

しかし、鳥居の野郎は「そんな話は聞いておらぬ」と、入城を拒んだのである。

鳥居から番を任されたことを証明するものを求められるも、すべては口約束。証明できるものなど、伯父上は持ち合わせていない。

「使いを送り、徳川殿に確認されよ」

そう訴えるも鳥居は提案を退けた。なおも声を荒げて訴え続ける伯父上を制して
「訛っておって、よく分からんわ。証拠を持ってこい、話はそれからだ」

鳥居はそう言い放ったという。

こうして城にも入れず国に帰る訳にもいかず、立ち往生することになってしまったのだ。城に入ることができず、伏見の近くを流れる宇治川沿いにある屋敷に陣を構えたが、構えたところで何もできることはない。

伯父上は幾度にも渡って開城を求めたが、鳥居は頑なにそれを拒んだ。それどころか敵の刺客ではないかと疑いをかけて、伯父上の動向を家臣に見張らせたのである。

動向を探られ、田舎者だと小馬鹿にされ、忠義も果たすことができない。命を果たすために動いているだけなのに、謀反人のような扱いをうけて、伯父上の胸は怒りを通り越して、虚しさで満たされていった。

困り果てた伯父上は薩摩へ文を書き、城を守るための援軍と伏見城を任された証拠の文書を至急用意してほしいと頼んでいたそうだ。しかしいくら待っても援軍も使いの者も現れず、心身ともにつかれ果てていたところに、何も知らん俺が現れたという訳だ。

状況を理解した俺は怒りで腹がいっぱいになって、すぐに飯が喉を通らなくなっちまった。腸《はらわた》煮えくり返って、眩暈がする。

近くの木々に蝉が二匹止まっているのか、互いに張り合うように鳴き続けている。耳障りな蝉の鳴き声に思わず舌打ちをした。

「こげんなことになっちょるなんて」

なんにも知らされず、のほほんと暮らしていた自分が恥ずかしかった。

「なんで誰も俺に教えてくれんかったとじゃ」

歯を食いしばり唸る俺に、伯父上は静かに口を開いた。

「お前に教えてしまったら、誰《だい》が止めてん伏見に飛んでくっじゃろうからな。そいは避けたかったんじゃろう」

「駆けつくっとが当たい前じゃっどが！」

怒りをどう処理していいか分からず、俺は力任せに床を殴りつける。その拍子に伯父上の膝の上で眠っていた白猫がビクリと顔をあげた。

「そげん大きな声をだすっとじゃなか、豊久」

伯父上が猫のあごを指先で転がすと、猫は再び丸くなり眠りだした。

「薩摩の者たちも、どう動いていいか分からんで困っておっとじゃろう」

「しかし、あまりにも無礼じゃっど」

「血の繋がり故の甘えもあっとじゃろう」

名前はださなかったが、それが伯父上の兄である義久《よしひさ》殿や、ご子息の忠恒《ただつね》殿であることは間違いなかった。

甘えという言葉で片づけてよいじゃろか。

俺には薩摩で力を持つ伯父上を目の敵にして、国から遠ざけているようにしか思えん。薩摩を伯父上が治めちょれば、もっと内情がよくなったはず。俺は今でもそう思っちょる。俺と同じ考えを持つ者たちだって少なくないと思う。

国が乱れる今、そげんなんとしれん権力争いで揉めちょる場合じゃなかっちゅうのに。

「情けんなかが、おいに今でくっ《でき》ことはこうして猫と戯れることだけじゃ」

まるまるに太った猫は、つきたての餅のようにのっぺりと伯父上の膝上を占拠している。随分懐いているようで、伯父上に撫でられてゴロゴロと喉を鳴らした。

「こん猫はな、秀忠《ひでただ》殿に頂戴したとじゃ」

「家康殿のご子息に？」

「あぁ、みぞれという」

秀忠殿は、伯父上が朝鮮に猫を連れていった話を誰かから聞いちょったのだろう。伯父上を小馬鹿にしている部分が鼻につくが、俺は言葉を飲み込む。

だが、伯父上はすべてお見通しだったようで猫の腹をつまみながら言葉を続けた。

「秀忠殿は嫌味のつもりであったのだろうが、結果としてありがたか戴物じゃった」

「ありがたかと？」

「今はまるまる太っておるが、産まれたてん頃、みぞれは食が細かってな。おいが世話してやったのじゃ。こいつの世話をしちょると幾分、気が紛れたわ」

そう語る伯父上が、どっと老けこんで見えて俺は戸惑った。朝鮮の地でともに戦った鬼島津の面影はどこにもない。この何月かの間、何度も折られてた伯父上の心はいまだに癒えること無く傷を残しているのかもしれん。そげん弱気なこっでどげんするんです、とは言えない弱々しさと繊細さが伯父上の顔には滲んでいた。


「島津殿ぉ～‼」

そう叫びながら、ひとりのやせ細った若造が屋敷に飛び込んできた。猫背で撫で肩のせいなのか、着崩れているが上物の着物に身を包んでいる。そこまで着崩されてしまっては仕立てた職人も甲斐がなかろうに。

若造は、俺の姿に気づくと「来客中でございましたか」と驚き、バツが悪そうにうつむいた。

「いえお気になさらずに。豊久よ、こちらは小早川秀秋《こばやかわひであき》殿じゃ」

伯父上に紹介され、俺は慌てて頭をさげた。

「日向佐渡原城当主、島津豊久でございます」

この男が、小早川秀秋か。

かつては太閤殿下の後継ぎとされた方、俺でん名前くらいは知っちょる。まさか、こんなにお若いお人じゃったとは、予想外じゃ。

鬚も生え揃っていない少年のような頬を赤く染めて小早川は「よろしゅう」と、と返事をした。人見知りなのか、小早川はうつむいたままである。

何やら話しづらそうにしちょるので「席を外しましょうか?」と声をかけるが、小早川は「いえ」と首を横に振った。そして意を決したように腰を下ろすと、背筋をピンと伸ばして喋りだした。

「とうとう三成《みつなり》殿が、動きはじめました」

「何?」

伯父上の顔色が変わった。覇気のようなものを感じ取ったのだろう。膝上からみぞれが一目散に飛び起き、部屋隅で背中を逆立てた。みぞれに驚き「ひっ」と、小さく悲鳴をあげた小早川は平然を装ってから言葉を続ける。

「毛利輝元《もうりてるもと》殿名義で文をだされました。今すぐに城を開城せよと。ですが鳥居殿は、これを拒まれるでしょう」

伯父上はあご鬚を撫で、低くつぶやいた。

「伏見城攻撃は近いということか」

「おそらく明日の夜明けには」と、小早川は顔をこわばらせた。

「なんちな《なんてこった》！」

気がつくと、俺は頭を抱えて叫んだ。思ったことがつい口にでてしまったのだ。突然大声をあげた俺に驚き、小早川が「ひぃぃ！」と、再び悲鳴をあげる。今度は誤魔化しきれないと思ったんだろう。小早川はわざとらしく咳払いをした。

「豊久」と、伯父上は俺をとがめる。

いけんしてそんなに落ち着いていらるっとか分からんかった。家康殿から直々に留守番を頼まれた城が、今襲撃をうけようとしてるっちゅうのに。もし城が墜ちれば島津の信用はたちまち地の底じゃ。

「伯父上、鳥居殿に申し入れましょう。俺たちも城を守ると」

「無駄ですよ」

小早川がうんざりといったように吐き捨てた。

「私も島津殿も手を変え品を変え、何度も何度も何度も鳥居殿にお頼み申したが彼は首を縦には振らなかった」

困惑する俺に、伯父上は補足するように口を開く。

「小早川殿も、おいと同じく伏見城の門を閉ざされたひとりじゃっど」

頷いた小早川は垂れた目尻に涙を浮かべて、それを指で拭う。

「家康殿は、私たちを見捨てられたのだろうか」

よく見ればまぶたが赤く腫れている。ここにくる前にメソメソと泣いていたに違いない。武士としてはどげんしてん使えんと思うが、まぁまだ若造じゃ。大目にみてやろう。

「では、どうなさるのです？」

この後の動きがサッパリ読めず、俺はすぐさま伯父上に尋ねたどん、口を開いたのは小早川だった。

「逃げるにしても、三成殿がすでに伏見一帯を取り囲んでおられます」

「ひん逃ぐっなど《逃げるなんて》！」と、俺は思わず声を荒げた。小早川が悲鳴をあげなかったのが、せめてもの救いじゃや。俺は慌てて取り繕うように「申し訳なか」と、謝罪する。

「武士たるもの、そげん考えは端から持っておりませぬ。俺はただ伯父上の考えを聞きたくて」

そう言って、伯父上を見やった。

しかし伯父上は「小早川殿は、もう覚悟をお固めになられたのか？」と、小早川に投げる。質問にちゃんと答えてくれと訴えようとしたが、伯父上はギロリとこちらを睨《にら》み一瞬にして、俺を黙らせた。伯父上の考えは分からないが、仕方なく俺は口を噤《つぐ》んだ。俺たちのやりとりにオドオドとしながらも小早川は伯父上の問いに答えた。

「実は三成殿から、伏見攻めの副将になれと命を受けまして」

小早川の声は尻すぼみにかすれていた。口にしたことで言葉の重みに気づいたような、そんな危うさを滲ませている。

「お受けになられたとですね」

伯父上の言葉に頷いた小早川は、その後も自らを納得させるように二度三度と頷いてみせた。

俺は今度こそ考えが聞きたくて「伯父上」と、声をかける。伯父上は「うむ」と唸ったきり、腕を組み黙り込んじまった。

そりゃそうじゃっど。家康につくのか、三成につくのか。この選択ひとつで国の未来が大きく変わっちまうんじゃっで。

家康殿は、確かに圧倒的な力と人脈を兼ね備えている。天下を担うには充分すぎるお方じゃろう。しかし太閤殿下亡き後の行動は秀頼《ひでより》様をないがしろにするばかりで、どれも忠義を果たしているとは言えん。むしろ自らの野心のためにまい進しているように見える。

その点、三成殿は豊臣《とよとみ》一族に完全に忠誠を誓っている。彼が立ちあがったのも、家康殿の不穏な動きに気づいたからじゃろう。その考えに賛同する大名も多かとじゃないだろうか。

俺にはもうお手あげじゃ。頭から湯気がでそうになって目をつぶっていると、ある言葉がふっと浮かんできた。浮んだものを、ゆっくりと口にだしてみる。

「義を言な……」

俺が目を開けると、伯父上が驚いたようにこちらを見ていた。

視線を合わせてから、俺は一文字一文字をゆっくりと言葉を繰り返した。

「義を言なです、伯父上」

伯父上は黙ったまま、俺の話に耳を傾けている。その横で、小早川は訳が分からぬと言ったようで、首を傾げていた。

小早川には悪いが、こい《れ》は俺と伯父上の問題じゃ。

若造を置き去りに俺は話を進める。

「周りの事柄に言い訳せず、伯父上の心に従ってくいやい。俺はそれについていきます」

賢い言い回しはできんし、飾った言葉は似合わん。じゃっで俺は思ったままのことを伯父上に伝えたとじゃ。もう逃げ道は残されちょらん。覚悟を決めるしかなか。

口髭に隠れて目には見えなかったが、伯父上が微かに口元を緩ませたのは間違いなかった。

「よかぶいおって」

伯父上は思いっきり俺の額を小突く。そして、ニカリと白い歯をあらわにした。

訳が分からずキョロキョロと様子を窺う小早川に向かって、伯父上は苦笑しながら言った。

「まさか、こげん形で伏見城に入ることになるとは」

小早川は状況を理解して、ほっとしたように息を吐く。

そして「すぐ三成殿にお伝え致します」と頭をさげた。

こうして伯父上と俺が率いる島津軍は、三成殿側につくことが決まったのじゃった。

*

いやはや、ちょっとばかりの寄り道のつもりが大変なことになっちまった。

国に帰るっとは、いつになることやら。

くったくたにつかれ果てて、このまま布団にごろんと寝転んじまいたかが。眠気と闘いながら、俺は汚れた鎧を手ぬぐいでこすり始める。頭に浮かぶのは、ついさっきまで繰り広げられていた戦いのことばかりじゃ。

伏見城攻めは、小早川の言っていた通り夜明けとともに始まった。

武将たちが何千人《うん》もの兵を従えているなか、伯父上と俺の軍は合わせて千人足らず。小早川の軍勢に至っては一万五千人もの兵を引き連れてきちょった。

数だけ見れば圧倒的に負けているが、だからって引き目を感じる必要はなか。

俺ら島津軍じゃ。

開戦とともに、島津は一丸となり堀に向かって走りだした。

城の曲輪《くるわ》をよじ登り、鉄槍をふたりがかりでつかみ、力いっぱい城壁の小窓をぶち壊していく。窓が破れたら、穴のなかの敵兵めがけて、火縄銃を撃ち込んでいった。

次々に銃を構えていく島津兵の姿を見て、ほかの国の兵たちから、感嘆の声があがったのを覚えている。

あんだけ足場の悪かなか、軽々と銃を扱ってみせる島津兵に驚いたじゃろ。

自分の兵たちを褒められて、気分をよくした俺は普段にも増して力が漲っていくと感じた。

じゃっどん、まさか落城にここまでの時間がかかるとは、誰も思わんかったろう。

城の四方を囲まれ、大筒や石火矢を浴びながらも鳥居率いる軍勢は最後まで城を守り続けた。

今思えば端から捨て身の覚悟じゃったに違いなか。

率いていた兵が全滅すっと、鳥居は自刃して命を絶ったという。

最後まで城を守りきった鳥居には、思うところはあれ、敵ながら天晴れという感じだ。

まぁ正直なところ、敵という言葉を使うことに抵抗はある。

鳥居が素直に伯父上の申し出に従い、城を開けていれば俺たちはともに戦った戦友となったはずじゃったで。三成殿たちに味方すると決めたからといって、家康殿を支持する者たちを全員憎めるはずもなか。

血脂で汚れた刀を拭き終え、鞘に納める。これでようやっとひと段落。伏見での戦いが終わったという時間を得られそうだ。ほっとして溜息をついた瞬間、ツンと生臭い匂いが俺の鼻の奥を刺激した。

匂いの元は鬼島津こと島津義弘じゃった。

誰よりも前に進み、敵兵を斬り倒したのは、ほかでもない伯父上じゃ。

返り血を浴びて半身を赤く染めた戦の鬼は生臭い死の匂いをまといながら、目を爛爛と輝かせている。この数月で萎んでしまっていた武士の魂がムクムクと甦っているのか、伯父上は興奮冷めやらぬ様子じゃ。

伯父上の床几椅子の上には籠に入ったみぞれの姿がある。呑気に眠るみぞれに椅子を譲り、伯父上は薬草を手に持ち、深手を負った兵士たちに配りながら歩いては「よか働きをしてくれた」と彼らを褒め讃えている。

伯父上の優しさに目を潤ませつつも、兵士たちの顔には不安が滲んでいた。

伏見は落とした。次はどうなっとじゃ？

俺たちは、いつ国に帰るっとじゃろう？

兵士たちは伯父上と俺の顔を交互に窺っているが、残念ながら答えてやることはできん。俺だってこの先どげんなるかなんて見当もつかん。

ふわぁと欠伸をして、俺は目をこする。

我慢できん眠気に襲われて、今にもまぶたが引っつきそうじゃ。この数日のつかれがどっとやってきたようだ。必死に目を開くが、とろんと体から力が抜けていく。うつらうつらと意識が遠のき、今にも眠気に負けそうになったそんときじゃった。

大地を力強く蹴りあげる蹄の音が響いた。

ハッとして目を開けっと、こちらに向かって一頭の馬が走ってくっところじゃった。きらびやかに光るタテガミをなびかせて馬は速度を落とすことなく近づいてくる。その馬にはひとりの男が跨っていた。

もしや、伏見の残党か？

閉まったばかりの刀を再び鞘から取りだし、俺は伯父上の盾となる。一斉に緊張が広がり、呼吸をするのもためらわれるほどだった。だが、その緊張感はすぐに解かれることとなる。

男が身に着けていた鎧は赤く、兜には天高く黄金に輝く水牛の角飾りが二本。角のつけ根から伸びる総髪が風になびいていた。

間違いない、石田三成殿である。

こりゃ驚いた。

三成殿ともあろう方が、供も連れずに、たったひとりで馬を走らせてくるとは。

兵たちも驚きを隠しきれず、あんぐりと口を開けて固まっている。

固まっている兵士たちをかき分けて、三成殿は義弘の前までやってきた。馬から下りた三成殿は、伯父上の姿を見ると、眉間にしわを深く刻み込む。

「島津殿、お怪我は？」

三成の言葉で、ハッと我に返った俺は「ご心配なく」と声をあげた。

「伯父上の体を染むっとは、すべて返り血にございます」

俺の言葉を聞き、三成殿は「そうか」と頷いた。眉間に刻まれたしわがほんの少し緩んだようである。表情からは全然読み取れないが、伯父上のことを心配してくれたようだ。伯父上にうれしそうに目元を緩めている。

「石田殿直々にお見舞いにきてくださるっとは、かたじけなか」

「いえ」と三成殿は首を横に振った。

「こちらこそ答えを急かしてしまい申し訳ない」

彼が言っている答えとは、家康側につくか三成側につくかの選択のことだろう。太閤殿下の右腕として名を馳せた割には随分と不器用そうじゃ。まぁ男はちっとばかり不器用な方がかわいげがあるって、俺の母様《かあ》が言っちょらしたっけな。

三成殿は息を吐き、鋭い目線を向けながら静かに口を開いた。

「支度なされよ、岐阜城が落とされました」

＊

織田信長公の孫・秀信殿が城主の岐阜城が落とされた。

会津討伐に向かっていた家康軍が、三成殿の動きに気づき、引き返してきたんじゃ。

秀信殿は三成軍の一員。美濃国を守る要。そこが落とされたってことは……とうとう戦いの火蓋が切られたってことだ。

太閤殿下に忠誠を誓ったはずの大名たちが次から次へと寝返っていった。家康殿の命を受けて立ちあがった福島正則《ふくしままさのり》殿率いる軍勢は東海道を下り、福島殿の城である清州城に集結。そこから岐阜城を一気に攻め立てたのである。

落城にかかったのは、わずか一日。

いとも簡単に城を落とし終えた軍勢は、勢い落とすことなく長良川西岸を越え、杭瀬川まで押し寄せてきている。

一方、俺たちは三成殿に率いられて先頭司令所が置かれる大垣城を訪れていた。

大垣城といえば、杭瀬川の目と鼻の先。家康軍が大垣城に迫るのは時間の問題。

三成殿は軍議を行うことを決め、大垣城に仲間の武将を集めたのじゃ。

彼の右腕である家老の島左近《しまさこん》殿をはじめ、名だたる武将たちが脇を連ねている。

俺と伯父上は隅っこに座り、その様子を見守っていた。

正直、居心地が悪かったらなか《悪いったらありゃしねぇ》。

軍議に集まった武将のなかには、朝鮮での戦で顔を合わせた奴らも大勢いたが、奴らは近寄りがたい空気を醸しだしていた。

薩摩のお前らには関係ないだろうと言わんばかりに当たりが冷たい。三成殿も城に着いた途端、俺らに背を向けて左近殿とずっとヒソヒソと話し続けているし（にしても、左近殿はでっかい。伯父上と似たような匂いを感じる）。

俺らふたりだけ結束の輪に入ることができず、ポツンと孤立しちまっている。

俺たちの軍は、すっなか《少ない》。戦力にならんと思われても仕方のなか。けど、しょうがないだろ？

伯父上も俺もこげんなったのはまったくの予想外。一向に薩摩からは援軍はやってこんし、鼻緒の合わん下駄を履いてるような、決まりの悪さを感じちまう。

「小早川殿はどうされたのでしょうか」

隣で目をつむっている伯父上に小声で話しかける。

伯父上は薄眼を開けて、黙ってこちらを見つめ返した。俺は言葉を続ける。

「さっきから姿を見うけられんようじゃっどん」

「さぁな」

伯父上は首を傾げ、再び目を閉じちまった。

さっきから伯父上の機嫌がすこぶる悪か。武将たちからの待遇が不満じゃっと何《な》ん可《だ》ろ《ろう》う。それにさきほど左近殿が仕かけた杭瀬川攻めに参戦できなかったことも堪えているようだ。左近殿がこの状況を打開する方法なんて俺にはサッパリ思いつかんど。

だからこそ、小早川に助けを求めたかとに。

伏見攻めが終わってから奴は俺たちの前から姿を消しちまっている。俺らを仲間に引き込んでおいて、なんて無礼な奴じゃ。俺が小さく舌打ちをすっと前方にぬっと壁が立ちはだかった。驚き、顔をあげると、そこにあったのは壁ではなく左近殿じゃった。

「これ以上、敵を西進させる訳にはならぬ」

逞しい肉体と同じく、その言葉には力が漲っている。

左近殿は部屋のなかにいる武将たちの顔を見まわした。

「杭瀬川攻めは見事成功を収めた。勝利は我らの手のなかである。本戦に備えるため、これから我が軍は関ヶ原に陣替えを行う」

陣替え、関ヶ原って。つまりは野戦になるっちゅうことか。

確かにこのまま、この大垣城を取っていては岐阜側と清州側の両側から攻めいられることになる。

妥当っちゃ妥当な選択だろう。

左近殿の言葉に、武将たちも納得した様子である。

武将たちの顔を見て納得したように左近殿は言葉を続けた。

「関ヶ原で新たに陣を取り、兵を整え、家康軍を待ちうける」

左近殿の言葉を引き継いで、三成殿が口を開く。

「心配することはない。兵の数は我らが数千は上回っている。それに夜明けには大谷吉継《おおたによしつぐ》軍が北国から、毛利殿が伊勢口から兵を引き連れて戻ってこられる。岐阜城は破られたが、このようなことは二度と起きぬ」

「それになにより」と、三成殿は言葉を区切った。

「我らには太閤殿下のご子孫、秀頼様がついている。我らは太閤殿下のために戦う。忠義のために戦うのだ」

三成殿の瞳は曇りなく澄みわたり、その言葉に嘘偽りがないことを証しているようだった。そんな目で見つめらるっと、こっちが恥ずかしくなる。俺は義という言葉に、ほんの少しだけ気持ちが楽になった気がしていた。そんときじゃ。


「お待ちくだされ」


隣にいる伯父上が声をあげた。一斉に伯父上に視線が注がれていく。三成殿は眉間のしわを深くして伯父上ではなく俺の方を見やった。

「一体どういうことだ」と言いたげに俺を見てるが、そげん顔を向けられても困っちまう。こんなかで一番たまがっちょるとは俺じゃっとたっで。

「どうなされた、島津殿」

三成の代わりに返事をしたのは、左近殿だった。伯父上は静かに立ちあがった。

「陣替えが正しい判断とは思いませぬ」

伯父上の言葉に、周囲はざわついた。左近殿は不敵な笑みを浮かべて再度伯父上に尋ねた。

「では、どうすればいい？」

「今宵、夜軍《よいくさ》を仕かけ、家康殿の本陣を狙うべきじゃと」

その言葉に周囲は一斉にざわめいた。

「夜軍を仕かけるなら、ここにいる軍勢で充分こと足りる。なんならばおいが先手を打ってきもんそ。その間に石田殿は大谷殿と合流し、ほかの敵地に攻めいればよか」

俺はポンと膝を叩いた。

「なるほど、そんな手があったか！」

身内の意見に過剰に反応する俺を見て、周りから失笑が起こった。

だが、そんなことは気にしない。俺は心の底から伯父上の言葉に感心していた。この短い間に、そげな名案を思いつくとは。

さすが鬼島津の異名を持つお方だけのことはある。

「たしかに今この瞬間に大将である家康を討ち取りゃ話は早か！」

そう言って伯父上を称賛し続ける俺を、武将たちが小馬鹿にして笑い続けている。

伯父上はギロリと、そいつらを睨みつけた。

「俺《わい》の甥が何かおかしなこと言いましたかな？」

ドスの効いた低音が響き、武将たちは口を噤《つぐ》む。伯父上は、ゆるりと髭を撫でてから声を張りあげた。

「明日になれば敵はますます増強することでしょう。そいを許すっとは得策ではなか。動くならば今宵しかありません」

その言葉に三成殿がすかさず口を挟む。

「しかし、古来から夜討ちはうまくいかぬものですからな」

伯父上は怯まずに言葉を続けた。

「最初からできんもんと決めてかかっちょっては、どんな策でんうまくはいかんど」

隠そうとしていたが激しい苛立ちが言葉の端々に滲んでいる。お国言葉がより一層キツクなっているようだったが、三成殿は聞き直すことはなく口を開いた。

「島津殿は自信があられるようだが、夜軍を率いる軍勢は用意できるのですかな」

「いや」と、伯父上は短く答えてうつむいた。そこを突かれては何も言うことはできない。兵を率いていないことが、ここまで面目が立たないこととは。

何度訴えても援軍を寄こさない国元への怒りが俺のなかでじわじわと湧きあがっていく。睨み合うふたりのゆく末を、皆が固唾を飲んで見守っているなか、俺は伯父上を助けたくて立ちあがった。

「確かに我が軍は数百人足らず」

三成殿が視線を俺に向けた。そん眼差しだけで失神してしまいそうな気迫。思わず竦みそうになる足を必死に踏ん張って、俺は勇気を振り絞って声をあげた。

「しかし、それと戦法の有無は別のことではなかでしょうか。皆が賛同してくださり、一丸となれば決して難しい案じゃとは思いませぬ」

「しかし、その賛同が得られるのか」

「え？」

三成殿に言われ、俺は周囲を見回した。

皆、さっと目線を逸らして床ばかりを眺めだす。ここで俺らに味方をするのは損だと、拒絶されて俺は愕然とした。

身内びいきな訳じゃなく、決して悪か案とは思えんど。

ろくに議論もせんで捨てられる戦法じゃろうか。俺ら島津の言うことは、そんなに信用できんということだろうか。

「おいは、石田殿に従います故」

伯父上は立ちあがり、その場を立ち去っていった。慌てて後をついていこうとすると、

「豊久殿」

声をかけられ、振り返る。

声の主は左近殿じゃった。

彼はじっと俺を見つめ、何かを言いたそうにしていたが、真一文字に口を噤んだ。

左近殿が飲み込んだ言葉は何か分からんかったが、俺は「ご心配なく」と頭をさげる。それに応えるように左近殿も頷いた。

＊

追いかけていくと伯父上はひとり、月夜を眺めていた。

大垣城の脇にある小高い丘からは辺りを一望することができる。遠くには、赤いひとつの塊が輝いている。火をつけられた岐阜城だろう。敵軍はすぐ傍にいるのだ。

黙ったまま伯父上の横に腰かける。伯父上の膝上にはみぞれの姿があった。のの字に丸まっていたみぞれは、ふたりの時間を邪魔するなと言うように「にゃあ」と低く鳴いた。

「明日の今頃は、関ヶ原じゃ」

伯父上はボソリと口のなかで呟いた。

何もかも諦めてしまったような、そんな口調であった。

伯父上の目は、再び生気を失っちょる。誰も自分の意見を聞いてくれない。

家康も、鳥居も、味方についたはずの武将も、そして国元の息子たちさえも。

水を与えて甦ったはずの武士の心が、根腐れを起こして今に倒れそうになってるようだった。

「夜軍、よか案じゃっち思いました」

俺の言葉に、伯父上はフンと笑って見せる。

「もうよかとじゃ、豊久」

「いえ、大事なことです」

俺は伯父上に体を向ける。そして改めて言い直した。

「俺はよか案じゃっち思いました、ほかの誰が何を言おうとも」

驚いたように一瞬目を見開いた伯父上は「そうか」とつぶやき、微笑む。それは再会したとき、俺を抱きしめた伯父上の顔と同じじゃった。

伯父上は黙って、また空を眺める。いつの間にか空は雲でおおわれてさっきまで輝いていた月は姿を消している。ひと雨きそうだ。

三成か、家康か。

どちらを選ぶのか、悩み悩んで選んだ選択。本当にそれが正しかったのか、俺も伯父上も不安で押し潰されそうになっていた。だが、いくら不安になったところで引き返すことはもうできない。戦いの火蓋はもう切られつつあるのである。

伯父上とともに月を眺めながら、俺は「義を言な」と、胸んなかでつぶやいた。

「にゃあ」と、みぞれが声をあげた。

その声はどこか慰めてくれているようで、自然と俺と伯父上の口元は緩んでいった。

第八章

覚悟

――小早川秀秋

石田三成から関白の地位を約束された小早川秀秋。
だが彼は、未だ己の道を定められぬまま、松尾山にこもったままでいた。
決断のときが迫る。

ああ、ああ。

もう何にも、しとうない。

布団のなかで蹲っていた小早川秀秋《こばやかわひであき》は、隣で眠る染音《そめお》の胸をまさぐった。

染音が小さく声をあげる。

彼女の胸は汗ばんで火照っていた。

晩夏の暑さ冷めぬ夜更けである。布団のなかはふたりが交わった熱がこもり、むわんと汗の匂いが充満していた。


このまま、泡のように消え去ってしまいたい。

そう思いながら秀秋は、きつく目を瞑った。その途端、彼の頭に次から次へと男たちの姿が浮かびあがる。

石田三成《いしだみつなり》、徳川家康《とくがわいえやす》、島津義弘《しまづよしひろ》、井伊直政《いいなおまさ》、松平忠吉《まつだいらただよし》。

男たちの瞳は、皆失望に染まっており、非難めいた眼差しで彼を見つめては消えていった。

そんな目をこちらに向けるな。私は何も悪くない。ただ周りに従っただけだ。秀秋は消えゆく幻影たちに訴えていく。

そもそも伏見城に入城させなかった家康様が悪い。

だから、私は三成殿についたまで。

だから、同じく入城できなかった島津殿を誘っただけ。

だから、そんな三成殿に忠誠など誓えるはずがない。関白になれなど、荷が重すぎる。

だから、大垣城にはいかず、松尾山の陣地へと舞い戻った。


だから、私は悪くない。


言い訳を終えて、秀秋は布団を剥ぎ、酒をあおる。

生ぬるくなった酒が喉を焼いていった。深くため息を吐きだし、ごろんと布団に横になる。

「辛い、辛いよ、染音ぉ」

秀秋は啜り泣きながら、染音の胸に顔を埋める。

「秀秋様」

女は静かに言葉を発した。

「大丈夫でございます、染音がついております」

秀秋は、はらはらと女の肩に涙をなすりつける。

やたらと抱き心地のよい女の体にしがみついているときだけが、秀秋が安らげる時間であった。されるがままの染音は秀秋を受け止めると、その頭を抱きかかえて、ゆっくりと乱れた髪の毛を梳かす。

「このまま少し、お眠りください」

「夜が明けるまで、決して私から離れるな」

「はい」

「絶対だぞ」

「ええ、絶対」

染音に頭を撫でられて、秀秋はさらにきつく彼女を抱きしめる。


徳川家康の花見の席で出会ってから、秀秋のなかで、染音の存在は日に日に大きくなっていくばかりだ。どうしても傍に置きたくて、秀忠に口利きを頼み、無理を言って彼女を引き取ったほどである。

十九にしてはじめて、彼は心の底から誰かを愛しいと思っていた。

もちろん、一国の大名である秀秋には、正室も側室も当然いる。女遊びを覚えたのも早かったし、女に不自由したことは一度もない。


だが、この性格である。

女を楽しませる術も乏しく、話もつっかえてばかりで退屈だ。

どの女もすぐに彼を見くびり、その場しのぎの触れ合いをするようになる。秀秋が怒らぬ程度に、適当に相槌を打つようになる。いくら間の抜けた彼にも、瞬く間に冷めていく彼女たちの態度に気づかないはずがない。

ところが染音は違った。

どんなときも彼の話を真摯に受け取ってくれる。言葉足らずな彼の話を、彼女なりにきちんとかみ砕き理解した。さりげなく彼の逡巡に助言も与えてくれた。

なによりも、彼女の目である。

三成側につくと言いながらも、家康着陣を聞き、松尾山に逃げだして、酒を煽り続けている秀秋に、彼女は一度だってさげすんだ視線を向けたことはなかった。

染音がいれば、それでいい。

このまま、ずっと。眠り続けたまま消え去ってしまいたい。

そんなことを思いながら、うつらうつらと秀秋は眠りへと落ちていった。

*

「染音」

名前を呼ばれて、女は目を覚ました。

声の主に気づき、慌てて女は起きあがろうとするが、隣で眠る秀秋に体をつかまれて身動きが取れない。

そんな彼女を、声の主は鼻で笑ってみせる。

「辰之助の子守り、ご苦労だな」

男は、秀秋のことを幼名で呼んだ。

染音は身を捩らせて、隣で大いびきをかいている男を身から剥がした。秀秋は、ごろんと布団を転がっていく。まったく起きるそぶりはない。ほっとしながら染音は頭を垂れて、声の主の名前を呼んだ。


「お久しぶりでございます、徳川様」


染音は男の名前を口にだしてから、身震いした。

自分の前に鎮座しているのは、間違いなく徳川家康その人である。

この国の未来、そして染音の人生すべてを握っている男。

本来ならば、こうやって寝所で顔を合わすことも言葉をかわすことも不可能な相手が、そこに座っている。


「見事な働きをみせてくれた、礼を言うぞ」

家康は満足そうに頬を弛ませて、だらしなく眠る細身の男を見やった。秀秋はすっかり酒に溺れて、だらしなく眠りこけている。その姿に武士らしさは皆無。こんなことでは、いつ寝首をかかれてもおかしくない。

「見ろ、すっかりお主に心を開ききっているではないか」

染音は口を噤んだまま、微かに首を横に振った。

あぁ。ついに、このときがきてしまった。

鼓動が強まっていくのを感じて、彼女はゆっくりと息を吐きだす。その様子を眺めながら、家康は親指を口元に運び、尋ねた。

「で、どうだ。あいつは捨て駒か、生き駒か？」

＊

染音は非力大名の末席家臣の六女として生まれた。

幼い頃から、その美貌を認められていた彼女は両親からの期待も厚かった。

このまま美しく育ってくれれば、どこかの有力大名の目に留まり、側室くらいにはなれるかもしれない。

そうすれば多少なりとも家の繁栄に貢献してくれるだろう。そんな期待を背負い、染音は厳しく躾けられた。

だが、父親が小田原城攻めの際に石垣山で開かれた大茶会でのつまらぬ失敗で秀吉から怒りを買い、打ち首。一族は国元から追放され、離散。染音は侍女に身を落として生きながらえてきた。

尼になる道もあったが、染音の母はそれを拒んだ。彼女は尼ではなく、乳母として生きる道を選んだのである。

染音の母親は、諦めていなかった。家の復権を。

そんな別れて暮らす母からの便りが途絶えたのは、昨年の末、初雪舞う頃である。

染音は不安にかられた。

筆まめである母からは間を空けず便りが届き、自由に文をだせぬ彼女に対して、返事の催促がくることも度々である。

大病でもしているのか、もしくは粗相をして謹慎にでもなっているのか。

母の安否を気づかい、夜も眠れぬ日々を過ごしていたある日、染音の元に、使いが現れた。一体何がどうなっているのか。訳も分からず、命じられるまま彼女は籠に乗り込み、雪道を下っていった。

籠の間から降り積もるぼた雪を眺めながら、染音は思った。

まぁ、どうなろうとも構いはしない。

夢も希望もなく、ただ生きているだけの人生だ。


三日三晩、走り続けた籠から降ろされて、物々しい雰囲気漂う屋敷内に案内された彼女は、予想外の人物と顔を合わせる。やせ細り白樺のように筋張った老女が、部屋の片隅に坐している。

それは彼女の母であった。

「母上、ご無事でしたか」

染音は目に涙を溜めて、母に近づいた。たっぷりと塗られた白粉が、干からびた肌の上で浮いている。その白粉の香りさえ懐かしく、心が幼少に戻っていく。だが、その娘の肩を、母はむんずとつかんだ。

「ついにきたのですよ、染音」

にんまりと顔を歪めた母から、染音は目を逸らそうとした。

だが、母はそれを許さない。

「今こそ、あなたの役目を果たすのです」

「役目？」

肩をつかむ母親の手は、驚くほど冷たかったが、高揚して頬が染まり、血がめぐって唇《くちびる》も生娘のように、ぬらぬらと赤い。

「何のために、あなたをここまで育てたと？」

母の言葉が染音に深く突き刺さる。

それは男たちの慰み者ということなのか。

苦々しくうつむく娘に母は「これは名誉なことなのですよ」と、力説した。

事態が飲み込めず、母親に怯える染音の元にふたつの人影が近づいてくる。物音に気づいた染音はしばらく、そのひとつの人影に見とれた。


こんな美しい人が、この世にいるのだろうか。

薄闇色に揺れる大きな瞳に、そのまま吸い込まれてしまいそうだ。唇は、母のものとは違って漆の器のように艶やかである。この男の前では染音の美貌も霞んでしまう。着の身着のまま櫛も通さずに立っている自分を恥じた。

男は人差し指で、彼女のあごを持ちあげると、まじまじと染音を見やった。

「なるほど、いい顔をしている」

男は、もうひとつの人影に語りかけた。

「確かに北政所様に似てらっしゃいますね」

恰幅のよい初老の男は、がじゅりがじゅりと爪を食みながら染音を値踏みしている。

ふたりの男を前に唖然とする染音の頭を抑え、母親は無理やり頭をさげさせた。そんな女たちを無視して、人影たちは会話し続ける。

「いまだ乳恋しいあの方は魅了されることでしょう」

初老の男は、爪を食むのをやめて、にんまりと微笑む。

「お前もそう思うか、直政」

「素晴らしい人選でございます、家康様」

ふたつの人影の正体、それは徳川家康と徳川四天王のひとり・井伊直政であった。

家康の名前を聞き、染音は額を畳に擦りつけるようにさげ直す。

なぜ名高き武将たちが、自分の目の前にいるのか分からず、動悸で息があがっていく。雪が音を吸ってしまい、外は恐ろしく静かだ。

きっと家康と直政に自分の息づかいまですべて聞こえているだろう。途端に呼吸が苦しくなり、染音は身をこわばらせる。

「そう気を張らんでいい」

家康の声は、柔らかく親しげである。だが、彼は決して染音に面《おもて》をあげよとは言わなかった。

彼女をひれ伏させたまま、家康は言葉を続けた。

「お主に、小早川秀秋の子守りを頼みたい」

彼は、がじゅりと爪を噛みしめる。

「あいつは悪い奴ではないんだけど、どうも信用できないんだよ。無駄に軍勢をいっぱい従えているから、無碍にもできなくてさ」

ひれ伏す染音の背後にまわった直政が話を引き継ぐ。

「世が乱れたとき、武将たちが窮地の選択に迫られる瞬間がきっとくるでしょう。その日に備え、お前は秀秋殿の心を解きほぐし、本音を引きだしてほしいのです」

恐る恐る染音は口を開く。

「隠密ということですか」

再び家康が返す。

「いや、僕はただあいつの腹の底を探りたいんだよ」

染音は隣にいる母親を見やった。

わざわざ彼女をこの場に同席させたのは、染音だけでなく母の命も彼らが握っていることを示すためだろう。

そんなことをしなくとも、家康と直政に面と向かって背ける者がどこにいようか。

積もった雪が、屋根から落下してドサリと音を立てる。

「やってくれるよね?」

家康に尋ねられて、染音はそのままの体勢でコクリと頷いた。

逃げ道を奪われた子鼠のように、大猫に噛みつく勇気は彼女にはない。染音の少し乱れた髪の分け目を眺めていた家康は、直政に目配せする。直政は「面をあげよ」と彼女に声をかけた。

やっと顔をあげることを許された染音の体が微かにふらつく。

頭にのぼっていた血がドクドクと体に流れていき、一瞬眩暈を覚えたのだ。

が、ぐっとこらえた。

ここで粗相をしては、一生母に恨まれかねない。染音は姿勢を正して家康に視線を向けた。

「この染音に、お任せください」

娘の答えに、母は満足そうに目元を細める。一気にしわが目尻に寄り、さらに彼女を老けこませてみせた。

もう逃げることはできない。

そう悟った染音にできるのは、母と同じように、ゆっくりと微笑みを浮かべることくらいだ。染音の白い頬にえくぼがへこむ。

「頼んだよ」

すべてがまとまり、用が済んだ家康は、クルリと彼女たちに背を向けた。襖が開かれて冷気が満ちていく。一気に腕が粟立ち、染音の奥歯がカチカチと微かに鳴った。

「今宵は母娘水いらずで過ごしてね」

家康は、直政を引き連れて外へとでていった。

襖が閉まり、緊張が解けた染音はその場にうずくまる。彼女の返答次第では、いつ首を切り落とされてもおかしくない状況だった。高鳴り続ける鼓動は、ますます早さを増していく。くの字に体を曲げながら染音は失笑した。

どうなろうと構わないなどと思っていたくせに、死に直面すれば命が惜しくなる。生にしがみつこうとする。情けなくて、涙が滲む。そんな彼女を母は勢いよく抱き寄せた。

「染音」

ひんやりと冷たい母の体が、染音からぬくもりを奪っていく。母の吐く息が、染音のうなじに当たる。

「母の命、そなたに預けました」

近くで見ると、ところどころ母の着物が薄汚れており、何箇所も縫い直されていた。

「必ず家康様が望む答えを導きだすのですよ」

年老いた母親の薄い肩に、染音は無言のまま肩をまわす。

自ら進んで人質になったに違いない母親の瞳には「家の復権」しか見えていないのだろう。家のためならば、どんな藁にもすがりつく。その藁が私なのだ。染音はそのとき、誓った。

母のために、この身をささげよう。小早川秀秋を必ず魅了し、愛欲の坩堝《るつぼ》に誘うと。

*

「ひぃぃ！」

そして、今、染音は戸の向こうから聞こえる秀秋の悲鳴に顔を歪めている。

さきほど家康に「捨て駒か、生き駒か」と尋ねられたとき、彼女は直接的な答えをだすのを避けた。

「秀秋様とお会いしていただければ分かると思います」

それだけを家康に告げたのである。

彼女は求められている答えが、どちらか分からなかった。秀秋を庇えば男に毒されたと言われ、捨て駒といえば女のくせに意見を述べるとは反感を買う可能性もある。

慎重な染音の解答に家康はニマリと頬を緩めると、彼女に新しい燈台を持ってくるように命じた。その言葉に従い、燈台を持って戻ってくると、秀秋は見るも無様な格好で家康に怯えていたのである。あまりに情けない姿で顔を合わすことができない。

染音は思った、自分が席を外している間に、もう答えがでてしまったのかもしれない。

燈台を運び、寝所の外にでてからも、染音は、その場に残っていた。

秀秋と一緒でなければ、松尾山に彼女の居場所などないのだ。暑さと家康との対面のせいで首筋に汗が伝っていく。目を覚ました秀秋は家康と対峙して、哀れになるほど怯えて震えあがっている。夜明けまで傍にいるという約束を破った自分に怒っているだろう。染音は戸板越しに息を殺して、ふたりのやりとりに耳を傾けた。

「あの女か、お前がいれあげているというのは」

家康のくぐもった声が聞こえてくる。

「滅相もない、決していれあげてなど」

「今さら隠すことはない、話は耳に届いておる」

すべて自身が段取りしたくせに、白々しい。

平然と嘘をつく家康に染音は辟易した。家康は秀吉を話題に持ちだし、じりじりと秀秋を追いつめていく。一番気にしている「父親からの信頼」について触れられて、彼の声はみるみる小さくなる。ただでさえ失くしかけている自信を抉り取られ、そげ落ちていった。

「お許しくださ い、家康様」

何度も繰り返される秀秋の声は情けなく震えている。

染音は彼の声を聞き、胸が苦しくなっていった。

家康が「哀れだのう、辰之助」と、彼女が思っていた気持ちを代弁する。

「少し頭を冷やせ、夜風を浴びてくる」

その後も、何度も許しを乞う秀秋を、家康は足蹴にして再び戸を開けた。

隠れぬ暇もなく、染音はその場に突っ立ったまま、家康を出迎える。

盗み聞きしていたことをとがめられるかと、彼女の体は震えた。だが家康は口を開くことなく、染音を見やる。そして秀秋の方にあごをしゃくってみせた。後は任せたと言うように、家康は染音と言葉を交わすことなく、闇のなかへと消えていった。

これ以上、私に何をしろというのか。

私の役目は終わりのはずではないか。戸惑いながらも、染音はさきほど冷ましておいた茶を湯呑に注ぐ。そして汗を拭い、身なりを整えると、再び戸を開けた。


秀秋は染音の姿を見るなり、彼女に飛びついた。

「染音ぉ」

情けない声をあげて自身の胸に顔を埋める秀秋を、染音は冷ややかに眺めていた。

こうやって彼を慰めるのが、私に残された使命なのだろうか。

彼女が差しだした湯のみが地べたを転がり、濃い染みを作っていた。

茶にまみれた染音に夜風が当たり、ひんやりと彼女を冷やしていく。一方、秀秋の体は赤子のように熱い。全身が心臓のようになり、ドクドクと脈打っているようだった。

　私の役目はもう終わり。この男と過ごすのも、今宵で終わりか。

　染音はぼんやりと秀秋のうなじを眺めながら思う。

　情けない男ではあるが、悪い男ではなかった。

　自分のために美しい着物や花を贈ってくれた。愛の言葉を囁き、口を吸いてくれた。短気で癇癪持ちだが、すぐ反省して同じ過ちをしないように細心の注意を払っていた。

　ただ人の顔色を窺って生きることしかできないだけ。哀れな男だ。

　この後、一体どんな未来が秀秋に待っているのか。それを考えると染音の胸は重くなった。

「いかがなさるのです、秀秋様」

　気がつくと、染音は秀秋に尋ねていた。

　こんなことを言うつもりはなかった。余計なことを口にした自分に、彼女は戸惑いを隠せない。秀秋は、彼女の問いに答えず、ただ首を横に振るばかりである。

「でもお決めにならなくては」

「分かっている」

　染音の胸元に顔を埋めたまま秀秋はつぶやく。

　考えることを拒絶していることは明らかだ。拒絶しているだけで前に進めるはずもないのに。もうどうでもいいはずなのに、気になって仕方がない。

　ふと幼き頃に別れた父親の姿が浮かぶ。

　兄たちは父と同様に打ち首になったと、染音は母から聞かされていた。我々が生きているのは奇跡だと何度も何度も。それを聞いてから染音は生首となった父や兄の夢を、よく見るようになった。最初はうなされて飛び起きたが、今では「あぁまただ」と思うだけ。生首と対峙しながら眠りから覚めるのをじっと待つのだ。あの夢のなかに、秀秋が加わるかもしれない。

そんなことを考えながら、染音は赤子のように甘える男の頭をそっと撫でながら囁いた。

「三成様と家康様、どちらにおつきになるのです？」

余計なことをするんじゃない。

心のなかにいるもうひとりの自分が、染音を叱りつける。

私の任は、彼の心を探り、本性をさらけだすこと。決断もできず、逃げてばかりいる秀秋が捨て駒であることは確実。もう答えは導きだしたじゃないか。

この男が徳川につこうが三成につこうが関係ないはずだ。

そんな言葉が脳内に響き続けるが、染音は喋ることを止められなかった。

「どちらについても、どちらかの顔に泥を塗ることになる。それは避けられませぬ。ならば秀秋様のお好きな道を選べばいいのです」

黙っていた秀秋が「それは」と口ごもる。

「それは、なんですか？」

「も、元々私は家康様側につくつもりだった。でも伏見に入ることができず仕方なく三成殿についたまでのこと」

また人のせいにしている。

染音は秀秋を自らの胸から引きはがした。

「では三成様をお見捨てになるのですか、あなたを関白にまでしてくれるというあの方を」

「なぜ私をそんなにいじめる？」

声を荒げた秀秋は染音の肩を揺する。燈台の明かりに照らされた彼の顔は、涙にまみれて歪んでいた。

「関白など、私には身が重すぎる」

「では、三成様に背を向けると？」

染音の言葉に、秀秋はコクリと頷いた。

「三成殿に、ちゅ、忠義を誓う道理はない」

そのときである。

「戯け！」

戸が開き、家康が姿を現した。

笑みを顔から消した家康は、怒りを露わにしたまま、ずんずんと秀秋に近づいていく。

「よくそのようなことを口にできたものだな？」

なぜ家康が怒っているのか分からず、秀秋はうろたえることしかできない。今までさんざん甘えていた染音を突き飛ばして、彼は涙を手の甲で拭った。

「わ、私は家康様とともに闘いたく」

秀秋の言葉を家康が遮った。

「だからお前は駄目なのだ」

「へ？」と、小早川は素っ頓狂な声をだした。

「さきほどの言動。お前の身を慮《おもんばか》る三成に対して、あまりにも無礼。あまりに不義理。あまりに下劣ではないか」

「ですが、それは」

「そのような戯け者を受け入れるなど到底無理な話だ」

秀秋は唖然として口を開けたまま、固まっていた。

三成に背けば無礼と言われる。義を通して三成につけば家康と敵対することになる。これでは、どうすることもできない。ふたりの会話を傍で見つめていた染音は、家康が秀秋を試していることに、すぐ気づいた。感情を露わにして秀秋を威嚇して追いつめる。わざと彼を揺さぶっているのだ。

ここで家康の心をつかめなければ、捨て駒になるのみ。

だというのに、秀秋はがっくりと肩を落としてうなだれている。すでに家康から許しを得ることを諦めているようだった。沈黙が続き、ただ時間だけが流れていく。部屋に溜まった熱気が三人を包み込んでいった。秀秋ははらはらと涙を流して、畳を濡らしている。

「受け入れてくれなくても構いませぬ」

沈黙を破ったのは染音であった。

侍女ごときが口を挟む場面ではない。秀秋も家康も驚きを隠せず、彼女の顔を見やった。

「秀秋様、さきほどおっしゃっていたではありませんか」

口が開きっぱなしになっている秀秋を無視して染音は続ける。

「家康様が受け入れてくれなくても構わないと。自分には許しを乞い、再び手を差し伸べてもらうのを待つことしかできないと」

もちろん、そんなことを秀秋は一度も口にしていない。

すべて染音の創作である。

苦し紛れに見え透いた嘘であったが、彼女にはこうすることしかできなかった。

何が起きようとしているのか理解できず、ぽかんと間抜けな顔をしている秀秋を横目で観ながら、彼女は小さくため息をつく。


まただ。また土壇場になって決心が鈍ってしまう。役目を終え、縁が切れるはずの男を庇ってしまった。この胸にあるのは、彼への憐れみなのか、怒りなのか、それとも情愛なのか。それは染音にも分からなかった。

「生きるも死ぬも家康様次第と」

「ほう」

染音の言葉に、やっと家康の顔に笑みが戻る。彼は食んで不格好になった爪で頬をかきながら、部屋を見まわす。そして隅に置かれた秀秋の刀に目を止めた。

「なら、僕が切れと言えば、腹を切るの？」

僕、と自らを呼ぶ家康は粘着質な視線を秀秋に向けた。泣きじゃくり赤らんでいた秀秋から血の気が引いていく。

「どうなんだよ、辰之助」

「いや、それは」と、秀秋が口を開いた途端、染音は立ちあがり彼の小刀を手に取った。初めて持つ小刀は思っていたより重く、柄の部分がざらついていて、持ちにくい。手が震えたがそれを秀秋に差しだす。

「さぁ」

染音は短く言う。

「覚悟を、家康様に示すのです」

こうでもしないと家康は、小早川を許しはしないだろう。

家康に「小早川は生き駒だ」と思わせる必要があるのだ。それでも許してもらえぬようなら、武士らしく腹を裂けばいい。彼女の脳裏に母親の言葉がこだまする。

これが、家康が望む答えのはずだ。

自分に言い聞かすように、彼女は心中で何度もそう繰り返した。


躊躇していた秀秋は、逃げ道がないことを悟り、小刀を受け取った。

助けを求めるように彼は家康を見たが、家康は爪を食みながら黙している。青ざめた秀秋の額に、粒のような汗が噴きではじめた。ひゅーひゅーと喉を鳴らしながら固まっている秀秋はゆっくりと刀を鞘から引きだす。そのまま刃の先をゆっくりと痩せこけた腹に向けた。

「い、家康様が、望むならば」

秀秋の声は擦れて、うまく聞こえなかった。ぶるぶると腕が震えて刃の先が定まらない。

死にたくない、許してくれ。

そんな言葉が、彼の顔に滲んでいる。染音も家康が言葉を発すのを待ち続けていた。だが、家康はなおも爪を食むだけである。

秀秋が恐る恐る腹に刀先を押しつける。

「ぐひぃっ」

秀秋は悲鳴をあげて小刀を手放した。畳の上で小刀が音を立てる。

「うっうっうっ」

唸りながら秀秋は顔を覆い、恐怖に震えている。

染音は咄嗟に彼の腹を見やった。

あばらが浮きでた体は一面、真っ白だ。そこには傷ひとつついていない。秀秋は聞き取れないほど、小さな声で「情けない、情けない」と繰り返し続けている。染音は畳上の小刀を手に取り、再び秀秋に手渡そうとした。

「もういい」

染音の動きを、家康が制した。

「もういいよ、染音」

想いが通じた。許しを得られたのか。

家康と対峙しながら、染音はほっと胸を撫でおろす。

「すべて僕次第、僕に従うと言ったね」

秀秋は安堵の表情を浮かべて、何度も力強く頷いた。

その瞬間、家康は染音の頭をむんずとつかんだ。

染音は小さく悲鳴をあげたが、彼はそれを無視して、もう片方の手で小刀をつかむと、秀秋に突きだした。


「ならば、この女を切り捨ててみてよ」

秀秋は、言葉を忘れてしまったように「うぇ」「あぅ」と、呻きながら震えている。

「すべて僕次第なんでしょう。忠誠の印に、さぁ」

髪をつかまれ身動きの取れない染音は、声もあげずに秀秋を見つめていた。秀秋は嗚咽を漏らしながら、家康から小刀を受け取る。

ここで、私は用済みということか。

私が自分の寄こした隠密ということが分かる前に、口を塞ぐのか。

いや、違う。

秀秋に忠誠を誓わせ、彼の心に大きな傷を残す。二度と反抗心を芽生えさせぬように。その傷を作るための道具に、私は利用されたにすぎないのだ。これも最初から計算のうちなのだろう。

染音は静かに目をつむった。

ゆらゆらと秀秋が近づいてくる気配を肌で感じながら彼女は、遠く離れた母を思った。

老いた母の思惑は外れ、家の復権を叶いそうにない。

浅はかな野望を打ち砕かれた母は、娘の死をどう感じるのだろうか。傍で彼女を慰めてくれる者は、もう誰もいない。

秀秋が小刀を振りあげ、その風圧で染音の額に垂れた髪が揺れた。

さぁ、やるならひと思いに。

あまり苦しまず逝かせてくださいな。

第九章
野心——井伊直政と松平忠吉

打倒・三成を掲げて、会津から関ヶ原の地へやってきた井伊直政と松平忠吉。
野望を胸に秘める直政のもとに、使者が訪れる——。

それは夜明け前のできごとであった。

まどろんでいた井伊直政《いいなおまさ》は静かに目を覚ました。

夢の世界を名残り惜しむように、重い瞼《まぶた》を彼はゆっくりと見開いていく。隙間なく生えた長い睫毛が花開き、薄黒の瞳が姿を現した。

元々と眠りは浅い方である。

このように何か気配を感じ取れば、たちまち目が冴えてしまう。

「やれやれ」

そうぼやいた直政は衣服の乱れを直すと、外へと歩みでた。

夜更けから降りはじめた細かな雨により、陣内には霧が漂い、兵たちの寝息を打ち消していく。数人の見張りの兵も息を殺しているかのように音立てぬまま佇んでいた。夏の暑さはどこへいってしまったのか。

関ヶ原は薄ら寒く、空気が沈んでいる。

眠りにつくまではうだるような熱帯夜だったというのに。空色というのは、不思議なものである。

雨に濡れながら、直政は空を見あげた。

あと数時間後には、この静けさは失われ関ヶ原は戦場と化す。

直政と松平忠吉《まつだいらただよし》率いる軍勢は中山道の北に陣を取っている。先頭に立つ福島正則《ふくしままさのり》の軍勢はさらに西へと進み、戦がはじまるのを今か今かと待ちわびていた。会津に向かう道中、石田三成《いしだみつなり》討伐を徳川家康《とくがわいえやす》が口にした際に真っ先に声をあげた福島は先陣を切ることを任されている。会津から江戸に戻り、そこから関ヶ原を目指す長旅のなかでも、福島は家康から任された命を胸に、諸軍を先導していた。

大軍率いて関ヶ原に着いたはいいが、この霧である。

福島も直政も戦いの機がつかめずにいたのだ。それは三成勢も同じらしく硬直状態が続いている。嵐の前の静けさというやつであろう。

戦前に訪れる、この沈黙の時間が直政は好きだった。

彼の読み通り、徳川秀忠《とくがわひでただ》は真田親子に苦戦し続け、上田城を落とせずにいる。足止めを食らい、合戦には間に合わないだろう。これで徳川の血筋で前線部隊のなかにいるのは、忠吉だけとなった。直政が胸に秘める野望が、形になる日も近い。

直政は耳を澄まし、暗闇を睨《にら》みつけた。

夜霧に紛れて、蹄の音が近づいてくる。さきほど感じ取った気配はこれだったのか。戦に合わせて研ぎ澄まされていく自分の感覚に、彼は満足した。

この頃になって、ようやく見張りの者たちが異変に気づきはじめ、ざわめき出す。

「騒ぐでない」

そう彼らを一喝して、直政は暗闇と対峙する。

霧のなかにポツリと黒点が浮び、やがて、大きな影となり姿を現した。

朧だった輪郭がくっきりと線づけされていく。そしてとうとう霧のなかから馬に乗ったひとりの若武者が現れた。


男の旗指物には、葵の御紋が記されている。

家康の使者に、間違いなかった。


「何か用ですか」

まさか直政が出迎えているると思わず、使者は怯み口ごもった。その妖艶な美しさに目を奪われて、瞬きもせず彼を見つめている。

「用があったから、ここに来たのでしょう」

直政に即されて、使者は慌てて懐から文を取りだした。雨に濡れた男の腕から水が滴り落ちる。

「至急、桃配山にこられよと。家康様が」

「家康様が？」

思わず直政は聞き返す。

だが若武者は問いには答えず、無言のままだ。

時間が切迫しているのか、そわそわと直政が動きだすのを待ちかねている。どうやら直政を家康の元に送り届けるように命じられているらしい。

文を広げてみるも、使者が口にした以上の内容は、そこに記されていなかった。

戦を間近に控えた武将に陣を離れろと命じるなど、普通は考えられない。

桃配山といえば、家康が定めた本陣である。よほどの事態が家康の身に起こっているようだ。


「すぐ支度しましょう」

直政は踵を返して使者に背を向けた。

疑問はつきないが、ここに留まっていても仕方がない。悩んだところで家康の命を、直政が拒めるはずもないのだ。


直政が身支度を整え、再び外にでようとしたとき、

「義父上」

忠吉が彼の前に立ちふさがった。

「起きていたのですか」

直政は義息を見やる。忠吉は愉快そうに笑ってみせた。

「こんなときに眠ってなどいられますか」

その目の下には大きな隈ができていた。

会津討伐を引きあげた頃から、顔つきがすっかり変わってしまっている。あどけなさが消え、武士としての顔が姿を現しはじめている。直政が口にした「天下を担う」という言葉が、よほど胸に突き刺さったようだ。

忠吉は今までとは別人のように家臣たちを指揮し、率先して動いた。士気がさがっていれば周囲を鼓舞して奮い立たせる。直政は頼もしいと思いつつも、あまりの変わりように戸惑いを隠せずにいた。無垢で純粋な性格故なのか、忠吉は自尊心という名の輝きを放ち、全身に熱が漲っている。

彼を焚きつけた直政にも、この姿は想像以上であった。これが徳川一族の血なのだろうかと考えざるを得ない。

「それで、どこにいかれるのです？」

「大した用ではありません」

直政は口を噤《つぐ》み、話をするのを避けた。余計な勘ぐりをされても、彼が持っている情報は少なく、忠吉を満足する答えを与えることはできないだろう。

しかし、忠吉は食いさがらなかった。

「まだ夜も明けていないのに？」

「すぐ戻ります」

途端に忠吉の顔が曇る。

「義父上の兵を残して？」

「帰るまで、あなたに任せます」

「桃配山へいかれるのですよね」

「忠吉さん！」

ぴしゃりと、直政は忠吉を制した。

「すぐに戻ると言ったはずですよ？」

うっとおしそうに義父にあしらわれて、忠吉は顔を歪めて苛立ちを隠そうとしない。その表情が直政の癇に障った。

「何ですか、その顔は」

忠吉は必死に唇を噛みしめて、言葉を飲みこんだ。

夜が薄まり、山の向こうは白ばんできている。夏の夜は短い。夜明けが近づいている。時間がないなかで、思わぬ足止めをくらい直政は冷ややかな目線を義息に向けた。

「言いたいことがあるなら、はっきりおっしゃいなさい」

しびれを切らした直政から完全に笑みが消え、赤鬼の顔が姿を現す。

気迫に負けて、直政から目をそらしかけた忠吉だったが、ぐっと堪えて再び義父の大きな瞳を見やる。

その目は微かに涙で潤んでいた。口を噤んでいた忠吉が絞りだすように声をあげる。

「いつまで経っても――」

自らの声のか細さに驚いたのか、忠吉は言葉を区切り、再び口を開いた。

「いつまで経っても、私は蚊帳の外なのですね」

忠吉は直政の言葉を待たずに、その場を立ち去った。義息を呼びとめようと口を開いた直政だったが、かける言葉が見つからない。夜霧を身に纏い、ぼやけていく忠吉を眺めていた直政は、喉の奥を鳴らした。

「小賢しい」

言葉を吐き捨てて、彼は外で待つ使者の元へと急いだ。

＊

直政の人生は、父の復讐とともにあった。

彼は父の顔を知らない。彼が一歳の頃に、父・井伊直親《いいなおちか》は殺されたのである。

かつて井伊家は遠江国井伊谷を本拠とする名家であった。

駿河の今川家に服属していたが、主家との関係は決して良好とはいえず両者のぶつかり合いは絶えなかった。

そして、それは桶狭間の戦いで今川義元《いまがわよしもと》が戦死した後、決定的となった。

直政の父は謀反を企て、ある武将と内通をはかる。それを密告され、今川家に命を奪われたのだ。すでに祖父も他界しており、一歳で父を失った直政は井伊家に残る最後の男となる。

直政は母親の再婚相手の家や、鳳来寺を転々と渡り歩きながら、幼少期を過ごす。そのなかで、彼は井伊家が断絶の危機に直面していることに気づいていった。このまま井伊家が消滅してしまっては亡き父親に面目が立たない。

父の記憶は何もなかったが、直政は亡き父親を神格化させて、崇めた。何かにすがらなければ、幼き直政は生き残っていけなかったのだろう。彼は毎晩、手を合わせて父親に井伊家の再興を誓った。

そんな彼に手を差し伸べたのが家康であった。十四の直政を家臣として取りたてたのである。人々は、家康が罪滅ぼしのために直政に救いの手を差し伸べたと噂した。直政の父と内通していた男とは、三河で勢力を拡大しつつあった家康だったのである。心優しく情に厚いお方だと、家臣たちは家康を讃えた。しかし直政には分かっていた。

家康が直政を家臣としたのは、単に彼の顔が美しく、戦術に長けたからなのである。そうでなければ自らの内通のせいで没落した直政を十四年間も放っておくはずがない。恩着せがましい家康に、恩を感じる振りをして直政は彼の腹中に入りこんだ。それしか井伊家を復興する手立てはなかった。

家康から厚遇を受け、直政は異例の出世を遂げていく。役職を与えられ、家康の養女である唐梅院《とうばいいん》を正室にむかえることを許された。急速に地位を高めていく彼に嫉妬した譜代の家臣たちからは、家康の寵童ではないかと噂され、手ごめにされそうになったことも幾度とある。

そのような関係はふたりの間にはなかったが、直政は家康が望むならば、体を差しだすつもりであった。

すべては井伊家の復興のため、そして父親の復讐を果たすためである。

彼の復讐とは、井伊家だけでなく徳川家までも自らの手のなかに収めることだ。家康から信頼を得たのも、娘を松平忠吉に嫁がせたのも、彼の計画のうちなのである。

家康に天下を取らせ、忠吉が世継ぎとなることで、影で徳川家を牛耳る。

これこそが、直政が生涯をかけて取り組む復讐譚であった。そのためならば悪人にでも鬼にでもなる。そんな生き方しか、彼にはできなかった。

*

雨音に混じり、どこからか鳥のさえずりが聞こえる。

朝が間近まで迫っているのだ。

前を走る使者は速度を落とすことなく、馬を走らせ続けている。体を濡らしながら、後に続く直政の脳裏に、さきほどの忠吉の言葉がこだまする。

「何が蚊帳の外だ」

直政はひとり唇を歪めた。

蚊帳に入りたいと望む忠吉のように、直政も、かつては蚊帳の外を自由に飛び回る蝶たちに憧れていた。

だがそれは幼き頃の話。

生まれもっての性分、棲む世界が違うのだ。

心の中でつぶやきながら、不満そうな忠吉の顔が脳裏をよぎる。

海泳ぐ魚が空飛ぶ鳥たちに憧れ、鳥が地べた走り回る馬たちを妬ましく思っても仕方ないのと同じである。ひとつ言えることは、蚊帳のなかには入れても外にでることはできないということだ。

一度入れば最後。

そこに待っているのは地獄で翅を焼かれるのを待つ蝶のごとく、修羅の道だけである。

「人の親の　心は闇にあらねども　子を思う　道にまどひぬるかな」

「ぬるい、ぬるすぎる」

直政は声をだし、怒りを吐きだしていく。この雨では、前にいる使者にも聞こえないだろう。

その声は次第に大きくなっていた。

直政の怒声は桃配山につくまで、途絶えることはなかった。

*

「おぉ、早かったな」

顔を合わすなり、家康は愉快そうに直政を手招きした。

くつろいだように酒をあおぎ、とても戦の前とは思えないいで立ちである。

雨に濡れた直政が歩く度、ぽたんぽたんと水滴が落ちる。ずぶ濡れのまま、彼は家康の真横に腰を下ろした。熱を奪われて冷え切った身体に、じわじわと家康の体温が伝わっていく。

「いかがなされましたか？」

「辰之助のことで、ちょっとね」

家康は含み笑いをしたまま、頬杖をついている。勿体ぶった様子で口を噤《つぐ》む狸に、直政は空になった盃に酒を注ぎながら尋ねた。

「三成に寝返りましたか？」

「いや、お前の考え通りになったよ」

家康は盃には手をつけず、それを隣にさしだす。まずは直政から、ということらしい。

「左様でございますか」

そう返事をしながら、直政は盃に唇を添えた。生ぬるい。酒の味が口のなかに充満していく。喉が焼けていくのを感じながらすべてを飲み干す。


秀秋の伏見城への入城を禁じたのは、直政である。

ゆさぶりをかけて三成側につかせることが彼の狙いであった。秀秋の軍勢は二万を超す。味方に入れれば大きい。敵側を油断させておき、秀秋を寝返らせて深手を負わせる流れだったのである。

最終的に秀秋が三成側から寝返らない可能性もある危険な賭けであった。そうなったときに即座に行動できるよう、備えとして染音《そめお》を傍に置かせたのも彼である。

思惑通りになったのならば、なぜ自分が呼ばれたのだろう。

直政の疑問を感じ取った家康がさらに頰を緩ませる。その笑みの不気味さに直政の背筋がぞくりと疼く。

「染音をね、始末させようとしたんだよ」

家康は懐から扇を取りだし、ゆっくりと半円に開いていく。

「辰之助はあの女に入れ込み過ぎていたからね、いつまでもうろつかれても邪魔だろう？そしたら、あいつ自分の腹を切りおった」

「今なんと？」

直政は思わず聞き返した。家康は愉快そうに声をあげて笑った。

「女を殺すくらいなら死んだ方がマシと思ったのだろうな」

女のために命を捨てようとしたのか。直政は信じられず大きな瞳を見開いた。それを肴に家康は自ら盃を酒で満たし、うまそうにすする。

「なぁに命に別条はない。ただ刃の先で腹の皮を切っただけよ。染音が止めにはいったおかげでな」

「左様で」

当然といえば当然だ。あの秀秋に腹をかき切る勇気があるはずがない。

相槌を打ちつつ、直政は戸惑っていた。いまだに呼びだされた理由が分からないからである。

霧が朝靄に変わり、日の出が近いことを示している。早く用件を済ませねばならない。耐えかねた彼は尋ねた。

「私が小早川殿の軍を仕切ればよいということでしょうか？」

家康はつまらなそうに鼻を鳴らす。

「あんなものは、かすり傷だ。辰之助には自ら指揮を取らせる」

「では、なぜ私をお呼びに？」

家康は笑みを引っ込め、不格好な爪の生えた親指を食む。

「だから染音だよ」

家康は忌々しそうに溜息を吐きだした。直政は、悪癖を続ける家康の手をそっとたしなめながら問う。

「始末しなかったのですか？」

「どうもあの顔がな」

直政は「あぁ」と短く頷いた。

染音は秀吉の正室、北政所《きたのまんどころ》に瓜ふたつである。刃を向けることに抵抗を覚えるのは無理もない。ふぅと息を吐き、直政は前髪をかきあげる。

「小早川の尻拭いをしろと？」

赤鬼と名を馳せる彼であっても、あの女を切り捨てるのは気が重かった。家康は、のそりと腰をあげて立ちあがった。黙って直政もそれに続く。

「雨粒が小さくなったな」

外にでると家康はそれだけ言うと再び口を噤んだ。直政も天候の話を続ける気はないので黙っている。

無言のまま家康は扇をあおぎながら、本陣の奥へ奥へと進んでいく。

雨でぬかるんだ赤土が心もとなくふたりの歩みを受け止める。夜は明けているのだろうが、朝靄のせいで、周囲は乳濁色につつまれ、どこか薄暗い。

「あまりにも情けなく泣き叫ぶものだから、つい辰之助に言ってしまったのだよ。戦で手柄を収めれば女に会わせてやると」

　徐々に人の気配が薄くなり、次第に山道との境が曖昧になっていった。

「だが、それは得策ではないだろう？」

　家康の言葉に直政は頷く。

「つまり、あの女が勝手に死んでさえくれれば、小早川殿との約束を破らずに済むのですね」

「やはり、お前はいい男だな」

　物分かりのよい直政に満足げに微笑むと、家康は立ち止った。

　元々この山に建っていたものだろう。今にも崩れそうな小屋が、姿を現した。家康は立てつけの悪い引き戸を力いっぱいこじ開ける。暗い室内に光がさし、なかにいる人影が照らしだされる。そこにいたのは、染音であった。

　縄に繋がれ、乱れた髪の毛を、ぐったりとうなだれさせている。

　よく見ると口元も猿轡《さるぐつわ》がされていた。叫ばぬようになのかもしれないが、その姿が直政には滑稽だった。はずしてやれば勝手に舌を噛み切って死ぬだろうに。そうすれば自分の仕事も減るだろう。染音は顔をあげぬまま、じっと動かない。呼吸をする度に微かに揺れる肩のおかげで辛うじて生きているのだろうということが把握できた。

「手段は任せるよ」

　家康はポンと直政の肩を叩く。

「直政よ、ついでに母親の始末も考えておいてくれ」

　そのひと言に初めて染音が反応をする。顔をあげて睨みつけてくる染音に向かい、彼は言葉を続けた。

「あの女は芯が強すぎる、お家のためならばどんな手段も取りかねない」

直政の脳裏に気の強そうな老女の姿が甦る。

驚くほどやせ細り醜く年老いた女に、彼は自らを投影していた。

容姿は違えど、あの女が腹に抱える思いと、直政の野望は同じである。女として生まれなければ、武将として名をあげていたかもしれない。


家康が吐く。

「野心が透けて、野心のせいで殺される。実に憐れだと思わないか？」

この言葉は、直政に心臓を抉られたような衝撃を与えた。

家康の視線は染音にだけ注がれていて、今の言葉は明らかに彼女にむけて放たれた。しかし、直政はそれが己に向けられたものではないかと邪推した。

家康がわざわざ自分を呼びだし、この母子の始末をさせようとすることに何か意味があるのではないか。意味がなければ、なぜこのような面倒な段取りを踏むのだろう。直政が胸に抱く野心もすべて透かされているのではないか。

ただの思い過ごしかもしれないが、一度邪推を始めると、直政の頭に疑問が次から次へと浮かびあがっていく。表情ひとつ変えず言葉を受け止めた直政だったが、その鼓動は素早く脈打っていた。

「で、どうする？」

家康に問われて、直政は染音の前にしゃがみこむ。

よく見ると彼女の両手はどす黒い血にまみれ、肉を抉るような深い傷ができていた。彼女を縛る縄のおかげで止血されているようである。秀秋の自害を止めるために刀を掴んだのだろう。

「小早川に情が移ったか」

直政の問いに染音は無言である。彼女の髪を撫でながら彼は家康に告げた。

「彼女の母親をここに連れてこさせましょう」

家康は頷きながら「それから？」と相槌を打つ。

「それだけで充分でございます」

直政の赤い唇《くちびる》が緩む。

「娘がしくじったとでも告げ、小刀でも手渡してやればいい」

親指をねぶっていた家康は納得がいったのか、踵を返して本陣へと戻っていく。直政は静かに染音の髪から手を放す。

「女に生まれたことを恨め」

そう言い放つと直政も立ちあがり、出口へと向かう。引き戸を締めようとしたとき、再び染音と目が合った。染音はまっすぐ直政を捉えている。引き戸が完全に閉まり終わり、彼女の姿が見えなくなるまで、彼女の視線が彼からそれることはなかった。

「私はお前らのようにはならん」

直政はひとりごちてから、家康の背中を追った。

＊

東の空から光が差している。

朝の光は、朝靄を一層ずつ剥がしながら、家康と別れ、忠吉の待つ陣地に戻る直政を包み込む。

次第に鮮明になっていく景色を眺めながら、直政は先を急いだ。霧が晴れるということは、開戦が近いということである。すぐ戻ると言いながら、すっかり夜が明けてしまった。今頃、忠吉が途方にくれているに違いない。

直政は扇をあおぐ家康の姿を思いだし、失笑した。


まったくあのお方は。

まだ戦も始まっていないのに勝ったつもりでいる。


確かに秀秋の軍勢をこちらに取り込めたのは、大きかった。だが安心するのはまだ早い。戦の相手は三成である。一体どのような結果が待ち受けているのか、直政にも予想できなかった。無論、負けるつもりはない。だが家康のような油断が命取りになるのである。家康様のなかに、私にも話していない秘策があるのだろうかと、直政は思った。そのようにあの男が裏で動いていたとしても何の不思議もない。


野心が透けて、野心のせいで殺される。

さきほど家康に言われた言葉が、直政のなかに居ついている。彼の野望は家康の天下取りに付随しているものだ。決して家康にとっても損はないはず。そんな言い訳をひとり、繰り返してしまう。余計なことで頭を満たしていては戦に支障がでてしまうというのに。良い年をして情けない。

溜息を吐き、自らを諌めた直政は、ふとあることに気づいた。

霧が晴れ、すっかり見晴らしがよくなり、視界が開けてきた。だというのに、いつまでたっても忠吉の軍勢が見当たらないのだ。ここまで歩みを進めれば、葵の紋が見えなければおかしいのだ。

胸騒ぎがする。

直政は忠吉をひとり残したことを悔やんだ。

陣があるはずの場所を通り過ぎ、直政は馬を進めていく。すると北の方角に関ヶ原の地を動くひとつの軍勢が目に飛び込んできた。

それは間違いなく、忠吉の軍であった。

忠吉が自らの軍勢を率いて北上しているのである。彼らは先陣で機会を窺う福島隊と、ほぼ横並びになるまで接近している。

「なんと」

絶句しながら直政は馬に鞭打ち、全速力で忠吉の元に走りだす。皆で決めた作戦を無視して、忠吉は単独、敵陣へと迫っていく。霧もすっかり晴れ、福島も忠吉の動きに気づいているに違いなかった。福島隊もざわめき、せわしくなく兵たちが動きまわるようが見える。

仲間同士の争いは、絶対に避けなければならない。家康の元に向かう前に、きちんと義息と話しておくべきだった。初陣を前に気が立っているだけだと思い、軽んじてしまったのである。

お願いだから、馬鹿なことはしてくれるな。

そう願いながら直政が何度も何度も鞭を叩いた、そのときである。

関ヶ原に、火縄の音が響いた。

直政は目を疑った。

直政隊の狙撃兵たちが敵軍に向けて発砲したのである。少しの間を置いて、福島隊からも「撃て、撃て」の声が響き、次第にざわめきが広がっていった。やがて、それは敵陣にも伝染していった。福島の軍勢が忠吉と直政の軍勢に続くように敵陣へと突入していく。

合戦の火蓋が切って落とされたのである。


とにかく早く自らの軍勢の元に戻らねば。

直政は目の前で起きた事態から目を逸らすように自分に言い聞かせる。福島軍の真横を通り過ぎた瞬間、そんな彼の耳にある兵の言葉が飛び込んでくる。

「井伊の野郎」

兵はそう吐き捨てた。まさか真横を本人が通り過ぎたとは、その兵も思っていないだろう。勝手に開戦をした目前の兵たちへの怒りの言葉である。

彼らは直政が企てて、忠吉に先陣を切らせたと思っているのである。忠吉にはあんなことを考える頭はないと、端から決めつけているのだろう。随分と私の婿殿は舐められているようだなと、直政は悪罵《あくば》した。


雨でぬかるんだ赤土が、兵や馬にさらに荒らされて、撒き散らされていく。やっとのこと自らの軍勢のなかに戻った直政は叫んだ。

「忠吉はどこにいる?」

直政の赤備えに気づいた兵士が「あちらです」と指をさした。


銀箔押を菱形の白糸で綴じた鎧を身に纏った男が、兵たちに指示をだしている。


「忠吉さん!」

直政に名を呼ばれて、忠吉が振り返る。

「義父上、やっと戻られましたか」

忠吉はうれしそうに笑みを浮かべた。直政は怒りを露わにして声を荒げる。

「勝手なことをして、自分が何をしているのか分かっているのですか?」

「勝手なこと?」

きょとんとした顔で忠吉は首をかしげる。

「味方を欺くなど言語道断です」

「何をおっしゃっているのです。これこそ父上のためではないですか」

父上というのが、自分ではなく家康をさしているということに直政は一拍置いて気づいた。敵陣に向かう兵たちのなかに佇み、忠吉はニヤリと頬を緩ませる。

「これは天下を分ける大戦。その先陣を福島殿などに任せろというのですか？　いいや、違う。では役立たずの兄上に？　残念ながらあの人は、真田相手に手こずっている」

直政は絶句したまま、いつになく饒舌な忠吉の言葉を聞いていた
「徳川の血筋である私がやらねば誰がやるのです。ねぇそうでしょう、義父上。義父上なら、絶対にこうすると思ったのですが違いましたか？」

忠吉の顔には、はっきりとこう書かれている。

義父上がいなくとも、私ひとりで闘える。

私ひとりで家康の役に立てるのだと。


直政の背筋がぞわりと凍る。

雄弁に語る忠吉の口振りが、あまりにも家康と瓜ふたつで、気味が悪くて仕方がない。

「話は後です」

直政は逃げるように、忠吉に背を向けて馬を走らせた。

覆水盆に返らず。一度始まった戦を仕切り直すことはできない。今は、平常心を取り戻して敵陣を打破するのみである。

最後に一度だけ、振り返り忠吉を見た。

忠吉の目は自信に満ち溢れて若き頃の家康を彷彿とさせた。自分の野望のためとはいえ、必死に悪に染まらぬように盾になり続けてきた義息があっさりと、こちらの世界に染まってしまっ

ている。
蚊帳の外にいればよかったのに。二度とはでられぬ蚊帳のなかに飛び込んでくるとは。
野心が透けて、野心のせいで殺される。
再び、あの言葉が直政の頭をよぎっていった。

第十章 合戦

——慶長五年九月十五日

とうとう歴史的大戦の幕が上がった。
戦の地として選ばれた美濃国不破郡関ヶ原には様々な思惑がうずまく。
徳川家康を筆頭とする東軍の兵力は七万とも、十万以上とも言われていた。
それを鶴翼の陣で迎え撃つ石田三成らの西軍の兵力はおよそ九万。
果して最後に笑うのは誰なのだろうか？

辰三つ刻（午前八時）——。

松平忠吉《まつだいらただよし》が放った銃音は関ヶ原の地に響き渡った。

それを聞いた両軍の見張りたちは即座に狼煙を焚きあげる。
燻った色をした煙が天を駆けあがっていく。
霧が晴れた空に一本の線が引かれると、瞬く間に緊張が周囲を包み込んだ。
一拍の沈黙の後。足がすくんでいた兵が己らを鼓舞する声が聞こえはじめる。それは地響きとなって関ヶ原の地を揺らした。

叫び声と、足音と、銃音。
それらが混ざり合い、腹底を揺さぶる。

とうとう、戦が始まるのだ。

笹尾山にいた石田三成《いしだみつなり》は自ら烽火台に火をくべ、全軍に開戦を知らせた。
笹尾山は相川山を背にたつ、小高い山である。

相川山は関ヶ原の西北にそびえる伊吹山脈の支脈だ。相川山の北から東南へと延びるのが北国街道で、それはやがて関ヶ原を横断する中山道とぶつかる。

その合流地点を中心と捉えて西側に家康軍、東側に三成軍が陣を構えていた。西に九万二千、東に七万九千の兵が集い、関ヶ原を覆い尽くしている。

狼煙をあげ終わった三成は兜の緒を締めて、島左近《しまさこん》を見やる。赤黒漆の鎧を身に纏った左近は馬に跨がるところであった。彼の愛馬は戦場の物々しい雰囲気に興奮して落ちつかぬようだ。そのたてがみを撫で宥めながら、左近は深く息を吐きだして言った。

「いよいよですな」

「あぁ、狸狩りのはじまりだ」

眉間にしわを刻んだまま軽口を叩く三成に、左近はニヤリと口を歪ませる。

「狸汁にするには、臭みが強そうだ」

三成は表情ひとつ変えずに「フン」と鼻を鳴らすと軽やかに馬に跨った。

「では、後でな」

それだけ言うと三成は左近に背を向ける。そっけないように聞こえるが、彼なりの激励であった。

死ぬな、敵を打ち負かし生きてまた後で会おう。

そんな想いが込められている。

三成の口下手には左近は慣れっこだ。

「殿も、ご無事で」

左近は声を張りあげ、主君に言葉を返した。もちろん三成は振り返ることなく前進していく。その背中を眺めながら左近は小さく「ご無事で」と繰り返した。

「さていくか」

左近は近くの兵から大槍を受け取ると、自らが指揮する隊の元へと馬を走らせていった。

彼の愛馬が夏草をかき分けて、雨でぬかるんだ大地を力強く蹴りあげていく。狼煙を合図に敵軍が一斉に、笹尾山を撃ち落とそうと押し寄せていた。兵たちが踏み荒らし、関ヶ原の大地が土泥で汚されていく。火薬の匂いも徐々に濃くなっていた。

前方から火縄を撃ち放つのは、紺地に藤巴の旗印。

黒田長政《くろだながまさ》率いる軍だ。

そのほかに細川忠興《ほそかわただおき》、加藤嘉明《かとうよしあき》、筒井定次《つついさだつぐ》の旗も風に煽られて、はためいている。

黒田、加藤、細川と言えば、三成襲撃を企てて彼を五奉行から引きずり下ろし、佐和山城に蟄居させた一派だ。

そんな彼らが狙うのは、三成の首ただひとつである。

予想していたこととはいえ、ここまで三成に敵兵が集中するとは。豊臣秀吉《とよとみひでよし》在命時から入り続けていた亀裂は、もはや埋めようのない深い溝となり刃に姿を変えていた。

「そうはさせるかっ」

左近は槍を構える。

馬とともに風となり、彼は敵軍のなかを駆け抜けていく。息を殺して左近は伸ばした腕に神経を集中させる。

ガツンッ。槍先が最初の兵を捕らえた。槍越しに打ち砕かれる鎧の感触が伝わってくる。

「ぐはっ」

声をあげて兵が崩れ落ちる。

うめき声は輪唱のように重なり、ばたばたと男たちが倒れていった。


「島左近だ、討て！」

左近に気づいた兵が叫んだ。

それをきっかけに歩兵たちが一斉に向かってくる。

左近は槍で弧を描きながら敵を蹴散らしていく。片腕に何人もの兵の重みを感じるが、彼は構わず一挙に切り捨てた。

常人ならば、その力に耐えられず槍を地べたに落としてしまっていただろう。鍛えあげられた左近にしかできぬ荒技である。

次々と左近の足元に兵たちが折り重なり地面を埋め尽くしていった。それを見ていた味方の足軽たちは士気を高め、左近に続けと敵兵に挑んでいく。黒田たちの集中攻撃をものともしない防壁のごとく、左近は敵兵の前に立ち塞がった。

「これ以上、奥にはいかせぬっ」

高ぶった左近が声を張りあげた。

三成のことは何があろうと自分が守ってみせる。

そんな想いを言葉にすることはせず、左近は野犬のように唸り声をあげた。

その姿に怯んだ足軽たちを容赦なく左近は切りつけていった。

切っても切っても左近の前には止めどなく敵兵が押し寄せてくる。ぬらぬらと光る槍先は血に染まり、濃く色を深めていく。


左近は高揚をおさえきれず、ニヤリと白い歯を覗かせた。

敵兵を迎え撃つのは性に合わない。

「貴様らなどに殿の首はやらぬぞ」

不敵な笑みを湛えながら彼は敵兵の群れに飛び込んでいった。


巳三つ刻（午前十時）頃——。


忠吉の顔には焦りが滲んでいた。

前日に降り注いだ雨と霧はすべての人間の視界を閉ざした。晴れ間が見えたと思うと霧が下りてくる。波の満ち引きのように視界が開けては狭まり、敵の旗を見分けるのも困難だ。

悪天候は戦術を練る術《すべ》を奪う。

敵も味方もどのような配置にいるのかも分からず、全体像がつかめぬ状態で開戦を急いだことを彼は後悔しはじめていた。

混乱のせいで自らの部隊までも配置が崩れてしまっている。何度目を凝らしても関ヶ原の全貌はいまだに見えてこない。

忠吉は思った。

この合戦は、まるでふたりの父のようだと。

家康に直政。

ふたりが抱く野望の断片を度々目にしているのに全貌はおぼろげで、つかみどころがない。真実に辿り着いたと思っても、その裏には別の企みがちらつく。でも少しでも手ごたえが欲しくて、やみくもに剣を振りまわす。そんなことしかできない自分に腹が立っていた。


そのとき、兵のひとりが悲鳴をあげる。

混乱して苛立っているのは忠吉が率いる部隊も同じだ。敵兵の人数も把握できぬまま向かってくる脅威を斬りつけ続け、やがて恐怖に支配されて逃げ腰になる。

「退くんじゃない、退くと斬る」

忠吉は逃げ腰の兵に声を荒げた。

恐怖は伝染して軍全体の士気に関わる。悪の芽は早く摘み取らねばならない。

それは直政から教わったことだ。

忠吉は義父の教えに従ったつもりでいたが、彼の態度は感情的で居丈高。兵に焦りをぶつけたにすぎない。兵たちの士気がさがっていくのが手に取るように分かり、忠吉は「クソッ」と毒づいた。

この場に直政がいれば「伝染するのは恐怖だけではない」とか「不信や苛立ちも瞬く間に広がっていくのですよ」等と義息をいさめていたであろう。

「私は間違っていない」

脳裏に浮かんだ美しき鬼の顔を振り払うように、忠吉は敵兵の腕を叩き斬る。

容赦なく家臣の首を切り落とした直政にあれほど戸惑いを覚えていた忠吉が、開戦から半刻で人を殺すことに何も躊躇しなくなっていた。返り血を浴びるのも水たまりに足を踏み入れ泥を被るのも大差はない。腕を斬り落とされて、もがき苦しむ敵兵の姿に心を揺さぶられることもなかった。

「絶対に、間違ってなどいない」

敵を蹴散らしながら、忠吉は何度もつぶやき続ける。

命令を聞かず、先陣を切ったのは忠吉なりに考えた末のことであった。

先鋒の福島正則《ふくしままさのり》に何か不満がある訳ではない。

今までの彼が収めた手柄の多さや、下野国で誰よりも先に家康に賛成したことを思えば彼以上の適任者はいない。

だが福島は元はといえば豊臣家の血縁だ。建前はともかく世の人間からみれば彼は徳川ではなく豊臣側の人間なのである。

　これは父である家康が天下を勝ち取るための戦だ。

　徳川の合戦としてはじめるべきだと、彼は考えた。

　それこそが自分がこの戦に参加した意味だと結論づけたのである。


　直政が傍にいれば、ここまで彼が想いをめぐらせることはなかっただろう。すべてはふたりの父に自分を認めさせたい一心であった。

　どんな想いがあろうとも、福島をだしぬいて先陣を切るのは、明らかに作戦に違反する行為である。たとえ家康の息子であろうとも犯すことは許されない。福島が怒り、忠吉を斬りつけようとも文句は言えない立場であった。


　だが勝手に先陣を切った忠吉に、軍を引き連れて背後からやってきた福島は憐れんだ目線を向けた。

「忠吉様も気苦労が絶えませんなぁ」

　三白眼を細めて恐らく微笑んだのであろう福島に、忠吉は戸惑った。

「気苦労とは？」

　思わず忠吉は尋ね返す。

「家康様には、私からも上手く言っておきます」

　答えになっていないだろうと、忠吉は心のなかで毒づく。

「直政殿も徳川家を思っての行動なのでしょう。私は腹など立てていないとお伝えください」

「えっ」

間抜けな声をだす忠吉に、福島は言葉を続けた。

「身内ばかりの戦だ、多少のことは大目に見合おうではありませんか」

笑みを絶やさぬまま福島は深緑の鎧についた土汚れを払うと、家臣たちを引き連れて敵陣へと進んでいったのである。


彼の言葉を聞き、忠吉はようやく福島の話す言葉を理解した。

福島は先陣を切る決断をしたのが忠吉ではなく直政だと決めつけていたのである。

「違う、義父上は関係ない！」

慌てて声を張りあげても、すでに福島の姿は争乱のなかに消えていった後であった。


忠吉は直政とさきほど交わした会話を思いだして唇《くちびる》を噛みしめた。

勝手な行動をいさめにきた舅を言いくるめた気になっていた自分が恥ずかしくて仕方がない。

直政は自分が鬼となり悪事をすべて担うと言った。黒く染まるのは自分だけで充分。忠吉は無垢なままでいろ、そして天下を担う男となれと。

だが実際に皆の視線が注がれるのは赤鬼の直政だ。忠吉がいかに心優しく人徳溢れていようが、そんなものが目に留まることはない。

自分こそ直政の背後にできる黒い影だ。

どんなに強がったところで誰も影のことなど見てはいないのだ。

福島との会話で折れかけた忠吉の心を支えているのは、迫りくる敵兵の存在である。今は戦に勝つことだけを考えなければと、忠吉は念仏のように繰り返し続けていた。

「忠吉さん！」


背後からの声に振り返る。

一瞬、目の前が赤く染まり視界が奪われた。敵の返り血が目に入ったのである。

忠吉は素早く目を擦り、まぶたをこじ開けだ。


そこには馬に跨る直政の姿があった。


赤備えに身を包んだ直政は馬上から敵兵の首を斬り落とすところであった。

生首が転がり落ちるのを待たずに直政は、その勢いのまま周囲にいた敵兵を素早く斬り裂いた。

「いけませんね、後ろにも気をつかわねば」

たしなめながらも直政は赤い唇を緩めている。いつも通りの美しい顔であるが、彼の刀はすでに幾人もの血で染まっていた。赤鬼と呼ばれた男は、この短い時間に数え切れぬほどの兵を殺めたようである。

「どうして義父上が、ここに？」

先程、直政と気まずい別れ方をしたこともあり、無意識に語尾が強くなってしまう。

叱られるのを恐れて噛みついてくる義息を見降ろしながら直政は喉奥を鳴らす。

「私は伝言係としてきただけです」

「伝言？」

「家康様が本陣を動かされました」

父親の名前を聞き、忠吉の背筋が伸びる。

直政は周囲の敵の動きを気にしながら、口早に続けた。

「家康様は敵側に近づき、黒田隊の背後から三成を威嚇していくようです」

状況をこと細かに話す直政に忠吉が問う。

「本陣から使いが？」

その問いに直政は頷く。

なぜ自分のところではなく舅のところにだけ使者がいくのか、そんな微かな嫉妬を抱きながら忠吉は直政の言葉に耳を傾ける。

「全軍の様子は把握できていませんが、どこも押しつ押されつの状況でしょう。このままでは勝負は知れません。戦を長引かせるのは得策ではない」

直政の言葉越しに、忠吉は家康の憤りと焦りを感じ取った。

がじゅりがじゅりと、爪を食む音が今にも聞こえてきそうである。自分の思惑通りにいかぬ動きに余裕がなくなってきたのだろう。

「まずは我々がこの防衛線を突破し、敵軍の結束を揺るがせましょう」

用件を伝え終えた直政は、柔らかな眼差しを義息に向けた。だが忠吉はそれから、さっと目を逸らした。

「言われなくとも分かっております」

「忠吉さん？」

「義父上は、そんなことを伝えにわざわざいらしたのですか？」

忠吉は自分の口からでた言葉にぎょっとした。

なんと底意地の悪い言い回しだろう。

嫉妬に狂った年増女のような不快さで湿った言葉であった。ところが、自分の失言を取り繕おうとまごつく忠吉に、直政は高らかな笑い声をあげる。

火縄銃の音や兵の呻き声が混ざり合い、争乱が聴覚を支配していたというのに、その笑い声はほかの騒音を押しのけて忠吉の鼓膜を震わせた。

「義父上」

忠吉は我に返って、笑うのをやめさせようと直政を呼ぶ。しかし笑い声は収まらない。

「義父上！」

声を荒げた忠吉に、直政はすかさず言った。


「どうです、蚊帳のなかに入った心地は？」

忠吉は唖然としたまま直政の顔を見あげている。

「長からむ　心も知らず黒髪の　乱れて今朝は　ものをこそ思へ」

直政は意味深に恋の歌を詠む。そしてニヤリと笑うと、何も言わぬまま自らの部隊へと戻っていった。胸の内を見透かされ小馬鹿にされているような気がして忠吉は赤面して唇を噛む。

彼は目の前に迫る敵軍を睨みつける。

必ず手柄を残し、ふたりの父に認めさせてやる。この忠吉に天下を継ぐ器があることを。


巳四つ刻（午前十時半）頃――。


笹尾山の三成も家康の動きには気づいていた。

見晴らしのよい位置に立ち、とき折現れる霧の間から戦のゆく末を見守っている。大勢の兵を従え、じわじわと迫りくる家康の影に向かい三成はフンと鼻を鳴らす。

「くるならばこい、老いぼれ狸め」

三成は自らの首を取ろうと迫りくる敵軍にも目を向けた。

集中攻撃をうけて、三成の軍は目前の敵を迎え撃つことに集中している。笹尾山に狙いを定めて攻めてくる敵軍に、彼は眉間にしわを寄せる。そして家康に対して抱くのと類似した侮蔑の感情を胸中でふくらませた。

加藤も黒田も皆、豊臣家への忠誠を忘れた恩知らずの裏切り者どもだ。

この三成が気に入らぬ？　くだらん。

盛者必衰？　笑止。

御託を並べて、ただ長いものに巻かれているだけではないのか。

融通がきかぬ、時勢が読めていない。そんな風に、いくら馬鹿にされようが三成は構わなかった。

すべては太閤秀吉様のために。家康の思い通りになどさせてなるものか。

その思いだけが彼を突き動かしているのである。


「二度目の狼煙はあげたのか？」

三成は近くにいる家臣に尋ねる。

「随分と前に」

返事を返した家臣に短く礼を言い、持ち場に戻らせてから三成は深く息を吐いた。

「ではなぜ小早川は動かない」

うなり声をあげさらに眉間のしわを深める。


一度目の狼煙は開戦の印。

二度目の狼煙は松尾山にいる小早川部隊へ出陣を促す印であった。

家康軍を近くに引きつけるだけ引きつけてから小早川部隊が山を下り、一万五千の軍勢で総攻撃をしかけることは事前の話し合いで決まっていたことだ。

今、三成率いる軍勢は善戦している。

開戦から二時間以上経とうとしていたが、なおも家康たちを防衛し続けている。気を許せぬ状況には変わりないが、徐々に敵兵を後退させている。

この瞬間こそ、秀秋が動きだす最良の機。一気に家康軍を潰すことができるだろう。

しかし狼煙をあげても小早川部隊からの反応はない。動きだす気配すらない。


「三成様」

三成が顔をあげると、さきほど声をかけた兵が戻ってきていた。

「大谷吉継《おおたによしつぐ》様からでございます」

兵は三成に小さく畳まれた文を差しだした。

「ご苦労」と受け取り、三成は文を開いた。

そこには秀秋に山を下りて戦うように使者を送った旨が記されている。

考えていることは同じかと、三成は苦笑する。

左近と吉継が味方にいることは非常に心強く、三成の心を安定させた。

敵を作りやすい三成だが、その分、味方からの信頼は厚いという自負があるのである。

「さすが吉継だ」

三成は感心しながら文を読み進める。手紙の文章はこんな言葉で結ばれていた。

この文が届くまでに秀秋が動かなければ、奴が使者を退けたと思え。

薩摩の動きにも注意されたし。


三成は文から顔をあげた。

相変わらず松尾山には動きはない。吉継の呼びかけは失敗したということである。

「小早川と島津に使いを送れ、出陣を急かさせろ」

三成は声をあげ、兵に命じた。彼は再び吉継から寄せられた文を眺める。


この文は側近に書かせたのであろう。

似せてあるが大谷の字とは筆の流れが違っている。ほとんど目の見えなくなった大谷は筆を握るのを避けているようであった。

目が見えなくても戦の流れは見通せるという訳か。そんなことを胸中でつぶやいてから、三成は文を折りたたみ、懐にいれる。


大谷の言う通り、問題は秀秋だけではない。

この戦の名目上は大将である毛利隊、そして大谷の文にも記されていた島津隊もまったく動きを見せていなかったのである。

毛利家の陣は徳川の本陣があった桃配山よりも東に位置している。本来ならば家康軍を背後から挟み込む手はずであったが、その様子は窺えない。実はその頃、毛利家内では内部分裂が起こり出陣することができない状態に陥っていたのだが、山向こうで何が行われているか知る術はない。知る術がないものを考えているのは時間の無駄だ。そうなったとき、目がいくのが戦場のなかにいる島津の動きである。

島津の部隊は笹尾山の目と鼻の先だ。

島左近の軍勢とほぼ横並びの場所に位置している。集中攻撃の渦中にあるにもかかわらず、島津は頑なに動こうとしないのだ。


現在、義弘と豊久の果たすはずの役割をすべて担っているのは島左近である。

三倍近い敵兵を相手に必死に攻防を続けているのだ。左近は自らの隊を率いて黒田長政の隊中央に飛びこむなど果敢な攻め込みを行い、敵兵を混乱させていた。そのおかげで黒田の隊や加藤清正の隊は次第に勢いを失い、押され始めている。

しかし敵軍が微動だにしない島津たちに気づけば、そこを狙ってくるのは間違いない。敵に易々と突破口を与える訳にはいかないのである。


「やはり昨夜のせいなのだろうか」

そうつぶやいた三成の脳裏に作戦を退けたときの島津たちの姿が浮かびあがる。

がっかりと肩を落として失意の色に目を染めた義弘と、若さ故に困惑と敵意に似た眼差しを三成に向けた豊久の顔が鮮明に甦ってきていた。

島津義弘から言われた「夜討ち」が三成のなかで引っかかり続けているのは確かなのである。

確かに夜軍というのは、悪い案ではなかった。

敵がこれ以上兵を集める前に手を打つという、島津の考え方も理解できた。

しかし、何度も言うが相手は豊臣家に不義理を行った男。

死に際に秀吉から託された豊臣の世の安泰を、自ら叩き割ろうとしている悪狸である。目には目をではなく、真っ向から狸の首を取りにいきたいという思いが、彼にはあった。


予想以上に家康軍の動きが早く、あのとき、大垣城内はざわめき不安が全体を包み込んでいた。九万を超える兵が集まったとはいえ、所詮は寄せ集めの軍である。

杭瀬川での合戦で、左近が頑張りを見せたおかげでなんとか結束を深めてはいたが、小さな亀裂は命取りであった。

これ以上仲間の兵たちを揺さぶられことは避けたかったのである。


島津ふたりの顔が消えたかと思うと、今度は秀吉の姿が浮かびあがった。


まだ床に伏せる前の精気漲る秀吉である。

秀吉は小姓であった三成に茶を入れさせながら、こんなことを言っていた。

「年長者はどんなときでも敬え」

幼き頃から生真面目であった三成は尋ねた。

「亀の甲より年の甲ということでございますか？」

するとと秀吉は「違う違う」と笑い、言葉を続けた。

「年寄りは一度腹を曲げると後が厄介だからな」


若かりし頃に受けた忠告を、今頃になって思いだすとは。三成は笹尾山から義弘と豊久の部隊を眺めて、溜息をついた。


義弘は家康よりさらに年上であり、この合戦において最年長の武将である。

その年長者の誇りを、三成はむやみに傷つけてしまった。

元々彼らは巻き込まれて、この戦に参加した身である。どうにかして機嫌を直して出陣してもらわねばならない。


そのとき、火縄の音が幾重にも重なり轟いた。

咄嗟に身構える三成だったが、それは彼の軍に向けられたものではなかった。しかし銃撃の場所はかなり近い。敵兵が鉛の雨を降らせていることは間違いなかった。

「お伝えいたします！」

銃声鳴りやまぬなか、兵士が三成に駆け寄る。

「左近様の隊が一斉射撃を受け、壊滅しかけております」

「黒田か!?」

殺気だった三成に怯みながらも、兵は頷いて報告を続けた。

「後退していた黒田隊が襲撃をしかけたようです」

正面突破が難しいと踏んだのだろう。

迂回して兵を油断させてから、目の上のタンコブである左近を仕留めにかかったのだ。なおも銃撃は鳴りやまず、このままでは左近の隊が壊滅するのも時間の問題である。


「左近隊を援護せよ！」

陣内を進み、三成は自ら兵たちに指示をだしてまわった。

「何人援軍を向かわせれば」

三成は家臣の言葉を遮る。

「それでは遅い！」

唖然とする兵を無視して彼は叫び続けた。

「大砲はどこだ？」

「大砲、でございますか？」

兵たちにざわめきが走る。

彼らが躊躇してしまうのも無理はない。

笹尾山に据えられていた大砲は本陣に攻め入られたときに用意されたものであった。敵を威嚇し怯ませる。攻撃というよりは脅しの道具という意味合いが強かった。

敵が戸惑っているうちに奇襲をかけてもいい。

隙をついて撤退することもできるだろう。

文字通り、大砲は三成にとって最終兵器なのである。最終兵器を一度でも使ってしまえば脅しの威力は激減する。

「何をだし惜しんでおる！」

三成は戸惑いを露わにする兵の胸倉をつかむ。彼は自らの顔を雨土に汚れた兵の鼻先すれすれまで近づけて凄んだ。

「ここで左近隊が破られれば動揺が走り、途端に士気がさがる。それでもいいのか？」

その言葉に嘘はなかった。正確に言えば「嘘ではないが建前」である。

彼はなんとしてでも左近を助けたかった。

このまま見殺しになどできるはずがない。

そんな個人的感情に左右されている己を、三成は建前で咄嗟に隠したのである。

「異論がないなら、さっさと大砲をだせ！」

凄み終えて、彼はつかんでいた胸倉を離した。

解放された兵は腰が抜けたようにその場にへたり込んだが、すぐに慌てた様子で大砲の準備へと急いだ。

車輪のついた大砲を押す砲兵の列が姿を現す。車輪が軋んで、大砲がガタガタと音を立てている。

行列は三成の前でピタリと止まった。

大砲の周りを兵たちが取り囲み、すぐさま発砲の準備が行われていく。大砲は黒田隊めがけて飛ぶように角度を調節され、替えの砲弾もふんだんに用意された。

兵と視線が交わり、準備が終わったことを察知した三成は右手を振りあげた。

「大砲、用意！」

その声に合わせて、砲口に火薬と砲弾が込められる。

待っていろ、左近。今助けてやる。

砲兵の動きを確認して、三成は叫び、素早く右手を振り下ろした。

「撃て！」

三成の動きに合わせ、砲兵が火種を取りだして次々と大砲に点火していく。


束の間の沈黙。


砲兵が身構えて体を硬くした直後、激しい爆発音とともに砲弾が発射されていった。

その勢いでズズズッと地面を削り、大砲が後退する。

砲弾が宙を舞い、加速しながら黒田隊に降り注ぐ。


三成は目をつむり、耳を澄ました。

火縄の重奏が乱れ、銃声が弱まったようである。

「大砲、用意！」

火薬の匂いが一帯を包み込むなか、再び三成は叫んだ。

砲兵たちは大砲から爆発の熱が消えたのを確認してから砲弾を砲口に押し込んでいく。三成は間髪入れずに大砲を撃ち放った。二度目の攻撃を受けて、鳴り響いていた火縄の音は完全に途絶えた。

「黒田部隊、後退していきます」

見張りの兵の報告を受けても、三成はなおも砲兵に攻撃を続けるように促した。

「そのまま家康の元に押し戻せ」

三成は黒田の部隊に向けて砲丸を撃ちこみ続けた。

ここまで黒田を追い込めれば、左近ならばすぐに部隊を立てなおすことができるだろう。必要ならば、援軍を向かわせよう。


そんなことを思案する三成の背後が突然騒がしくなる。騒音は徐々に本陣に広がっていった。

思考を遮られて苛立ちながら彼は振り返る。

「騒がしいぞ、どうしたのだ？」

そこには若い足軽が立っていた。

年は十七か、そこらであろう。月代は剃られておらず、黒々とした剛毛をひとつに束ねている。彼の両手は血に染まり、肘のあたりまでどすぐろく汚れていた。黙ったまま、すっと鋭い切れ長の瞳を左右に動かしている。

「どうしたのだ、と聞いておるのだが？」

三成の問いに答えようと、血に濡れた足軽は震える唇を必死に動かす。

「島様が」

「左近が、どうしたのだ？」

声が擦れている足軽は乾いた唇を舐めて、ごくりと生唾を飲んだ。

「島様が、撃たれました」

あの左近が、まさか。

足軽の言葉が信じられず、三成は硬直したまま立ちつくしていた。やけに心臓が速く脈打ち、耳元で鼓動が耳鳴りのように響く。この感情をどう言葉にしていいか分からず、三成は唇を一文字に結び、きつく閉ざしている。

「必死に押さえているのですが、血が止まらないのです」

足軽は、両手を三成につきだす。

兵の手を染めるのは彼のものではない、左近の血なのだ。


「こちらです」

黙っている三成に耐えられなくなったのか、足軽は勝手に本陣を駆けだした。三成は黙ったまま、足軽の背中を追う。鼓動は高鳴り続けているのに、血の気が引いていく。胃が差し込み、キリキリと痛んだ。

戦なのだ。人が殺し合い、傷つけ合うのも当たり前。死にゆくものがいるのも当たり前。それは足軽だろうが大名だろうが同じこと。これまでも多くの仲間が戦場で倒れ、死んでいった。それが武士ではないか。

そう何度も自分に言い聞かせても、動揺が収まることはなかった。若き足軽と違い、顔にでないだけで、この状況にうろたえて逃げだしたくてたまらないのは一緒なのだ。

「遅いよ、タケゾウ」

足軽の仲間なのか、ひょろりと面長の男が泣きじゃくっている。彼の真っ赤に染まった両手は必死に何かを押さえ込んでいた。

それは横たわる左近であった。

「左近！」

三成の呼びかけに、左近は答えない。

気を失っているらしく、ぐったりと体の力が抜けきっている。


銃創は全部で三つあった。

ひとつは耳横をかすり、耳たぶを焦がしていた。

ふたつ目は、右腿の下。膝小僧の真上を撃ち抜かれていた。弾は貫通しているようである。

そして三つ目の傷。これが最も深刻であった。弾は鎧を打ち砕き、左近の腰を撃ち抜いている。その部分から止めどなく血が流れ、地面まで赤く濡らしていた。

「どけっ」

さきほどの足軽が、泣きじゃくる男を押しのけて体重をかけて止血にかかる。その上にさらに三成が重なり必死に傷口を塞いだ。傷を押されて、左近が呻く。

「左近、起きろ」

三成は身を乗りだし、左近に向かい叫ぶ。

しかし左近は目を覚まさず苦痛に顔をゆがませるだけだ。褐色の肌からは血の気が失せて、火薬や血泥で薄汚れている。

「寝ている場合か、阿呆、早く起きぬか！」

今は後退しているが、すぐに黒田はさらなる兵を引き連れて向かってくるだろう。たとえ目が覚めたところで左近は戦場に戻ることはできないだろう。彼が倒れた今、早急に軍を立てなおさなければならない。

だが兵が足りないのである。


今こそ、島津が、秀秋の兵が必要不可欠であった。


三成は歯を食いしばり、左近の血で濡れた拳を力いっぱい地面に叩きつける。ぬかるんだ泥が音を立てて周囲に飛び散った。

血と泥にまみれたまま握りしめられた拳のなかに、三成の爪が突き刺さる。息を荒げながら彼は叫んだ。

「小早川は、小早川はまだ動かぬのか⁉」


午四つ刻（午後十二時半）頃——。


秀秋は耳を塞ぎ、うずくまっている。

関ヶ原に忠吉が火縄を撃ち放ったあのときから、彼は体勢を同じまま自分の殻にこもっている。山の麓から聞こえてくる争乱の響きは陽が昇るごとに大きく激しくなっていった。

秀秋が必死に耳を両手で押さえようとも、その音は手の隙間をくぐりぬけて彼の耳に届いてしまう。

「小早川様」

ひとりの兵が近づき、秀秋の真横に膝をついた。

松尾山にこもったままの兵の鎧は目立った汚れもなく、戦場に漂う血なまぐささもない。小早川部隊のやることといえば、山の上から戦のゆく末を見守ることである。

要は暇を持てあましていた。

面倒くさそうに、秀秋は耳から両手を離す。

「大谷吉継殿より使いの者が」

「追い払え」

秀秋は兵を蹴散らすように叫んだ。

「しかし」

兵は遠慮がちに言葉を返した。

「山を下りると返事をもらえるまで帰る訳にはいかないと申されていまして」

「追い払えと言ってるだろ！」

感情を剥きだしに怒鳴り散らす秀秋は兵の胴に手を置き、思い切り突き飛ばす。体勢を崩した兵が、そのまま尻餅をついた。鎧が床に擦れて醜い音を立てる。

思ったよりも力が入りすぎてしまったらしく秀秋は一瞬うろたえたが、すぐにまた耳を塞ぎ「さがれ」と兵に背を向けた。

大谷吉継からの使者は、これで四人目だった。

さきほども三成の使者を門前払いしたところである。三成や吉継だけではなく、彼は黒田長政が寄こした兵も同様に追い返し、誰も傍に近づけようとしなかった。家康軍にも三成軍にも従うことなく、彼は松尾山にある城に閉じこもっている。

「うぐぐ」

身をよじったせいか腹部に痛みが走り、秀秋は声をあげる。

昨夜、自ら刃を立てた腹の傷だ。秀秋はゆっくりと鎧の上からやせ細った腹を撫でた。

腹の皮に薄く線がついただけのかすり傷。血もほとんどでなかった。だが、なおも彼を責め立てるようにチクチクと痛み続けている。

「染音ぉ」

その名を口にした途端、彼はぽろぽろと涙を流して肩を震わせた。

それは秀秋が愛し、殺めようとした女の名前である。

家康に染音を斬れと命じられ、秀秋は素直にそれに応じようとした。それしか生き残る術はなかったのである。


しかし秀秋には、それができなかった。

愛する女を目の前に怯んだのである。

道を失い血迷った彼は、目の前のことから逃げたい一心で刀を持ちかえて自分の腹につきたてようとした。死ねばなにもかも終わり、楽になる。

だが命を絶とうとしたとき、染音は家康の手を振り払い、秀秋の持つ小刀を両手で掴んだ。彼女の白い手のひらに刃が食い込み、深く肉を抉る。

「ひぃぃぃっ」

秀秋は悲鳴をあげて、小刀から手を離した。

ずるりと小刀は染音の手からこぼれ落ち、畳の上を転がっていく。

血の匂いが生ぬるい空気と混ざり合い、秀秋は息がつまっていくのを感じた。染音は苦痛に顔をゆがめながら、血にまみれた小さな手を抱えて蹲った。そして秀秋に言ったのである。

「私は、貴方様が、命をかけるべき女ではございません。私は貴方様を……」

言葉を続けようとした染音を、家康が抑えた。

「そこまでだ」

染音の口を塞いだまま家康は外にいた兵を呼びこみ、染音を引き渡す。彼女は手当てもされぬまま連れていかれてしまった。


それきり染音の姿は見ていない。目をつむり、秀秋は染音の顔を思いだそうとした。

だが浮かぶのが、がじゅりがじゅりと爪を食む家康の姿である。

家康はこの戦で成果をあげれば染音と再び会わせてやると言った。だが今さら、彼女に合わせる顔などありはしない。自分を殺そうとした男だ。ほかの女どもと同じく、自分をさげすんだ顔で見やるに違いない。

こんなことになった今、秀秋の胸を締めつけるのは虚無感だけである。

何もする気が起こらず、家康が勝とうが三成が勝とうが興味がなかった。

本当はこのまま遠くに逃げてしまいたかった。

だが戦が終わるまでは松尾山からでることもできない。このまま誰も自分に構うことなく、合戦が終わっていけばいい。めそめそと涙を流しながら、秀秋は垂れさがる鼻水をすする。

鎧など着ているだけ無駄だ。兜も外してしまおう。

涙を拭いながら秀秋は、ゆっくりと起きあがった。それと同時である。凄まじい破壊音とともに、彼の体は風圧を受けて前のめりに倒れていった。

「ひぃぃぃっ⁉」

お得意の悲鳴をあげながら、秀秋は床の上をなめくじのように這い逃げる。

木屑と埃まみれになりながら、やっとの思いで背後を振り返ると陣地の天井に大きな穴が空いている。ついさっきまで自分が蹲っていた個所に砲丸がのめり込んでいた。なおも陣内には破壊音が響き渡っており、大砲による振動が床を伝ってくる。

「殿、ご無事でございますか？」

駆け寄ってきた兵に抱えられるように秀秋は起きあがった。

「どっちだ？」

「どっちとは？」

戸惑う兵に秀秋は苛立ち舌打ちをうつ。

「攻撃していたのは、どっちの兵だって言ってるんだよ！」

腹の傷口あたりをさすりながら秀秋は兵を怒鳴りつけた。今にも刀を抜きそうな秀秋に怯みながら兵は答える。

「徳川隊でございます」

「家康様が、私を」

大砲による襲撃はすぐに収まり、松尾山に再び静寂が訪れたが、秀秋の体は震えが止まらず、頬を一筋の汗が流れおちていく。

陣にこもっている秀秋に痺れを切らした、家康の威嚇に違いなかった。

このまま徳川側につかなければ、敵とみなされて襲撃される。

答えを急かされながら秀秋は思う。

できることなら、どちらの軍にもつかず逃げおおせてしまいたい。そう思っていたが、本当は誰かが尻を叩いてくれるのを、待っていたのかもしれない。

自分のせいではないと言い訳できるものを与えてもらえることを。

「山を下りるぞ」

秀秋は近くにいた家臣たちに告げる。

「山を下り、このまま大谷吉継を襲撃する」

家臣たちはやっと秀秋が腰をあげたと、安堵の表情を隠そうとしなかった。三成につくと言ったと思いきや家康側につくと意見を二転三転させる主君に兵も困り果てていたのだ。そんな彼らの態度に腹を立てながらも秀秋は言葉を続ける。

「先陣部隊を早急に向かわせろ」

出陣の指示を受け、兵は駆けだしていく。

ズキズキと再び腹の傷が痛みだして秀秋は顔を歪めた。

自分自身を罰するように痛み続ける腹を押さえながら、彼は外へと歩みを進める。頭のなかにはすでに数々の言い訳が浮んでいた。


自分は三成が言うような真っ当な男ではない。

最初から家康につこうと考えていたんだ。

少し尻込みしてしまったが、元々これは予定していた判断である。

家康が言う通り、ここで頑張れば染音に会えるかもしれない。

きっとこの選択に染音は喜ぶはずだ。


言い訳、責任転嫁という鎧を身につけた秀秋は、さきほどまでとコロリと態度を変えて大谷部隊討伐へと向かっていく。


これは父であった秀吉への恩をあだで返す行為かもしれない。

だが、最初に自分を捨てたのはあっちだ。

そんなことを考えながら秀秋は城からでて、残りの軍を引き連れて山を下りていく。すでに半数近くの兵が先に、大谷吉継の部隊に攻め込んでいる。

数で言えば、小早川部隊が圧倒的に有利である。

左近同様に三成の右腕として動く吉継を攻め落とすことができれば、家康も秀秋を認めることだろう。

「お伝え申しあげます」

まだ山中にいる秀秋の元に、ひとりの兵が前方から走ってくる。逃げ戻った兵の体からは戦場の匂いが漂っている。

「大谷からの襲撃に、先陣部隊は半壊しかけております」

「なにっ⁉」

兵からの報告にたちまち小早川の顔が不安に染まる。

秀秋が動きだしたばかりだというのに、こんなに早く反撃されてしまった。予想外のことに慌てふためきかけるが、すぐに彼はひとつの答えを導きだした。


はなから私が裏切ると踏んでいたのか。


かねてから秀秋を信用していなかった大谷は、あらかじめ小早川部隊の襲撃に備えて兵を配置していたに違いなかった。

心のなかでつぶやいた秀秋の頭にみるみるうちに血がのぼっていく。三成を裏切ろうとしている自分を棚にあげて、吉継の態度に憤りを覚えていた。信じてもらえていなかったことに傷ついているのである。

なんと自分勝手で傲慢な性根なのだろうと、秀秋自身も呆れていた。しかし腹が立つものは仕方ない。

「さらに兵を送り込め、急ぐんだ！」

秀秋は兵に指示をだして、自らも山を下る。

しかし彼が山を下り戦場に足を踏み入れるときになっても、大谷部隊は鉄壁のように秀秋の攻撃を払いのけ続けていた。

二度三度と兵たちを突撃させるが吉継にはすべてお見通しのようで、すんなりと撃退されてしまう。予想外の激戦であった。

「何をしておる、しっかりしないか」

反撃されて崩れていく兵たちに、馬に跨った秀秋は怒声をぶつけた。

「攻めろ、攻め込め！」

このまま自分の部隊が壊滅させられては元も子もない。

三成を裏切った秀秋に対して、吉継がどんな仕打ちを与えるだろうか。それを考えると秀秋は、今にも悲鳴をあげてしまいそうだった。情けない声が漏れぬように歯を食いしばる。


吉継は素晴らしい男だ。

有能で慈悲深くつねに冷静な軍師である。

三成と違い冗談も言うし、少しくらいの曲がり道は認める寛容さも備え持っている。

病気でなければ、あの程度の器で収まっている人間ではなかっただろう。異様に頭がきれる男だからこそ秀秋の裏切りに早くから手を打っていたのである。

幼き頃、秀秋は吉継から戦場で起こった話を聞くのが好きだった。彼の病がうつるのを恐れて、北政所は秀秋に吉継が近づくのを嫌がり、手拭きで口を塞がせた。
最初は秀秋も不気味がり、吉継を避けていたが
「あれは人にうつる病ではない、吉継の側近で白頭巾の者を見たことはあるか」
そう教えられて以来、北政所の隙をついては秀忠とともにこっそり吉継に話をねだったものだった。

秀秋はふと思いだす。

そう言えば、吉継の病がうつるものではないと教えてくれたのは若き三成であった。


「ぐくぅっ」

秀秋の口から短いうめき声が漏れた。きつく噛みしめた唇からじわりと血の味が広がっていく。秀秋とて憎くて三成や吉継を撃つ訳ではない。

だって、仕方ないじゃないか。これが戦というものなのだから。

誰に言い訳しているのか。秀秋の胸中には、情けない言葉があふれかえっている。

そんなとき、今にもくじけそうな彼の背中を押すできごとが起こった。


戦の流れが変わったのである。

大谷部隊の鉄壁が崩れて、堰を切ったように秀秋の兵たちが動きだしたのだ。何が起きたか分からず唖然とする秀秋の前に、先陣部隊の大将が馬を走らせて姿を現した。

「運が向いてまいりました、援軍でございます」

「援軍？」

ついさきほど、威嚇射撃をしてきた家康が援軍を寄こしたというのか。戸惑い尋ねる秀秋に大将を務める男は首を横に振る。

「いえ、家康様ではございません」

男は興奮気味に言葉を続けた。

「脇坂安治《わきざかやすはる》殿、朽木元綱《くつきもとつな》殿、赤座直保《あかざなおやす》殿、そして小川祐忠《おがわすけただ》殿の四部隊が大谷吉継の部隊を包囲しております」

「脇坂に、朽木だと」

秀秋は信じられないといったように鼻息荒く叫んだ。

「皆、三成についた者ばかりではないか⁉」

山から下りてきた秀秋の軍勢を見て、四部隊が三成から家康側に寝返ったのである。そのほかにも家康に恐れを抱き、撤退する軍が相次いでいた。吉継もほかの武将たちの裏切りまでは予期できなかっただろう。猛攻を受けて瞬く間に陣は崩壊していった。

「なんということだ」

秀秋はボソリとつぶやく。噛みしめていた唇を解放し、ニヤリといやらしい口を歪める。押さえようとしても笑いが止まらなかった。

私だけではない。裏切り者は、この小早川秀秋だけではなかったのだ。

自責の念から解放されて、身軽になった秀秋は思う。このまま家康に軍配があがれば、出遅れた私の罪は軽くなる。脇坂ら四部隊の寝返りも加わり、これで私ひとりが責められることもなくなるだろう。

水を得た魚のように、縮こまっていた心が潤っていき、秀秋は兵たちに「このまま攻め込め」と、力強く指示をだす。

さきほど頭に甦った吉継や三成との幼き日の思い出を握りつぶして腹底に放り投げる。気がつけば腹の痛みもすっかり消えてなくなっていた。秀秋は自らも戦の渦へと進んでいき、大谷吉継の軍勢を次々と斬り倒していく。四方向から攻め入られて吉継部隊は壊滅間近であった。

「大谷吉継はどこだ、探せ」

ほかの武将たちに手柄を取られてなるものかと、秀秋は必死に吉継の姿を探した。吉継を見つけだし、主君を守る兵たちを攻撃し降伏させるか。もしくはジワジワと攻め立てて撤退させるか。いずれにせよ秀秋は自らが吉継部隊を打ち負かしたと家康に報告するつもりなのである。

袋叩きにあい散っていった吉継の兵の上を躊躇なく踏みつけて秀秋は前へと進んでいく。

そのとき、秀秋の眼前に一挺の御輿が現れた。

少し距離があり、なかまでは窺えないが、間違いなく大谷吉継の乗ったものであろう。目の見えぬ大谷がそこから指揮を取っているのは明らかであった。

「み〜つけた」

ほくそ笑み、秀秋は御輿へと近づいていく。さきほどまで頭に浮かべることもできなかった染音の唇や、艶やかな黒髪、柔らかな胸が次々と甦ってきていた。火薬と血反吐のむせ返るような臭いのなかに一瞬、彼女のまろやかなうなじの香りまで感じられるほどである。

回り道をしてしまったが、家康側につく選択は間違っていなかったのだ。

秀秋が確信しかけた、そのとき。

御輿に垂れさがる簾がめくれあがった。

敵側の動きに、秀秋は身をこわばらせる。側近の兵たちがすぐさま彼を取り囲み、自らが盾となって吉継軍の攻撃に備えた。だが、反撃の素振りをみせるものはおらず、やがてめくれあがった暖簾の下から浅黄色の物体が姿を見せた。


それは大谷吉継の頭であった。


普段の白頭巾とは違い、浅黄色で刺繍の入ったものを着用しているのである。大谷吉継の頭がゆっくりと秀秋の方を見やる。

彼の距離からでは頭巾の奥の吉継の表情までは読み取ることができない。だが吉継の暗紅色をしたおどろおどろしい眼差しが秀秋を焼き焦がした。

身をこわばらせたまま固まる秀秋の目の前でビクリと浅黄色の頭巾が身じろいだ。

「ひぃっ」

秀秋が悲鳴をあげるのと、ほぼ同時であった。

側近である湯浅五郎が布頭巾めがけて、刀を振りおろしたのは。

未三つ刻（午後二時）頃——。


これは一体どげんしたこつじゃ。島津の心意気はどこへいった。

俺《わい》はどげんしたらよかとじゃ？


せっかく霧が晴れたというとに兵たちの争乱で辺りは霞んじまっている。火縄の煙で目がしょぼついて痛いことといったらない。ズキズキと痛むのは目ばっかりじゃない。俺の胸の奥んところから、さっきからズキズキと痛んでいる。

自分の兵が命を削ってあげる火縄の匂いならば、多少目がしょぼくれようとも構わない。だけれど、さっきから俺の目を攻撃してくるのは、俺たちとは関係ないよそ様の軍隊の火縄である。

戦が始まってどんくらいたったか分からん。俺たち島津部隊は一歩も動かぬまま、戦の渦中でだんまりを決め込んでいる状態だ。

目の前でしのぎを削って戦っているというのに、俺たちは指をくわえてぼんやり見物しているだけ。

こんな情けない状態があるのだろうか。

さっきから何度も何度も三成殿の使いが俺たちの陣に訪れては出陣を急かしてくる。

俺はいつだって鉄砲玉みたいに敵陣の中に突っ込んでいく覚悟はできている。

俺の部隊のやつらだって想いは同じだろう。

だが伯父上が首を縦に振ろうとしない。

古都にある大仏様のように動かず、腕組みしたまま目をつむっちまっている。

その膝に上にはみぞれが乗っかり、前足を使って顔を洗っていた。猫は縄張りが変わっちまうのを嫌がると聞いたが、みぞれは肝が据わっている。顔を洗い終えると、伯父上の腕に頭をこすらせて撫ぜろ撫ぜろと迫っていやがる。


俺は大仏様の横に近づき、声をかけた。

「伯父上」

「しつこかぞ、豊久」

このやりとりをするのは今日何回目だ？

俺が出陣しようと迫ると、伯父上が議論する暇も与えずに切り捨てる。その後は、俺が何を言おうとも聞く耳を持たない時間が続くのだ。

島左近殿が撃たれたときも、伯父上は微動だにせず態度を改めようとはしなかった。

俺は間近でずっと左近殿の働きを見ていたから分かる。

あのお方はひとりで三倍、いや五倍以上の活躍をされ、兵を蹴散らしていた。

数が少ないとはいえ、あそこに我が軍が加われば左近殿を後押しできたはずである。

別になんの関わりが今まであった訳でもないが、あの見事な戦いっぷりに俺は心底惚れこんじまっていた。一緒に戦いたいと腹の底から思った。

しかし伯父上は頑なに出陣を拒否し続けていた。

なんで立ち上がらずにいられるのは俺にはサッパリ分からん。

あの伯父上が、俺たちの太陽であった島津義弘が、左近殿の雄姿に目を背けていることが、信じられなかった。

目を逸らすどころか、ずっと目をつむってるんだから左近殿の働きも見えていなかったんだろうけどもさ。

今は辛うじて三成軍が優勢のようだが、こんな状態ではいつ立場が逆転してもおかしくはない。

俺は歯痒くて仕方なかった。

空っぽのまま炙られる土鍋みたいに何を煮炊くでもなく、ただただ尻に火をつけられたままじっと動けずにいる。空炊きされた土鍋は黒焦げ、やがてはひび割れる。

俺も家臣たちも今にもパキンと割れちまいそうだった。

そんな無意味で無駄しかないことがあっていいのか。いいや、あっていいはずがなか。

「今からでん遅くはありません、出陣しましょう」

何十回目になるか分からない説得を始めた俺に、伯父上が深い溜息を吐く。

「俺たちをこの場に引きずり込んだのは小早川秀秋殿じゃ。小早川が動くまで、おいは一歩もここを動かん」

今度は俺が天を仰いで溜息をつく番だ。

「それは何度も聞きました、じゃっどん」

「ならば黙らんか！」

伯父上は俺を一喝して、みぞれの喉元を転がす。

俺は溜まらず舌打ちをしたが、火縄や馬の鳴き声に紛れて伯父上には届かなかったようだ。いっそのこと彼の耳に届き、腹を立てて俺を一発か二発殴ってくれればいいのに。そうすれば少しは伯父上の苛立ちも収まるだろう。

そういう俺だって相当参っている。

昨夜の、三成殿との話し合いの後から伯父上はすっかり機嫌を損ねちまって、どう宥めても目は死んだままだし。戦が始まったら大仏に大変身。その後は型が決まってるかのような、やりとりの繰り返し。


正直に言おう。俺は心底つかれ切っちまっていた。

何もかも思い通りにいかず、もやもやして胸くそ悪いのは伯父上だけじゃなか。

俺だって他のやつらだって同じだ。

みんな、薩摩の海が恋しい。故郷の飯が恋しい。故郷の女が恋しいんだ。

できることなら犬っころになってみぞれを一鳴きで蹴散らして、分からず屋の伯父上の喉元に噛みついてやりたい。

そんな下らない妄想に浸っていた俺を一瞬で現実に引き戻させる知らせを持って、ひとりの兵が駆け寄ってきた。

その兵は肩を上下に揺らしながら息絶え絶えに言った。

「小早川殿が出陣されました」

「それは真《まこと》か!?」

嬉々とした声をあげる俺に対して、その兵は浮かない表情をしている。

「どげんした、なにか問題があるのか」

兵は躊躇いがちに、だがハッキリと現状を伝えた。

「小早川隊は大谷吉継隊を襲撃されておられます」

「徳川側に寝返ったのか?」

兵の報告を聞いて、伯父上の目が見開かれる。だがその顔には特に動揺は見られない。想定の範囲内だったのか、伯父上は「やはりな」とボソリとつぶやいた。

「伯父上、どうなさっとですか」

「騒ぐな、豊久」

「いえ、騒ぎます」

口答えをする甥っこに伯父上は露骨に顔をしかめた。怯んじまいそうだったが俺は足を踏ん張って伯父上を睨んだ。

「小早川が動いたら、我が軍も動くとおっしゃっていたではなかですか」

「黙らんか」

現した。

俺は怒鳴った。さっと伯父上の顔色が変わる。鬼石曼子《グイシーマンズ》と呼ばれ、恐れられた鬼の顔が姿を
「筋が通らんっ！」

しかし俺はもう引き下がらない。今度こそ殴られようが斬りつけられようが構わない。ここで俺が声をあげねば、他の兵に示しがつかない。

「お願いやって、これ以上失望させんでください。三成に案を退けられたことが何じゃと言うのです。駄々をこねている場合ですか。ここまで来たならば引き下がれる訳がなかでしょう!?」

そう言ってから俺は目をギュッと瞑り歯を食いしばった。煮るなり焼くなり好きにしろ。もう覚悟はできている。


しかしいくら待っても伯父上の拳も何も飛んではこなかった。

おそるおそる片目を開けてみると、伯父上は体勢崩さずまま坐していた。鬼の顔は消え去り、いつもの落ちつきを取り戻している。

「豊久よ、お前が失望するのも無理はなか」

伯父上の瞳が苦悩に染まる。皮肉なことに、そのおかげで僅かながらふたつの目に生気が戻ってきているようだった。

「じゃが、これだけは言っておく。三成に案を退けられたことはたしかに腑におちておらん。そもそも三成に忠誠を誓う義理もなかことやってでな。だが、そげんなことは些細なことじゃ。どうでもよかことなのじゃ。おいの胸に引っ掛かっているのは、あの馬鹿息子のことじゃ」

「忠恒様で、ございますか？」

意味が分からず尋ねた俺は、ハッと息をのんだ。

目の前にいる伯父上の顔が一瞬にして年老いたようにみえたからだ。

「なんど頼もうとも援軍も寄こさず便りひとつも送らぬ愚息だが、おいは戦後のアイツの身が気がかりで仕方なかとじゃ。危うい立場にいるアイツが、おいのせいで崩れ落ちてしまわぬか不安で仕方なかとじゃ」

伯父上は膝の上のみぞれを赤子のように抱き寄せた。

「おいの首で片がつく話ならば、いくらでも義を尽くそう。しかし、おいの行動でアイツの首まで飛ぶかもしれぬと考えると情けなかことに足が震えるのじゃ。お前の気持ちも考えず怖じ気づく情けなか伯父をどうか許してくれ」

そう言うと伯父上は深々と、この俺に頭をさげたのだ。

あぁ、俺はなんて勘違いをしていたんじゃろう。

伯父上の胸の内を少しも理解していなかった。浅はかな考えをめぐらせて偉そうに喋りまくって。自分で自分をぶっ飛ばしてやりたか。

伯父上は昨夜のことなど、微塵も気にされてはいなかったのである。

小早川の思惑に勘づいた伯父上は、このまま三成側につくことに不安を覚えちょった。家康に敗れたときに薩摩藩の立場が危うくならないか、庄内の乱を起こした後でなんとか首の皮が繋がった恒忠様の立場が危うくならないか。そのことだけを考えておいでだったのだ。

「ちくしょう、なんて馬鹿なんじゃ俺は！」

高ぶる感情のまま叫ぶ俺に「お前は馬鹿などではない」と、伯父上は優しく正した。

「俺たちは天下の分け目に渦巻く坩堝に巻き込まれてしまったのじゃ。どげん抗おうとも業には逆らえん。なんでこげんな目にと嘆いた所で答えは見つからん」

そのとき、伯父上の腕から抗い、みぞれが俺の前に飛びだした。

「うおっ」

思わず声をあげた俺にむかい、みぞれは「にゃあ」と憎らしく鳴いてみせると一目散に駆けだしていく。

「こら、待て」

慌ててみぞれの尻尾をつかもうと手を伸ばす。だが指先をかすめただけでつかみ損ねてしまった。

みぞれは他の兵の股ぐらをすりぬけて、振り返ることもなく、そのまま徳川の本陣に向かい駆けだしていった。

「なんて薄情な猫じゃ、育てられた恩も忘れて」

猫相手に怒りを爆発させる俺を見て、伯父上はやっと微かにだが笑みをこぼした。

「ここにいても何の得もなかと、猫にも分かったとじゃろう。すべて答えを決められんかったおいのせいじゃ」

伯父上は顔を覆う髭を右手で拭うように触れる。俺にはそれが泣き出しそうな姿を必死に隠そうとしているようにみえた。

「今更徳川につく訳にもいかぬ。次々と味方が逃げていく三成についても得もなか。八方ふさがりの俺たちと違って猫は自由でよか」

伯父上の言葉に耳を傾けながら、兵たちの間をくぐりぬけながら消えていくみぞれを俺は目に焼き付けていた。あのにくにくしい体からは想像できないほど白い塊の動きは素早い。すぐに視界から消え去ってしまったが、俺はしばらくの間、みぞれが消えた向こう側の景色を眺めていた。

目が乾きヒリヒリするくらい目を見開いているうちに、この状況から抜け出す打開案が炙り絵のようにうかびあがってきたのである。

きっと伯父上は馬鹿にするだろう。

だが、やはり、この手しかない。

俺は覚悟を決めて、頭に浮かんだ無謀な策を口に出した。

「伯父上、退却しましょう」

伯父上は笑い声をあげかけたが、俺の顔を見やると、すぐにそれをひっこめた。

「そげんなこと今更できるわけがなか」

「いいえ、できます」

「おいたちが笹尾山を抜けて敵のいない西側に逃げだせば、三成や他の部隊は更に混乱に見舞われるじゃろう」

伯父上の心配はもっともだった。それに三成軍の混乱が島津部隊にうつり、兵の結束が乱れてしまいかねない。ここで仲間が散り散りになっていては、薩摩までの道のりを生き残ることはできないだろう。

「それなら西ではなく東側をいけばよか」

俺の言葉に、伯父上は呆れたように溜息をつく。

「なにを馬鹿な、家康軍の中を突っ切れというのか？」

「それ以外に生き残る術はございません」

「あげに大勢の敵兵の中、突っ切れるはずがなかろう」

否定的な伯父上に、俺はわざと口を尖らせておどけてみせる。

「島津軍を舐めて貰っちゃ困る。この命かけて、伯父上くらい無事に国に送り届けてみすっど」

伯父上は俺の言葉の意図を理解して、顔色を変えると「駄目じゃ」と、かぶりを振った。

予想通りの反応に苦笑しながら、みぞれがいなくなり手持ち無沙汰になった伯父上の手を俺は両手で掴んだ。

伯父上の手は肉厚で硬く、汗ばんでいる。

ガキの頃から慣れ親しんだその手を、きつくきつく握り締めた。


「俺たちが盾になって、いけんしてん伯父上を国へ返してやる」

「駄目じゃ、そげんなことはできん」

伯父上はかぶりを振り続けておられたが、俺の中で気持ちは固まっていた。

島津義弘は、こんなところで死ぬ男ではない。

伯父上は島津になくてはならぬ人だ。

そんなお方が、こんなところで野垂れ死にでもしたら名前に傷がつく。それこそ伯父上が気にされている恒忠殿の立場が危うくなってしまう。

ならば三成についただの家康についただの、ごちゃごちゃ気にされないような奇策に転じて、この合戦に名を残すまでだ。

「伯父上、お願いじゃ。こげんなところで伯父上を死なせたら、それこそ俺は国のやつらに顔向けができん」

伯父上は口を噤んだまま黙っている。

「甥っこの頼みじゃと思って、頼む」

俺は何度も頭を下げた。伯父上は頑なに口をとじたままだったが、やがて俺の手をゆっくりと握り返してきた。


これですべてはまとまった。

あとは、前へ進むのみだ。


俺は待機していた兵たちに指示を出し、敵中突破して撤退する旨を伝えた。はじめはみんな動揺していたが、すぐにみな覚悟を決めたようだった。さっきまでのやるせない顔と違って、みんな武士らしい男の顔になっている。

俺はすぐさま島津部隊を一丸とさせ、伯父上をぐるりと覆いこんだ。

残っている兵はほんの一握りだが伯父上ひとりを守るだけだ。きっとどうにかなるだろう。俺たちが動き出したことで敵陣にも動揺が走っているようだ。

安心すればよか、お前らなども眼中にない。

そのとき、雲の間から夏の日差しが降り注いだ。日に照らされて首筋のあたりがぽかぽかしてくる。こういうとき、俺みたいな馬鹿はいい。なんだかお天道様までもが俺らのことを後押ししてるみたいな気になって、なんだか気分が晴れやかだった。

「伯父上、いつものアレをしてください」

「アレ？」

首をかしげる伯父上に、俺は兜の緒を緩めて額を表にだした。そんな俺にむかい、伯父上は声をあげて豪快に笑う。

バカでかくて耳をつんざき、腹の底を震わせる伯父上の笑い声。

それを響かせながら、彼は俺の額を思い切り小突いた。

勢いがありすぎて額の真中がジンジンと熱くなったが、それが今は心地よい。俺は兜の緒を締め直して「しゃぁっ！」と、己を鼓舞するように雄たけびをあげた。

「まいりましょう、伯父上」

伯父上はゆっくりと頷く。伯父上の姿をしっかり胸に焼き付ける。そして俺は馬に飛び乗ると思いっきり息を吸い込み、声を張り上げた。

「全兵、かかれ！」

今までの沈黙を破り、島津兵が怒涛のように徳川の本陣に向かっていく。

目指すは本陣の先、鳥頭坂。そこを越えれば関ヶ原を抜けられる。蹄の音が幾層にも重なっていく。関ヶ原を蹴り上げて、俺たちは飛ぶように馬を駆けさせた。伯父上の隣に轡を並べて俺は前へ前と進んでいく。

火の玉か、夜空を流れる星か、例えるならばそんな感じだろう。

島津兵の勢いは止まらず、どんどんと加速していった。唖然としたまま固まった徳川兵の横を通り抜けていく。

「あれは」

伯父上が声をあげる。

前方を塞ぐのは沢瀉《おもだか》の家紋。福島正則の部隊である。


とうとう討ち合いが始まるか。俺は手に持つ刀の鞘を硬く握り、息をのむ。

だが予想に反して、福島部隊は中央でパックリと分かれると俺たちに道を開けたのだった。戸惑いながら福島部隊を突っ切るも、彼らは追撃もなにも起こさない。途中、深緑色の福島の鎧が目に入った。だが、あの三白眼は静かにただ俺らを見送るだけであった。

「義理がたい男じゃ」

伯父上は嬉しそうに口元を緩ませた。

あぁ、そうじゃ。福島は朝鮮出兵で伯父上と共に戦った同士だった。苦戦続きで心が折れそうな朝鮮での日々を、共に耐え抜いた仲間に刀を向けられないということなのか。

おっかねぇ顔をしてるくせに、なかなか粋な男じゃねぇか。


福島の助けを借りて、俺らは馬に鞭打ち、家康殿の本陣前を無我夢中で走り抜けた。

どうやらあちらさんは俺らの行動に呆気に取られちまっているみたいだ。あんぐりと口を開けたまま。俺たちに手出しできずに固まっている兵たちばっかりだ。少しずつ伯父上を囲む兵の輪は縮まり始めていたが、この調子ならば、思ったよりも犠牲少なく関ヶ原を抜けられるかもしれない。

なんて甘いことを考えていた俺らの背後から激しい蹄の音が突如轟いた。驚きふりかえってみると、そこにはふたつの部隊の姿がある。


井筒に橘の家紋と、尾張徳川の葵の御紋。

井伊直政と松平忠吉だ。

直政殿と忠吉殿が烈追して、俺たちに近づいてくる。さすが家康譜代の直政殿だ。俺たちを逃がすものかと大勢の兵を引き連れてじわじわと確実に距離を詰めてきやがる。このままではふたつの部隊に取り囲まれるのも時間の問題だ。最後の手段をとるしかなさそうだ。


「伯父上、ここでお別れでございます」

俺の言葉を聞き、伯父上は絶句して瞬きすることさえも忘れて、こちらを見やった。

「伯父上はこのまま走り続けてください。なにがなんでも前へ進むのです」

「豊久、なにをするつもりじゃ」

俺はなんも言わず、黙って大好きな伯父上の顔を眺めていた。

「捨てがまりか」

伯父上は喉を震わせてつぶやいた。

捨てがまり。それは配置についた兵たちが命尽きるまで一歩も引かずに配置場所に立ちふさがること。死が訪れるまで主君の為に盾となり戦い続ける。つまり捨て身の戦法なのである。

そんな悲しそうな顔をしないでください、伯父上。

いつものように笑ってくれよ。

それでこそ島津の男だって胸を張って送り出してくれ。


そう言いたかったけど「ご無事で」と、つぶやくのが精いっぱいだった。武者震いといえば恰好がつくが身体が震えて仕方がない。

情けない俺の心を見透かされないうちに、手綱を引き、ぐるりと身体を反転させる。俺に続いて兵たちも踵を返して直政部隊に向かっていく。

敵軍を食い止める兵が足りなくなれば、伯父上の護衛についている兵の一層が踵を返して、敵に斬りかかっていく。玉ねぎの皮を剥がすかのように兵をつかわし敵を撃退する。その隙に伯父上を関ヶ原が脱出させるのだ。

すぐに島津の火縄部隊が列を作り、敵兵を迎え撃つ支度を始める。前方から向かってくる何千もの敵兵を、なんとしても食い止めねばならない。

俺はその背後で鎧の上から胸倉掴んで、あのまじないを始めた。


俺の伯父上は、誰《だい》じゃ。

知っちょんなら言ってかせみっ。

じゃっが、島津義弘様《さあ》じゃ。

ここでひん逃げて伯父上の顔に泥塗る気か？

伯父上ならば、きっとこの場を逃げ出すことができるだろう。伯父上は俺らの太陽だ。生きて帰れさえすれば、きっとまた島津を、薩摩を支える男となってくれるはずだ。それを信じて、俺は己の胸倉をどんと叩く。

「かかれ！」

俺の合図と共に、島津の兵たちが直政と忠吉率いる軍勢に挑んでいく。容赦なく俺たちに向かって、火縄の弾が飛んでくる。負けずにこちらの火縄も火を吹くが、数では圧倒的にこちらが不利だ。

鎧を砕かれ、馬を撃ち抜き、次々と鉛玉が兵を打ち崩していく。

「歯食《き》い《ば》しばれ《れ》、進むのじゃ！」

刀を手に握りしめ、俺は先頭に立ち、馬を走らせる。

甲高い雄たけびをあげながら、俺は旗竿もろとも旗手を一刀両断にした。

そのまま刀を敵兵たちの脇っぱらに滑らしていく。

まるで黒田部隊を蹴散らす左近殿が乗り移ったかのように、自然と力が湧いてきた。

俺を仕留めようと向かってくる兵士の喉元に刀を突き刺し、足でその胴体を蹴り飛ばす。激しい戦闘に刃先が曲がる。それでも俺は休めることなく刀を振り続けた。

遠くで敵兵の声が響く。

「豊久だ、豊久を狙え」

名を呼ばれて顔をあげると、そこには忠吉の姿があった。

我に返り、周囲を見渡す。なんてこった。もうこんなに兵が少なくなっちまってるじゃなかか。島津の旗を掲げた兵の姿は数えるほどしかなか。

「撃て！」

俺めがけて火縄の弾が飛んでくる。弾はまず初めに俺の太もも、そして馬の首元を掠った。馬は悲鳴をあげ、前足を振りあげると俺の体を投げ飛ばした。宙に浮かぶ俺の体を二発、三発と火縄の弾が貫通していく。

必死に鞍につかまろうとするが、血で手が滑っちまう。

どうやら俺は動物に嫌われてるらしい。みぞれに続いて俺の馬までもが主人を置いて逃げ去っていく。

鎧のところどころに穴ぼこが空き、耐えがたい痛みに身を逸らせながら、俺は地面へと落下していった。激しく腰をうちつけて、一瞬呼吸が止まる。

落ちかたが悪かったんだろう。胸に激しく痛みが走る。

骨が何本かいかれちまったようだ。

俺を仕留めようと刀を振り落とす敵兵の足を蹴り、ひんまがった刀で相手の手首をかっ切った。敵を避けながら、ぐるぐると地面を転がり、死んでいる兵から刀を抜きとり敵兵に突き刺す。

その横を忠吉が颯爽と駆け抜けていく。

目を血走らせる忠吉は全身傷だらけである。敵から斬りつけられながらも、奴は痛みを感じていないかのように、前を走る島津軍を追っていく。その姿が化け物か鬼みてえにおそろしくて俺の身体はガタガタ震えた。

奴が狙うのは伯父上の首だろう。

これ以上、先にいかせるわけにはいかん。

後を追いたいが、足に力が入らねぇ。目の中に血が入ってぼんやりと視界も霞んでいる。息をする度に激痛が走り、胃の中のものがこみあげてきた。

「忠吉を通すな」

そう叫ぶも、声が擦れて戦場の雑音にかき消されていく。必死に目を擦り、使えそうな武器を手探りで探す。

手に触れたのは島津兵の火縄であった。

絶命している兵の腰にぶら下がる火種袋を掴み、手元に手繰り寄せる。さきほど斬りつけられた傷のせいだろうか。手から力が抜けて、何度も火種袋が落っこちちまう。俺に残された時間は残り僅かなようだ。

「情けんなか、しっかりせい」

自分に喝をいれながら俺は手や口、動くもの全てを使って火縄に火薬を詰めて、火をつけた。じじじと燃えていく縄の音を聞きながら、俺は忠吉に銃口を向ける。こんなに火縄銃って重かったか。悲鳴をあげる両手に力を込めて狙いを定める。

なんとしても、ここで忠吉を食い止めてみせる。

島津の鬼をなめるなよ。


火薬に火が付き、弾が飛びだしていく。

その反動で俺の体に衝撃が走る。穴ぼこだらけの体が悲鳴をあげ、傷口が燃えているように熱い。気を失っちまいそうだったが、必死に堪えて俺は忠吉を睨み続けていた。

弾はたしかに敵の身体を捕らえた。

だが、それは忠吉ではない。赤備えの鎧に身を包んだ井伊直政であった。

あいつ、突然忠吉の前に飛び出してきやがった。

たまたまか、それとも忠吉を守ったのか。どっちかしらねぇが、まさか赤鬼退治をしちまうとは、散り際としては上等じゃなかとじゃろうか。悪あがきした甲斐があったってもんよ。

直政は撃たれた腹を押さえて、馬の上から崩れ落ちていった。うろたえた忠吉が仲間に助けを求めているようだ。

あいつ、まさか泣いてるのか。泣け泣け、どげな理由でも足止めになっとなら御の字じゃ。

その分、伯父上は遠くに逃げられる。

あぁ、駄目じゃ。

もう身体が動かん、腕も足も俺のもんじゃなかようじゃ。

情けなか。これでしまいか。

でも、まぁよか、俺は嬉しかとじゃ。伯父上のお役にたてたことが。

国を離れて、伯父上の元を訪ねたときから、俺はずっと心苦しかった。なんの役にも立てず伯父の横に座ってるだけ。木偶の坊になったようでつらかった。じゃっどんやっと俺は役目を果たせた気がする。

なんじゃ、さっきまで陽がさしていたってのに、急に周りが暗くなったようじゃ。急に陽が暮れちまったのか。

こんなに真っ暗で、火縄の音も、馬の鼻息も聞こえん。やけに静かだ。

どくんどくんと鼓動の音だけが耳に響いてる。

なぁ誰《だい》でもいいけん伝えてほしいんじゃ。島津豊久は胸を張って、武士らしく死んでいったと。

そしてたまにでいいから、国の子どもたちに話してやってくれ。鬼島津の横にいた小鬼のことを。

いや小鬼なんて恰好つけんでもよか。駄犬とでも、呼んでくれてもかまわない。本当にたまにでいいからよ。

伯父上。もう関ヶ原を抜けられただろうか。

俺も、もう一度薩摩の海を見たかった。浜辺で潮風に当たりたかったなぁ。

伯父上、どうか、ご無事で。


伯父上、おじうえ――。

申三つ刻（午後四時）頃――。


ぼんやりと左近の目にうつったのは、橙色の空であった。

もう陽が暮れ始めているのか、俺はどれだけの間眠っていたのだ。左近は起きあがろうとするが、血が流れ過ぎたのか身体に力が入らない。

「タケゾウ、見ろ！」

声がする方に左近が目をやると、そこには若い足軽がふたり肩を並べて座っている。ふたりとも手にどす黒く乾いた血がこびりついていた。

「島様、目を覚まされたのですね」

タケゾウと呼ばれる若造が安堵の表情で、左近を見つめる。

「ここは、どこだ？」

左近は口を開くも、舌が乾いて上手く喋ることができない。力を振り絞り、半身をあげようとするが、その途端彼の身体に激痛が走る。

「動かれてはなりませぬ、やっと傷がふさがったところなのですから」

タケゾウは左近を再び横にならせると、隣の足軽に耳打ちをした。足軽は頷くと立ちあがり、どこかへ走り去っていく。

夕日に照らされたタケゾウは左近の後頭部に手をあてがうと、そっと椀に注がれた水を左近に飲ませた。

「ここは、どこだ？」

喉を潤わせた左近は再び同じ問いをタケゾウに投げかけた。

「笹尾山でございます」

本陣かとつぶやいた左近は、やっと今の状況を思いだしたようである。自らが撃たれ落馬したことを思いだして、彼は顔を歪めた。

「戦況は？」

左近に問われて、タケゾウは暫し躊躇していたが言葉を選びながらゆっくりと語りだした。

「小早川様が徳川側に寝返えられました」

左近は身体をこわばらせて、続きを催促するようにタケゾウの腕をつかんだ。

「それに続いて脇坂部隊、朽木部隊と次々に反旗を翻していきました。それにより大谷部隊は壊滅、吉継様は自刃されたそうです」

左近は無念さに身体を震わせた。喉の奥から声が漏れてふたつの目が怒りに染まっていく。

「ほかの部隊はどうしておる。小西は、宇喜多は、島津はどうした」

「もういいのだ」

そう左近に声をかけたのは、三成だった。

目を覚ましたら知らせるように命じられていたのだろう。さきほどの足軽は三成を呼びに向かっていたのである。

「ほかの隊たちは、次々と敗走していった」

「そんな」

「左近よ、戦はおわったのだ」

左近は信じられずに食いさがった。

「そんな、馬鹿な」

まだ開戦から半日も経っていない。

左近は呆然として天を仰ぐ。たった半日ですべてが終わってしまったというのか。陽が頭上で照っていた時は、我らは家康相手に五角に戦っていたではないか。たじろぐ左近を宥めるように三成は彼の肩に触れた。三成の眉間には、いつものしわがなく唇も一文字に結ばれてはいない。

「殿？」

普段とは別人のような表情を浮かべる三成に、左近の心はざわめいた。

「あの日のことを覚えているか」

夕日を浴びて目を細める三成は、左近に視線を合わせぬまま、どこか遠くを眺めている。視線の先には夏雲湧き起こっており、橙が染み込み雲を縁取っている。

「お前が佐和山を訪ねてきた日、寒鮒を土産に持って現れたあの日だ」

「もちろんでございます」

左近は笑みを浮かべようとしたが、顔が引きつって上手く動かない。結局、口元を僅かに歪めることしかできなかったが彼は言葉を続けた。

「殿が、無謀にも川に飛び込み、兄弟の契りを交わした、あの日からのことは、なにひとつ漏らすことなく、この左近の頭に、刻まれております」

舌がもつれて途絶え途絶えになったが、左近はゆっくりと三成に言葉を伝える。

その喋り方は、冬の川に飛び込み唇を震わせながら左近を説得した若かりし三成の姿を彷彿とさせた。

「左近よ、いや兄上よ」

三成はやっと左近に視線を向けた。

再び眉間にしわが寄せられていたが、彼の眉は情けなく垂れさがり、唇もゆがんでいる。

「今まで苦労をかけたな」

三成の瞳から、ぽろりと一滴の涙がこぼれ落ちた。

ここで左近は気づいた。三成が必死に涙を堪えていたことに。一滴零れた涙の後に続き、はらはらと涙がこぼれ落ちていく。

「聞き分けの悪い愚弟のせいで、とんだ目に合わせてしまった」

三成はこみ上げてくる感情を抑えきれぬように顔を歪めて嗚咽を漏らした。何度拭っても、後から後から涙が溢れでた。

あの三成が、自分のために涙を流している。

左近は目の前の光景が信じられず、まだ夢のなかにいるのではないかと頬の肉に歯を立てた。しかしやはりここは現実である。

左近は思った。あぁ違う、こういうことではないのだと。表情を崩してほしいと願ったが、こんな悲痛な姿を見たかった訳ではない。俺は、三成に感情の動くまま笑い、悲しみ、驚き、人生を謳歌してほしかっただけなのだ。

「殿、なにをおっしゃいますか」

左近の目からも涙が流れ落ちる。三成のものとは違い、涙が滝のように彼の頬を濡らし続ける。

「殿に出会わなければ、なんと退屈でありふれた人生であったでしょう。貴方様のおかげで色濃い日々を送ることができた」

くぐもった声をあげながら左近は、おうおうと涙を流した。

獣のように吠え続ける兄に三成は呆れた声を漏らす。

「阿呆、なんだその泣き方は」

その語尾は震えていた。よい大人がわんわんと泣き叫ぶなど恥ずべきこと。三成は、そう言葉を続けたかったが、言い留まった。左近と同じように三成の顔も涙に濡れてめちゃくちゃになっていたからだ。

「貴方様の兄になることができ、光栄でございました」

左近の言葉を受けて、三成は必死に顔を拭いながら頷いた。

「その言葉、そっくりそのままお返し致すぞ。兄上」

三成はそう言うと、静かに立ちあがり、タケゾウを呼びつけた。

「お前たちは、左近とともに逃げろ」

「殿、なにを馬鹿なことを？」

左近は苦痛に耐えながら半身を起きあがらせて、怒鳴った。

「今さら惜しい命ではありませぬ」

「阿呆」

三成は目を赤く腫らしたまま、いつも通りに口を一文字に結んだ。

「武士たるもの、最期まで命を粗末することは許さぬ」

三成の元に、家臣が馬を連れてやってくる。左近に別れを告げた後に出発すると話がついていたのだろう。三成は馬の手綱を受け取りながら告げた。

「俺はまだ諦めぬ。援軍が訪れ徳川をともに討ってくれるかもしれぬではないか」

「戯言はおやめください」

「戯言ではない。少しでも太閤殿下への義を果たせる希望の光があるならば、俺はどんなものでもすがりつく。忠義を果たす」

こんな状況になっても、三成が目指す道はただひとつなのである。左近は脇腹を押さえながら息絶え絶えに反論した。

「我が軍はすでに崩壊した。敵が欲しいのは殿の首、ただひとつではありませぬか」

「そう簡単にはとられはせぬさ」

三成は僅かに口元を緩めてから、軽やかに馬に飛び乗った。

「では、またあとでな」

「殿、お待ちを！」

引き止める左近を無視して、三成は笹尾山を下りていった。

「あの分からず屋が」

左近は怒りに任せて地べたを殴った。その振動が傷に伝わり気が遠のいていく。その身体を支えたのは、さきほどの足軽ふたりであった。

「島様、傷が」

「傷など、どうでもよい！」

左近は足軽たちを突き飛ばし、怒鳴りつけて、もうここにはいない三成を胸のなかで罵倒した。


撤退するのが遅すぎる。

仲間が逃げだし、退路が閉ざされるまでどうしてこんなところに留まっていたのか。誰も三成にもの申さなかったのか。俺がこんなところで伸びていなければ、さっさと三成を撤退させただろう。俺が倒れさえしなければ。

三成への罵倒は次第に、自らに向けたものに代わり、最後には秀秋に向けられることになる。

こんなことになったのはすべて、あの小早川秀秋のせいだ。

太閤殿下から受けた恩を忘れ、三成への義を果たさず寝返った。このまま秀秋を許してなるものか。

「おい、そこの小僧ども」

左近はタケゾウたちに声をかけた。

「俺を置いて、とっとと逃げろ」

だが、タケゾウは頑なに左近の要求を拒み続けた。

「なりません、石田様から命を受けております」

「ならば馬を一頭連れてまいれ」

左近の言葉に、タケゾウは怯んだ。左近の眼光の鋭さに怯えながら、タケゾウは頑なに首を横に振り続けた。

「その体では無理です。すぐ馬から振り落とされてしまうでしょう」

「それでも構わぬ」

左近は三つ指をつき、タケゾウたちに向かい頭をさげた。世に名を馳せた武将の行動にタケゾウたちは青ざめた顔を見合わせる。

「頼む、三成殿の家臣として最期を迎えさせてくれ」

最初に動いたのはタケゾウだった。

タケゾウは左近に寄り添い、そっと肩を貸した。

左近はそこに捕まり痛みに耐えながら地面に足を踏ん張らせる。火縄で討ち抜かれた側の腿は力が入らず、彼の重みを支えることなく、ぐにゃりと曲がってしまう。今にも倒れそうな左近の身体をつかむタケゾウの鼻頭に汗の玉が浮んでいく。

「あぁ、俺は知らねぇぞ」

タケゾウの仲間である足軽が、ブツブツ言いながら馬を取りに走っていく。

「かたじけない」

自分の半分も年を取っていないタケゾウに、左近は何度も頭をさげた。タケゾウはだまったまま、仲間が連れてきた馬のところまで左近を運んだ。左近に潰されそうになりながら、一歩一歩、大男の身体を引きずるように前に進んでいく。最後はタケゾウと足軽のふたりがかりで左近を鞍の上へと押しあげた。

「恩に着るぞ、小僧」

左近は息を荒げて、堪えようのない痛みに身体を震わせながら言う。

腹の傷が再び開いたようだ。傷口を見なくても、じわじわと腹から血が滲んでいくのが感じられた。いつ気を失ってもおかしくない状態である。

「さぁ、お前らは早く逃げろ」

左近が血の気が失せて青白くなった両手で手綱をつかむ。

「あの」

左近が走りだそうとしたとき、タケゾウが声をかけた。

「この後、俺たちは、この世はどうなってしまうのでしょう」

「徳川の天下がやってくるだろうな」

「ではなぜ」

タケゾウは躊躇いがちに「なぜそうまでして石田様のために？」と問う。

「さぁ、なんでだろうな」

左近は唇を歪ませて、微かに白い歯をのぞかせた。

「そんな生き方しか知らぬもんでな」

そう言い残し、左近は馬の足を蹴りあげた。馬は一目散に山を下ってく。

左近は自らの身体から血が抜けていくのを感じながら思う。おそらく俺はそう遠くないうちにまた気を失うだろう。

馬から落ちるかもしれぬ。

だが殿は命あるうちは義を果たせとおっしゃった。だから俺は、この命果てるまで、たとえ何年かかろうとも仇を討つことを諦めはしないだろう。

いつの間にか、俺自身も石田三成のような青竹になっていたようである。

馬とともに風となり、沈みゆく夕日に染まりながら左近は小さく笑った。

「青竹というには、少しトウが立ち過ぎているがな」

木々の間をすり抜けるように左近は進んでいく。

馬の蹄の音は高らかに笹間山に響きわたったが、やがてそれも聞こえなくなった。やがて生い茂る緑のなかに左近が乗った馬は溶けていった。


それ以降、島左近の姿を見た者はいないという。

エピローグ
呪い
——小早川秀秋

戦国時代に終焉を告げ、これから二六〇年あまり続く
江戸時代の幕開けへのきっかけとなった天下分け目の戦い。
野望、忠誠心など男たちのさまざまな心情が渦巻き、多くの武将たちが
命を散らした関ヶ原の戦いは、わずか数時間のうちに呆気無く幕引きとなってしまった。
そして、西軍を率いた男にもまた最期の時が訪れようとしていた。

関ヶ原の合戦から半月が経とうとしていた。

夏の上に徐々に秋が上塗りされていき、紅葉づいた木々の間から日が漏れている。日は柔らかく暖かい。暑くもなく寒くもない、一年のなかで最も過ごしやすい気候である。そんななか、季節にそぐわぬ青白い顔で歩みを進める者がひとり。

小早川秀秋《こばやかわひであき》である。

秀秋は大津城の門をくぐりながら深くため息を吐いた。

その足取りは重い。顔はさらに痩せこけて、ひとまわり小さくなってしまっていた。彼が動く度に、すぐに着物が不格好に気崩れてしまう。秀秋は舌打ちをしてガサツに着物の裾を直した。

できることならば、こんな場所になどきたくはなかった。苛立ちながら再度舌打ちをする。

秀秋は処刑される石田三成《いしだみつなり》のもとに向かっているのだ。

今すぐにでも引き返したかったが、これは徳川家康《とくがわいえやす》から命じられたことなのである。

「そ、それだけはご勘弁を！」

大坂城の畳に額をこすりつけるように何度も頭をさげながら秀秋は家康に許しを乞うた。

だが家康は、がじゅりがじゅりと爪を食むだけである。秀秋の瞳にみるみるうちに涙がたまっていく。

「今さらどの面さげて三成殿に会えばいいのか……」

「その面で行けばいいよ」

家康はふやけた指先を着物でぬぐう。

「阿呆面さげて、落とし前つけておいで」

反論は許さない。家康の鋭い眼光から逃げ道が残されていないと悟った秀秋はトボトボと部屋をでていった。

がっかりとうなだれている秀秋の後ろ姿を眺めながら、家康はつぶやいた。

「藤吉郎よ……、僕とあいつの戦、お前はどう見た？」

＊

秀秋は仏頂面のまま、気だるそうに一歩進んでは止まりを繰り返している。

きっとこれは家康様が私に与えた罰なのだ。

合戦後の様子が頭に浮かび、さらに秀秋の足取りは重くなっていく。

＊

考えてみれば、この合戦で生き残った者それぞれが罰を受けている気がする。そんな風に秀秋は思った。

井伊直政《いいなおまさ》は島津に撃たれた傷が触り、今も床に伏せている。

家康は最愛の家臣である直政が撃たれたことを大層悲しみ、涙を滲ませた。

その横には同じく深手を負った忠吉の姿があったそうである。実の息子に背を向ける家康の姿は、家臣たちにも異様にうつった。

その後、すっかり意気消沈した忠吉はふたりの父の面会を拒み、城に閉じこもっているという。島津義弘《しまづよしひろ》は逃げ伸びたが、甥の豊久《とよひさ》を失った。

そして小早川は染音《そめお》を失った。

＊

合戦が終わった後、家康は秀秋との面会を拒み続けた。

秀秋の煮え切らぬ態度に怒るのは当然である。家康率いる軍勢は、そのまま大坂へと向かい、三成の捕獲と佐和山城に残る三成の一族討伐へと動きだした。

ここで成果をあげて家康から許しを得よう。

そう考えた秀秋だったが、彼の頭には染音の存在がよぎり続けていた。家臣に兵を任せて、秀秋は家康が本陣を置いていた桃配山へと向かう。本陣を移動させた家康が染音を連れて動くとは思えなかった。

秀秋の勘はピタリと的中する。

本陣脇にあった山小屋のなかで、秀秋は染音を見つけだした。染音と年老いた老婆は身を寄せ合うようにして死んでいた。老婆が持つ小刀が染音の首筋を斬り裂いていた。

小屋にはふたりが暴れまわった跡が見られ、染音のものと思われる血がそこらじゅうに、こびりついている。

秀秋はおそるおそる染音の死体に触れてみた。

まだその死体にはぬくもりが残っていた。柔らかな胸に手をあてた秀秋に猛烈な後悔が襲いかかった。

後少し早くこの場にきていれば、もしかすれば染音は生きていたかもしれない。

白斑の浮いた染音の瞳をそっと閉じさせながら秀秋は立ちあがった。

そして振り返りもせずにその場を立ち去り、自らの部隊に合流するために馬を走らせた。不思議と涙がでなかった。自らの未来を見るようで、ただただ恐ろしかったのである。


あの日から、ろくに眠ることができずにいた。食も細くなり、女を抱く気にもなれない。ずっと誰かに見張られている気がして、心休まることがなかった。

もしかするとこれは太閤殿下の呪いなのかもしれない。そんなことを考えながら、秀秋は自虐的に笑った。

また私は言い訳を探して誰かに罪をなすりつけようとしている。

＊

兵に案内されるがまま、秀秋は牢獄へと続く廊に足を踏み入れた。

じめじめとして暗く、糞尿の匂いがこびりついている。着物の袖で口を覆いながら進む秀秋の顔は、脂汗で滲んでいた。今から拷問を受けに向かう罪人でも、ここまで顔面蒼白な者もいないだろう。

「随分と青白い顔だな」

秀秋は小さく悲鳴をあげたが、口を押さえていたおかげでその声は外に漏れることはなかった。ゆっくりと声のした方に顔を向けると、そこには白装束をきた三成が坐している。

「これでは、どちらが囚人だか分からぬな」

牢のなかから声をあげる三成は無精ひげが生え薄汚れていたが、その肌はいかにも血のめぐりがよさそうで艶があった。


逃亡していた三成が伊吹山中で見つかったのは、合戦から六日後のことであった。

六日もの間、山を彷徨い歩きながら彼は次の策を練っていたそうである。小早川は三成を捕らえた田中吉政《たなかよしまさ》の家臣から、その話を聞いた。家臣たちは三成を小馬鹿にするように笑っていたが、小早川はぞっとした。

三成は戦に敗れてもなお、秀吉への忠義を果たそうと虎視眈眈と狙い続けていたのだろう。

小早川の推測は、捕らえられた三成の姿を見て確信に変わった。

見張りの兵の話によれば、三成はだされた食事は毎度きちんと完食していたそうだ。捕らえられてからも、一度だけ正室と息子たちの安否を尋ねたが、それ以降は口を閉ざしているという。

よく食べ、よく眠り、捕らえられた後も眼力は衰えることはなかった。

彼は決してあきらめていなかった。生きていればまた機会はめぐってくる――。


三成を見るなり、秀秋は「ふぐぅ」と声を漏らして、その場にひざまずいた。ひんやりとして土の感触が袴越しに伝わっていく。昼間からこんなに空気が冷えているのだ。牢獄の夜は凍える寒さであろう。

「どうした、見張りの者が驚いておるぞ」

三成は動揺することなく、秀秋の愚行を見やっていた。

「ご、ごめんなさぃ」

秀秋の口から飛びでた情けない言葉に、三成は眉間のしわを緩めて苦笑する。

「お前が選んだ決断だろう、何を謝ることがある」

「では、許していただけるのですか」

その問いかけは無言の冷笑で報いられた。

秀秋の瞳にじわじわと涙が滲んでいく。泣き顔を隠すために三成から目を逸らした彼に茶色く干からびた何かが飛び込んできた。干草のようにもみえるが、やけにおどろおどろしい。

「これが気になるか?」

視線に気づいた三成は、その干草を持ちあげる。それはカラカラに干からびた紫陽花の花であった。

「吉継の使いの者がな、退却間際に渡してくれたのだ。さすがに田中の兵たちも、この枯れ紫陽花は取りあげずにいてくれたようだな」

大谷吉継《おおたによしつぐ》の名前を聞いた秀秋の目前に、あの浅黄色が甦る。

ゴロリと落下した浅黄色の布頭巾を抱えて、湯浅五郎《ゆあさごろう》は一目散に争乱のなかに消えていった。吉継に首を渡すなと命じられていたのだろう。本来ならば、すぐにも湯浅を捕らえなければならなかったが秀秋は足がすくみ動くことができなかったのである。

恐る恐る秀秋は尋ねた。

「吉継殿の首のありかは？」

兵たちが探し回ったが、いまだに吉継の首は見つかっていないのである。

「さぁな」

三成はそっけなく答えたあと、改めてまじまじと秀秋の顔を見まわした。

「湯浅の言っていたことは本当だったのだな」

意味深な言葉を放つ三成に秀秋が食いつく。

「湯浅様は、なんと？」

「吉継が死に際に言ったそうではないか、お前に」

「私にですか？」

戸惑う秀秋に、白々しいと三成は鼻を鳴らした。

「吉継に言われたのだろう？　人面獣心、三年の間に呪いをなさんとな」

ドスンと音を立てて秀秋はのけぞり、尻餅をついた。その拍子に頭を打ちつけて、さらに彼は鈍い音をたてた。腰を抜かしたのか、秀秋は裏返った蛙のように腹をだし、「ひぃぃ」と悲鳴をあげる。

「そ、そんな呪いなど、馬鹿げてる」

秀秋は、やっとのこと起きあがり息を荒らしている。そしてブツブツと繰り返して頬を伝う冷や汗を拭う。治ったはずの腹の傷がきりきりと痛んだ。

「なんだ、お前知らなかったのか」

檻中の男の言葉に秀秋は答えることなくぼんやりとしたまま、手のひらを濡らす自らの汗を着物に擦りつけている。三成は心底驚いた様子で秀秋を眺めていたが、

「だが、どうやら心当たりがあるようだな」

そう言って、檻の外で怯える男に嘲笑をぶつけた。

「心当たりなど」

秀秋は強がってみせたが、急に寒さを感じて身体を抱えてうずくまった。かちかちと歯を鳴らしながら、追いつめられた小動物かなにかのように目を動かしている。

誰かに見張られているという感覚は、己の臆病さが生み出した幻だとばかり思っていた。だから冗談で「秀吉の呪い」などと、胸のなかで軽口をたたいたりできていたのだ。

「もう外に連れていってやれ」

三成に命じられて不快そうに一瞬顔を歪ませたが、見張りの兵は秀秋を支えるように立ちあ

がり、出口へと向かっていく。

「私は悪くない」

秀秋は半身を捻って、檻中の男に叫んだ。

「家康様に迫られ、どうすることもできなかったんだ」

喘ぎ、もがき苦しむように乱れた着物もそのままで、秀秋は訴えた。彼の悲痛な叫びは牢獄中にこだまして、しばらくの間消えることはなかった。

「そんなことは、私が知ったことではない」

気味の悪いほど、静かな声で三成は言った。

「どんな結末が待っていようと、それを決めたのはお前なのだろう」

その言葉に、秀秋は赤子のように声をあげて泣きはじめた。がっくりと肩を落とす彼の顔から涙が滴り、廊にぽたりと落ちていった。秀秋の落としたしずくが小さな円を描き、廊を色濃く模様づけていく。それは転々と出口に至るまで続いていた。

秀秋はもっと三成に自分を責めてほしかった、叱咤してほしかった。
だがそんな甘えを彼は見透かしていたのか、秀秋が牢獄からでるまで一度も声を荒げることはなかった。最後に秀秋が後ろを振り返ると、三成は真っ直ぐ彼の方を見つめ続けていた。三成は秀秋と視線を交えると
「最後に教えてくれ。左近は見つかったか？」
そうゆっくりと尋ねた。秀秋が首を横に振ると「そうか」と頷き、三成は眉間のしわを深めた。その後、三成は処刑のときまで一言も言葉を発することはなかったという。

処刑まで見届けるよう家康に命じられていた秀秋だが、牢獄から飛びだすように外にでると、そのまま家臣を引き連れて城へと舞い戻っていった。うなじに感じる視線に怯えて何度も何度も背後を振り返りながら。


その二年後、小早川秀秋は死んだ。

死因は吉継の祟りだの落馬だの性病だの好き勝手に噂されている。

これも噂のひとつだが、秀秋の遺体を検《あらた》めた者の話では、首筋に針で刺されたような、小さな傷が残っていたそうだ。


そして秀秋が死んだ翌年、江戸幕府が誕生した。

＊

世が変わろうと百姓の暮らしは変わらない。

佐和山城のほとりに流れる小川のなかで、幼な子は思いきり水面に岩を投げつける。

「くまきち、日が暮れちまうよ」

背後から名を呼ぶ母に、幼な子は叫び返した。

「待って、おさかな取ってんだ」

ぷかりと浮かびあがった魚を見やって、幼な子は得意気に日に焼けた鼻をこする。

「おじちゃん、きっと喜ぶぞ」

まるまる太った魚を抱えて、幼な子は満足そうに微笑むと、母の元へと駆けだしていった。

完

〈当事者が語る〉図解　関ヶ原の真相　後編

前哨戦、杭瀬川の戦い

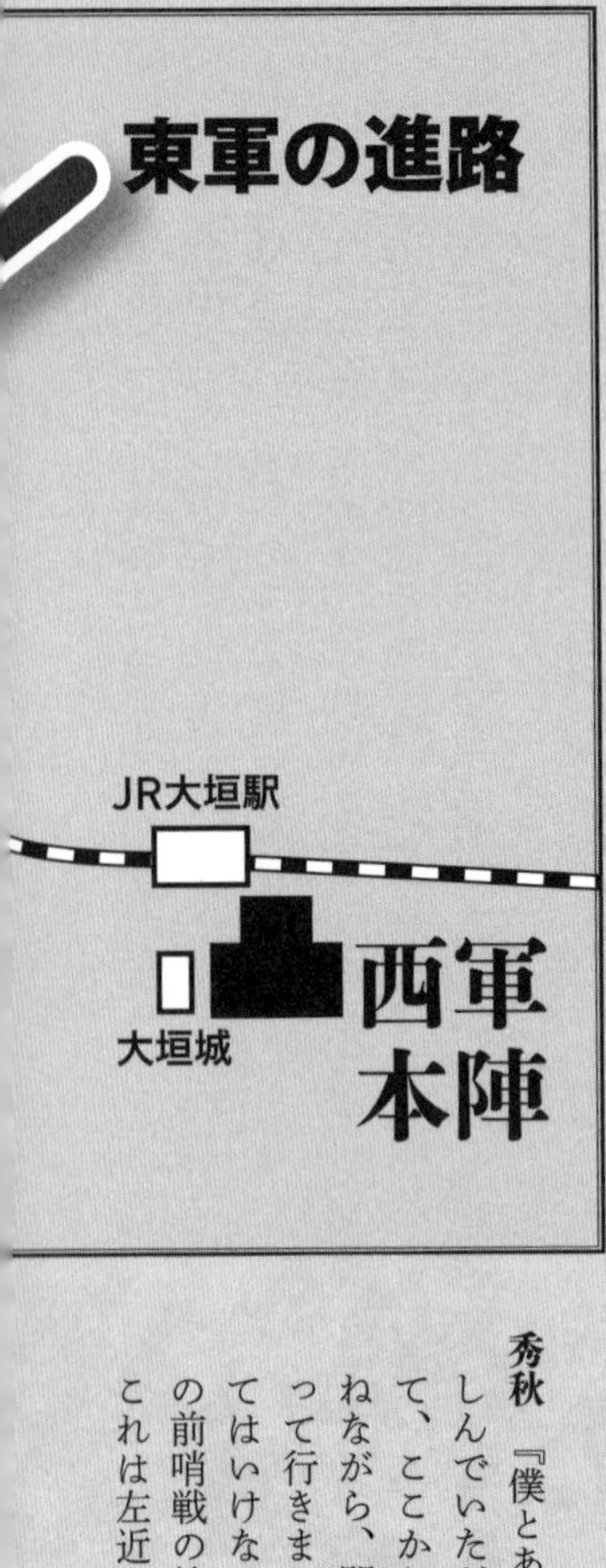

秀秋　『僕とあいつの関ヶ原』、楽しんでいただけましたか？　さて、ここからは現代の地図と重ねながら、関ヶ原合戦を振り返って行きましょう。まず、忘れてはいけないのは、関ヶ原合戦の前哨戦の杭瀬川の戦いです。これは左近さんにお話ししてい

図1

ただきましょう……。

左近　九月十四日の正午ごろ、つまり関ヶ原の前日だな。家康は美濃赤坂に着陣したんだ。思ったより早い家康の登場に俺たちは驚いていた。赤坂に本陣を置いた家康たち東軍。西軍は大垣城に籠っていた。

秀秋　西軍の本陣と、家康の本陣の直線距離は約四キロメートル。

左近　怯える兵を鎮めるために俺と殿が考えたのが奇襲攻撃だ。

俺は蒲生郷舎らとともに出陣したってわけだ。

秀秋　ちなみに当時から洪水被害の多かった杭瀬川の川筋が現在とは異なると考えられているため、実際の戦場については岐阜県大垣市一色町付近、現在日吉神社がある周辺という以外にはわかっていないそうです！　［図1］

九月十五日、いよいよ開戦関ヶ原

朝六時頃　西軍・東軍布陣完了

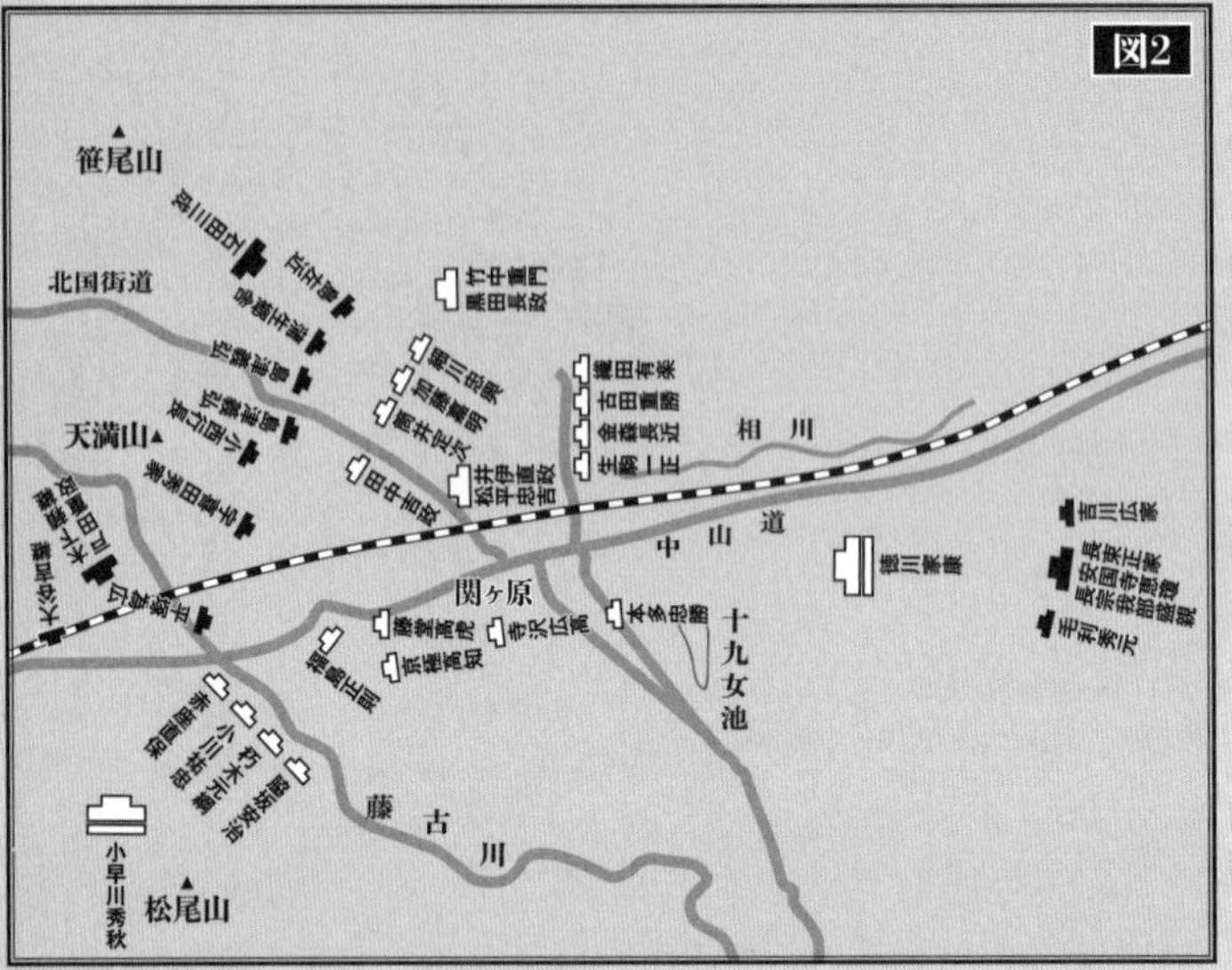

秀秋　杭瀬川で勝利した三成率いる西軍は、夜の内に大垣城から移動。東軍の家康らも岡山から桃配山へと陣を移したので決戦の場は関ヶ原となりました。

三成　東軍を包囲するような鶴翼の陣を組んで、俺達は家康らを迎え撃つことにした。

東軍の背後には、西軍大将の毛利輝元の息子・毛利秀元、吉川広家、長宗我部盛親らも布陣しており万全の体制をとっていたんだからな。俺が関ヶ原におびき寄せられたなんていうやつもいるが、それならばこんな陣が組めるはずはないだろ!?

左近　殿、おちついて!!　［図2］

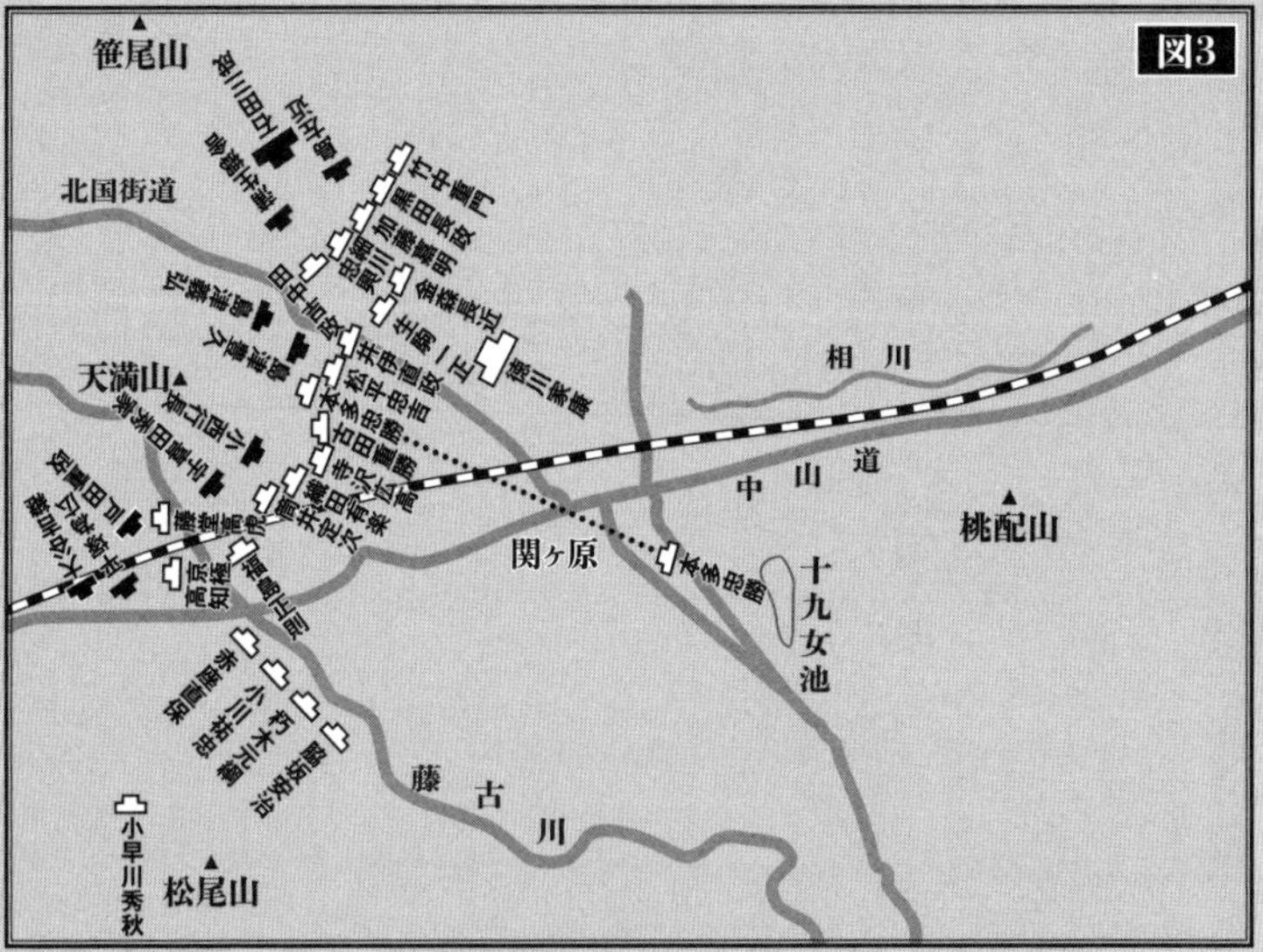

午前八時 開戦

秀秋　関ヶ原の大きさは約五十平方キロメートル。東京ドーム約三八四六個分です。

三成　その例え、かえって分かりづらくないか？

左近　とにかくバカッ広いってことだな！

秀秋　そういうことです！　そこに西軍東軍合わせて約二十万の兵が集っていたのだと思うと、なんだかすごいですね。

左近　そして夜が開けて太陽がのぼった午前八時。井伊直政、松平忠吉の発砲で関ヶ原合戦は開戦した。殿と俺の隊VS黒田・細川隊、宇喜多隊VS福島隊、大谷隊VS藤堂・京極隊と西軍と東軍は激しい戦いを繰り広げた。

三成　……誰かさん以外はな。

秀秋　それ、私のことですか？

左近　お前以外に誰がいる。開戦しても、うんともすんとも動き出さなかったわけだからな。

三成　小早川は置いておいて、一歩も譲らぬ攻防戦が続いたが、午前十一時頃、いよいよ狸が本陣を前進させたんだ。［**図3**］

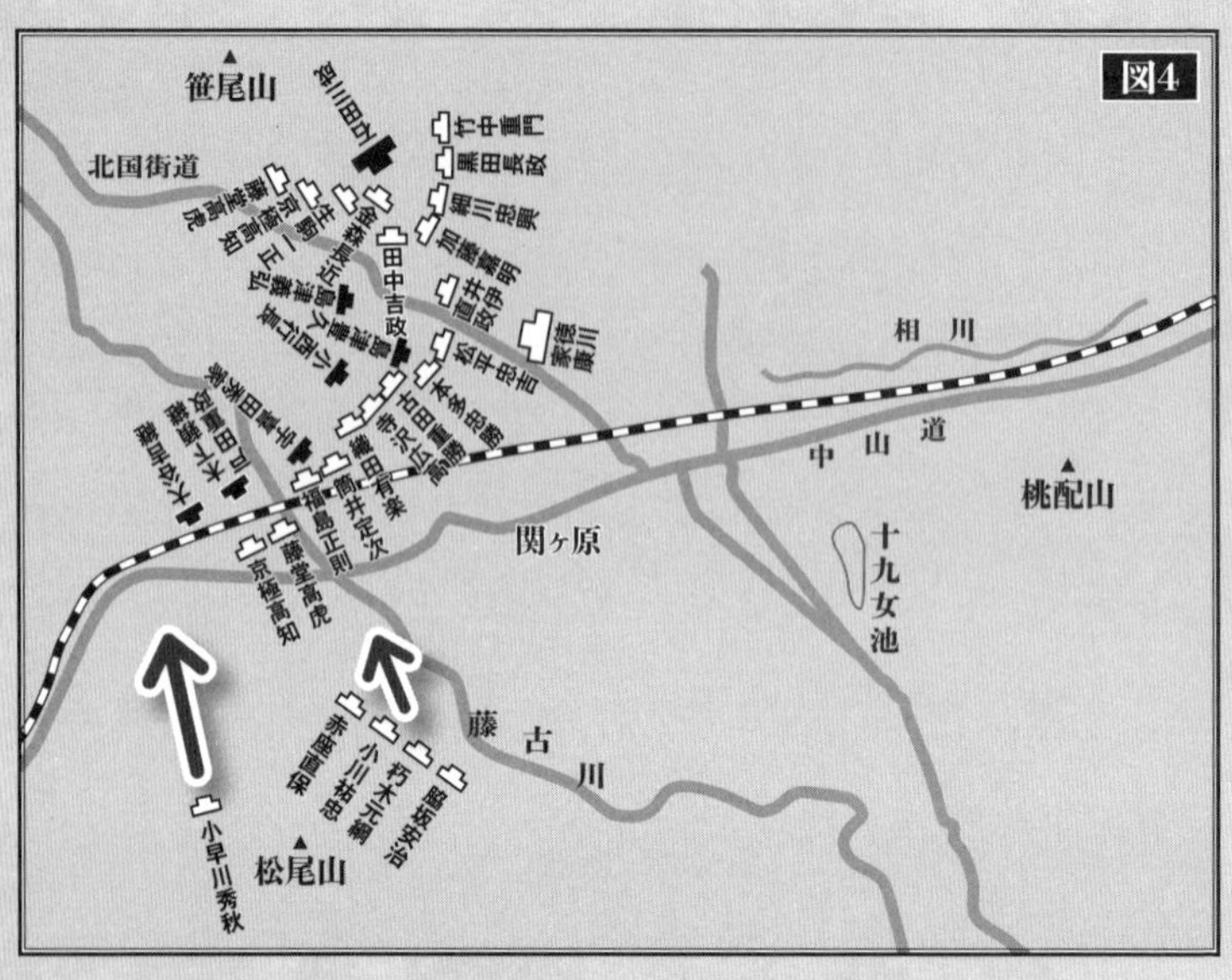

午前十二時
小早川秀秋の裏切り

三成　とうとう動き出した家康を前に、すぐさま手のひらをかえした小早川。お前が松尾山を下り攻撃に向かった先は、味方であるはずの大谷隊だった……。

秀秋　ちょっと！　裏切ったのは私だけじゃないですよ。

これに反応するように、陣形の片翼を担っていた、脇坂、朽木、小川、赤座隊も次々と三成さんを裏切ったんですから！

三成　ほかはほか、自分は自分だろ。お前は小早川ではなく「こばかやわ」だな。

左近　おとなげないですよ、殿……。とにかく大名たちの裏切りで戦局は東軍優勢へと傾いていった。

三成　南宮山に布陣していた毛利隊は、家康に内通していた吉川により出陣を阻害され、西軍に援軍を送ることもできず……無念だ。

［図4］

午後二時以降 西軍敗走

秀秋　一日と経たずに勝敗が決してしまった関ヶ原の合戦。夕方になる頃には西軍はほぼ壊滅状態でした。

左近　その後、大谷吉継は自害。殿は伊吹山方面に敗走となるなか島津隊がやっと動き出します。なんとか戦場から抜け出すために取った作戦は敵中突破。五百人ほどの島津隊が一丸となって東軍に突撃を開始。

三成　こうして、俺の挙兵からはじまった天下分け目の戦いは、たった七時間で終結してしまったのだった。無念！

間に合わなかった関ヶ原

井伊直政　ここで本来であれば本戦に参加するはずだった家康の息子・秀忠の、その後のエピソードを私たち親子が紹介しましょう。

松平忠吉　三成挙兵を聞き、江戸へと引き返す父上から、兄上は約三万の大軍を預かります。そして中山道を美濃赤坂に向け進軍していきます。

直政　ですがその途中、上田城(現在の長野県)に籠城する真田昌幸・幸村親子と交戦することになってしまったというわけです。

忠吉　すぐに無血開城に至るかと思ったものの、戦経験豊富な昌幸に翻弄され、このままでは本戦に間に合わないと判断した兄上は上田城攻略を諦めることに。

直政　敵に一杯食わされるとは……恥ずかしい限りですね。

忠吉　兄上の不幸は止まりません……運の悪いことに、悪路や増水やらで木曽路の進軍に難航し、やっとの思いで関が原に到着したのは九月二十日のことだったのです。

直政　まぁ、でも結局、秀忠が家康様の跡を継ぐことになるんですから……人生なにが起きるか分かりませんね……。

あとがき

はじめましての方も、お久しぶりの方もこんにちは。

どうも吉田恵里香です。

この度は『僕とあいつの関ヶ原』を手にとっていただき、誠にありがとうございます。

本作は自分にとって初めての歴史物小説となります。

まさか私が歴史物を書く日が来るなんて……作家を志した時は思ってもいなかったので、なんだか感無量です。

関ヶ原合戦は「天下分け目の戦い」とも呼ばれているように、戦国時代を終焉させて豊臣から徳川へと天下人が変わった戦いです。

ですが映画やドラマ小説で、関ヶ原がフィーチャーされることは少ないように感じます。

たしかに関ヶ原合戦って、なんか地味なんですよね。

織田信長や豊臣秀吉といった戦国武将のスターは登場しないし。

戦いは一日で終わっちゃうし……とにかく地味。

私も本作を書くまでは、そう思っておりました。

でも関ヶ原合戦の魅力は合戦自体ではなく、戦いが起こるまでの武将達の画策・苦悩なんですよね。

調べていくと、どの武将達も人間くさい。小さいことを根に持ったり世間体をやたら気にしたりしている。時代を大きく動かしたのは、武将達の小さな人間関係というか……。

この作品を書くことで、今まで遠い存在だった戦国武将達がちょっとだけ身近に感じられるようになった気がします。本作を読んでいただいた皆様もそんな風に思っていただけたなら幸いです。


最後にお礼を述べさせていただきます。

素敵なイラストを書いてくださったべっこさん、沢山アドバイスをしてくださった編集の藤田さん、森さん、高橋さん（島津好き）、薩摩弁アドバイスをしてくださった椰木さん、時代考証を担当してくださった歴史家の濱田浩一郎先生、その他関係者のみなさん、支えてくれた家族友人。

そして改めてこの本を手にとってくれた皆さんに心の底から「ありがとう」を！


シリーズ続編の『俺とお前の夏の陣』もよろしくお願い致します。それではまたお目にかかりましょう。それまでみなさんお元気で！

吉田恵里香

主な参考文献

『関ヶ原名所・古跡』（関ヶ原町歴史民俗資料館せきがはら史跡ガイド）

＊

相川司（著）『石田三成（Truth In History 21）』（新紀元社）
小和田哲男（著）『［図解］関ヶ原合戦までの90日 勝敗はすでに決まっていた！』（PHP研究所）
桐野作人（著）『関ヶ原 島津退き口』（学研パブリッシング）
桐野作人（著）『謎解き 関ヶ原合戦 戦国最大の戦い、20の謎』（アスキー・メディアワークス）
小泉俊一郎（著）『誰も書かなかった 徳川家の謎』（中経文庫）
近衛龍春（著）『大いなる謎　関ヶ原合戦』（PHP研究所）
笹沢左保（著）『小早川秀秋の悲劇』（双葉社）
司馬遼太郎（著）『関ヶ原』上・中・下巻（新潮社）

白井成樹（著）『武将 超リアル戦国武将イラストギャラリー１００』（新人物往来社）
藤井治左衛門（著）『関ヶ原合戦』（関ヶ原街役場地域振興課）
三池純正（著）『敗者から見た関ヶ原合戦』（洋泉社）
山本博文（著）『島津義弘の賭け』（中央公論新社）

＊

池上裕子、小和田哲男他（編）『クロニック戦国全史』（講談社）
花ヶ前盛明（編）『島左近のすべて』（新人物往来社）
『歴史読本』編集部（編）『炎の仁将 大谷吉継のすべて』（新人物往来社）

＊

『一個人』２０１３年７月号（ベストセラーズ）
『歴史人』２０１３年10月号／12月号（ベストセラーズ）
『歴史人別冊 戦国武将の家紋の真実』（ベストセラーズ）
『日本の１０００人番外編10 井伊直政』（ディアゴスティーニ・ジャパン）

僕《ぼく》とあいつの関《せき》ヶ《が》原《はら》

吉田恵里香（よしだ・えりか）
一九八七年生まれ。作家、脚本家。QueenB所属。『TIGER&BUNNY』のアニメシリーズ脚本・コミック原作、NHKドラマ『実験刑事トトリ』ノベライズ、ボカロ小説『脳漿炸裂ガール』、NHK Eテレ『シャキーン！』構成など、幅広いジャンルで活躍する。

二〇一四年六月二五日　第一刷発行

著者……………吉《よし》田《だ》恵《え》里《り》香《か》
発行者…………川畑慈範
発行所…………東京書籍株式会社
東京都北区堀船二－一七－一
〒一一四－八五二四
〇三－五三九〇－七五三一（営業）
〇三－五三九〇－七五〇〇（編集）
印刷・製本……株式会社リーブルテック

イラスト…………べっこ
編集協力…………アンジー（森英信、高橋結子、佐藤さやか）
佐伯貴祐
協力………………濱田浩一郎［時代考証］
DTP………………cece co. ltd.（深田和子）
ブックデザイン……坂野公一（welle design）
出版情報…………http://www.tokyo-shoseki.co.jp
ISBN978-4-487-80834-2　C0093